国家出版基金项目
NATIONAL PUBLICATION FOUNDATION

何紹基日記 ❸

〔清〕何紹基 撰

辛亥 戊午

整理人 毛健 尧育飞

岳麓書社·长沙

咸豐元年

元旦 （1851年2月1日）早起，同子敬叩灵，

上供后同早饭，寺中萧寂，不闻爆竹，离城
远且天阴雨也。痛思吾母之逝，三年头矣。何日月之速也。
午间，李季眉、仲云先后来。杨雨村、铁星同来。晚供后
入城，与子敬同饭。贺笠云来共话，今日敬撰墓志，灯下
复为笠云撰其先人墓志。夜雨住。

初二日 （2月2日）晨静。早饭后子敬来，并刻石

人傅姓兄弟来。刘霁翁来，春介轩廉访来，

言成皇帝诗集刻成，此次颁赏单，所不得赏者内惟倭艮峰、
彭咏莪，外惟琦静庵、张诗舲、陈云谷、徐松龛、杨蝶翁，
真令人畏服。海口塌下数百丈，黄河水骤落，回空军船不
灌塘，票盐畅行，苏杭米大贱。京师得大雪数次，皆祥瑞
也。胡雪门来，将署郴州去。适瞿彤云来，留同酌数杯，
吃芋头去。午后阴甚，不见字。晚雪雨交作，灯下作篆字。
亥初睡。

道光死后谥号成
皇帝，庙号宣宗。

初三日 （2月3日）昨夜雨雪声竟夜，晨起仍阴。

午间，雪子兼落。刻石人来，打格子，写墓志，得十余行耳。客来不住也。律云久话去。余旋入城，饭子敬处。张耦翁、唐印芸同坐，吃生番菽。晡时又多吃芋头。晚间，腹不静。

初四日　（2月4日）雨住而阴甚。申时立春，竟雨，殊佳也。鲁莲初来，同早饭。贺仲肃来，洪西堂、唐介吾先后来。子敬来。志石第一块送至湖北馆去，兼拓子毅志石，十年前所刻，未入墓者。晚至子敬处话，同饭，无客。鲁兄赠《临淮王北齐碑拓》，尚旧，齐吉货一枚，亦青州新出大瓮装者，为古隧中物，古人铜器送葬，后世所忌。

齐吉货，战国时，齐国所铸刀币，上有"齐法化"等字，故称。

初五日　（2月5日）子敬往元丰坝去。志石第二块一早写完即送去，胡尉之桂来，李西台来，同话。午后入城剃发。看刻石人已动手，青石街宽条面颇佳。午前见日，晡复阴，晚饭时仍晴。子敬已下乡去。

初六日　（2月6日）黎明行，走城外绕北门，到元丰坝、回龙坡，路泥甚。午初方到山上搭屋。到张氏屋，即少憩。汪咏恬、王波督工。遇黄治堂来，余先行。子敬候印云来，饭后始归。余入城至李家，候年伯母与仲云一话。仍至子敬处同晚饭，归。上半日见日，晡复阴。

初七日　（2月7日）五鼓行，到大西门，天始明。

过河，河宽长水，连日雨使然。又春来也。河西路烂甚，春潮不干。到九子山，叩墓后饭。飨堂屋瓦多碎，橡子亦有软失者矣。申正后回到子敬处看刻字人，每日每人可得五十余字，止怕快而不精耳。晚饭后出城，竟日阴，防雨而未下，或可拗成晴天乎？

初八日　（2月8日）阴，不雨如昨。怆寂甚，竟日未出。各处借银，俱不得确信，殊闷闷也。平日为人忙何事耶？题石斋先生册，仲云所藏，与陈无技、无涯兄弟及仲冶各尺牍也。自廿九回来，左臂寒痛，今转剧。夜睡难转侧，又挟春气耳。唐印云、张仲辅先后来。

初九日　（2月9日）阴，不雨，如昨。山中方搭茅屋，可幸也。题石天外画册、鹤铭幅，并邹衣白草字册，俱还仲云去。子敬午间来话，晡入城，吊叶辰生丁外艰，回拜数客。晤季眉一谈，至子敬处，同西台晚饭，商量一切。

初十日　（2月10日）昨夜雨一阵，今日阴，时有小点。晨静，饭后入城，到子敬处篆志首。出，至各处谢客廿余处，晤黄治堂，回至子敬处点心。过刘霁南、贺笠云话。复由西南谢客，出城，至龙湘桡处一话，归。夜雨达旦。

十一日　（2月11日）竟日雨，不甚住。检点书籍什物。子敬来叩灵，先下乡去。廿六次京信交李家。张蔗泉、周莲城先后来。晡时入城至李家，留便饭。与西台、仲云同话，见年伯母，群稚环集，亦年景也。不知吾家诸小儿作何光景。闻郑小山升南汝光道、周介夫调延榆绥道，陈云谷中丞褫职，为袁午桥参劾，而张小浦查奏也。冒雨出城，两次访印云俱不值。夜雨奇大。

十二日　（2月12日）雨不住点，时复奇大。龙灯收拾许多，不得出来。午后入城，晤印云，为明日杠夫及马头事。到湖北馆，看墓志篆盖将刻完，说定四百分，每分四十八文，到店中去拓。遇黄治堂一话，出城，到南湖涧看船，老榜滕嘉祥船尚稳，亦不甚新。雨竟夜，探问马头无人管照。两次问印云，徒劳耳。甚闷闷。

十三日　（2月13日）寅初二刻起，收拾一切，卯正天明，行李下船，候杠夫，等至辰正始请灵起行。既无马头，亦无跳板，借小波船跳及渡船一只，平安上船。风大，开行后顺风上水，至小河始曳纤行，不数里，纤绳断，可悸。船稳住，即就东岸泊，距龙王市尚二三里，且煮饭吃，无肴酒耳。夜冷。

十四日　（2月14日）风平息，可摇橹行，船中一餐。午间至三沙矶，复逆行，过河，入捞刀河口。至白马寺，子敬来叩迎。舟行过桃花涧，至楚家湖口，人夫等俱乡间预备，陆行约四五里至回龙坡山间草庐，停殡上供后，李西台祭山神，周莲城赞礼读祝文。金井开好，

金井，借指墓穴。

安厝，停放灵柩
待葬或浅埋以待
正式安葬。

土五色，到底，且有入脉晕，与九子山一样，真奇异也。

十五日 （2月15日）丑时即然灯，伺候一切，寅初三刻奉灵上山，安厝后，痛坐枢侧。候卯正二刻，天大明，汪咏恬来定向线，艮山坤向，兼寅申。土工动手，枢旁用三合土细筑。午间，西台、莲城俱回城去。雨来矣。此一日半之晴，万幸也。与子敬同住草庐奉主，朝夕奠。

十六日 （2月16日）雨阴不止，晡时筑土平棺，棺上覆以大盖，约离棺二寸，以便筑顶，如此似差安妥。痛叩别棺，枢侧住四百日，顿隔幽冥矣。至是时惟恐不早成坟。咏恬在此督工，亦颇知此意。

十七日 （2月17日）阴雨不歇，土工不住。作京信，送李仲云处。得回音，知十九有折弁行也。刘霁南午间来，遂同餐，晚亦与咏恬同饭。

十八日 （2月18日）早阴，后旋晴，时见日。石工运石，亦次第到山。无雨，客多，皆乡中人来看地者，议赞纷然，长沙习气也。晡时到青龙手前山看茔城，形势果好，前夜梦中有"翡翠帘开燕子窝"句，今年似燕子归巢，张两翅欲止之势，外面水□之字盘折。亦得理致，不局促也。夜见月出，屈满老来话。

十九日 （2月19日）子敬早与咏恬看地去，为子毅也。午间尚晴。晡后阴且冷矣。霁南早饭后回城去。刻碑人来，因与商量打格，遂至暮。城中人还，得黄治堂书，仍为屈家田事。子敬、咏恬晚归。夜有雨，且雷且雪，雨水节矣。

廿日 （2月20日）晨光照草屋，大雪一白，方未止也。写墓表，作篆，两石即动手刻。午间，请乡间客，皆借物之人，咏恬代作东。子敬一陪。余踏雪泥至前山看江山雪意，步田陇而回。连日卖菌人不绝，有风味，然不如秋冬间之香芳。山上今日停工，雪太大，且土工已将竣事，待石工也。屈甫田、存诚兄弟书来，为田业分半事，即复之。我仍止受半山，既无用，借钱又难，权且如此。

廿一日 （2月21日）子敬入城去。天阴寒甚，又炭罄，酒将匮矣。咏恬午间到屈家去，至晚回，坟工做成平顶。夜间子敬着人回，酒炭并至，与咏恬酌，未免多些，恐亦难继也。写中碑。

廿二日 （2月22日）刻石共六人，齐动手。晨与咏恬及张七老□饭于庄屋。饭后，步至右手山顶，比左手山略高，树木奇茂，有大梅花，山间梅开颇多也。午晴见日，未刻，方与张七、魏大二老话于芋子盘间。子敬归。今日致书屈氏要银契两退，无回音，说明日来晤。

廿三日　（2月23日）晨阴有雨意，与张、魏、汪三老及子敬同饭于庄屋。午间大晴，同子敬到咏恬家，在花石坳，距此十里，乃走湘阴大路也。因同至万家冲、小塘冲两处看地，小塘冲临湘江，庄屋开敞，主人李翁出，应客甚恭。山上有周家九峰先生墓，介夫之高祖也。回饭于咏恬家，甚饱。归山，已上晚供，然烛，与子敬谈酌，至亥初方憩。

廿四日　（2月24日）阴，不暖甚。墓表石刻完。子敬往袁家山看龙去。山中打量种杉秧。先刨出下菜枯饼。咏恬今日未来，老满亦归去。

枯饼，油料作物的种子榨油后做成的饼形渣滓。如豆饼、油子饼，可作肥料。

廿五日　（2月25日）天未明起。卯正黎明，奉神主行，哀何极也。至大西门过河，望城坡尖，河西路不好走，幸天色大晴。未正到九子山请主安于先公飨堂。申正复荐熟，中间往杨林冲奠毅弟元配李孺人墓，少憩于庄屋而归。佃夫龙叟于申正适得第三孙，自言到此屋一年，添一牛，娶一妇，今添一孙，意甚喜也。晚与龙叟田边看水，大暖，欲凉矣。茔城草木生意勃勃。

廿六日　（2月26日）夜雨，五更头至天明，辰初方行。借笠子，雨时止时作，到竹子冲祭子毅墓。复东北行，约十五六里至石龙冲奠亡室陶安人墓，就庄屋作饭，摘菘煮之，有土膏味，又雨后也。蒋先和不在屋，闻今日葬其父于跳马涧。午正行，望见湘水往南，过田垄，约十余里至龙王涧。过小渡船后不一里，至河边过河，至湖北会馆。申初三刻矣。少憩，出，回拜易念园太守一话。
至李家，见太母。仲云出石梧信两件，粤西事尚无头绪。
园亭一览，与西台饭未毕，归陪黄治堂话。亥正后方别去。
午时，潘德畲广东回信至，知屋须三数，于十一月寄京，
粤东贼亦尚如毛也。

廿七日 （2月27日）五更起，饭后静坐，舆夫天明
始起，卯正三刻始行。过印云处，打门不开。
过治堂一话，即出北门。路泥泞甚，过捞刀河后，舆杠欲
折，换借马兜，行至屈家，见存诚一话，甫田不在家。回
山见墓，痛极。连日子敬率诸仆拓墓表。同饭后，子敬入
城去。未申间，微雨复作。咏恬傍晚来，与张七老三人共
饭。晚晴。

廿八日 （2月28日）早大晴。卯初三刻，恭立墓表，
自敬山神，即扶建正碑。巳初仍阴，午刻雨
旋止旋作，遂至暮。子敬着人送来正月八日京信，一切如
昨，可慰，惟十一月初六京信竟不到矣。汪咏恬看袁家山
去，遂未来，回家有事也。买得鸠三，上供后，同张七晚
餐。此物不食荤腥，虽小而肥，多肉。半夜后雨大，山路
更烂。

廿九日 （3月1日）早，雨未住，但略小耳。午初，
治堂来话，城中人至，即付字去。雨时大时小，
遂至暮。张七老一早出门去。傍晚，同咏恬回来，遂共晚
饭。雨竟夜。

卅日　　　（3月2日）早，雨大，时小些，遂复竟日。

　　土、石工俱不甚得力，无如何也。子敬信来，说屈家山田事无足计较，良然良然。惟借钱费事，可厌耳。与显扬、咏恬夜酌。雨声半夜后渐稀。

二月

初一日 （3月3日）雨意略秀气，麻沙作阵。辰初奠朔，看石工，竣事不远矣。惟泥泞愈甚，久雨烂途也。饭后，巳初一刻，叩墓辞山，行不三里，兜舆落水，水从左袖手湿矣。一路泥洼，屡憩。早过古开福寺，入山门，破败到底。入城，至湖北会馆，巳未初后。贺仲肃方与子敬话，久始去。夜与子敬饭，雨复作。夜过黄南坡，已它出。熊雨胪来。

兜舆，一种双人抬的便轿。

初二日 （3月4日）竟夜雨，今日忽住，且日出数次，真可慰也。南坡来，余兄弟方早餐，暂话而去。午间料理书帖等物。未刻，易念园来话。子敬它出，又不获见。午后遂静，而天易阴，不知明日若何。

初三日 （3月5日）子敬大早到回龙去，兼看屈家山。余午间出谢客，晤张雨堂昆弟。唐印云处春兰甚清香，李季眉处花多。看童二树画山水轴，气魄未充，不如昔在蔡小石处所见山水小册也。至定王台晤熊雨胪，遇彭□□同话。至李仲云处，与彭乙山都司同话于年伯母房中。乙山与石梧表兄弟，为贵州都司，投效广西。其子外委战殁，得恤。乙山奉差来湖南，明日仍往粤，言金田匪止数里村舍负隅，建国号曰天德，真不值一哂。距浔州府四十里，中隔大黄河，闻现有四月粮，人二万，除女稚外，能战者七八千耳。回寓看书。晚酌李家，陪乙山。作书寄石梧，今日晴。

初四日 （3月6日）大晴。竟日未出。午间季眉来话，晡时鲁莲初来话，晚邀曹西垣来酌。戌刻，子敬自乡间回，目颇被风热。

初五日 （3月7日）先公忌辰。黎明行，过河时有风，将到山，雨来矣。飨堂奠后，复叩墓。午后行，雨止欲晴。申正回寓。熊雨胪、左季高来便饭。

初六日 （3月8日）早行，出北门，巳初到回龙坡叩墓。石工未毕，未必能甚速也。与咏恬、显扬同午饭后行。申初二刻回寓。静得一时许。子敬与治堂久话。晚，同子敬饭南坡处，谈及盐价甚贱，而引不销。广西正月十八日向提军师入金田，乘胜进入，伏雷发，伤兵百余，官十四人。

盐引，政府发给商人的食盐运销许可证。

初七日 （3月9日）早，子敬往九子山去，余出小西门晤黎越乔于舟中，即从此赴朗江书院也。过龙湘桡，未起。陈尧农已住书院，亦未晤。入城，至李家，与仲云同早饭，游憩园亭，到老五新屋，明日成婚也。

西台一话，归。蔡心穀来，侍乃翁树百回粤过此，树百访我于洪恩寺，未值。湘桡、仲肃来话去。子敬暮回，余又出小西门看树百，兴致飞舞如昔。遇刘桐坡世叔，同一话。致叶崑臣一书，潘德畲一书，交树百。回城，与子敬吃斑鸠，不见佳。午前晴，午后大风，渐阴，雨来竟夜。

初八日　（3月10日）晴得怪。午后大晴见日。早饭后子敬谢客出，余写大字一阵。铁星处取回《晚步堂帖》一套。子敬归，张辅翁来小酌去。傍晚，与子敬同过小瀛洲。新柳初垂，洲蔬满绿，与仲琡司马久话。复至颐园，登楼眺远而回。晚饭未毕，周莲丞来同话。

初九日　（3月11日）晨静，辰正二刻行，出北门，过捞刀河，先到林家冲看地，回东南，行三里至彭家巷，又二里半至回龙坡叩墓后午饭，商量建碑线度。有风，不易定，若先用木片，从莹城作椿志，岂不省事耶？汪咏恬来，知袁姓生基与屈家山事仍未定局，难哉难哉。晚并约张七同饭，今日晴，大暖，天必变矣。

初十日　（3月12日）卯正起，辰初上供后饭。巳初一刻建前碑，巳正妥帖，即今右阑干。郭石匠动工，江石匠事竣矣。看做土拜台，有苏姓、袁姓人来，为生基事，讫无成说，大约多索钱耳。未初一刻多，起身回城。高岭至劳刀河渡处七里，骆驼嘴至北门七里，皆舆夫步，五千步也。过张六叔，不值。回寓少憩息。晚，同子敬至印云处便饭，念园太守作客，徐礼斋亦同做东。亥

据传椿树长寿，后因以喻父母，椿志即父母的墓志。

刻归。今日大风，阴。午间，山中微雨。城中夜雨不大。

十一日 （3月13日）子敬着人往咏恬处。晚得回信，知屈、袁两家事仍无着也。周婿来早饭，肯从左季高学，因往季高处商定。季高慨然念故人之子，难得难得。王仲瑊约申刻饭，与子敬往。主人自饭，久不出，余拂衣归，继复来请，仍往酌。雨中甚凉，印云同坐，然一往复间，无甚意味矣。

十二日 （3月14日）晨静，寿珊来同饭，饭后，李仲云来，余携寿珊往左季高处上学。天晴见日，书房雅亮，陶少云亦佳主人也。余复出门至余宗山话，病不见愈，不能多说话。步寒甚，可怜可怜。到沈栗翁处，健于去年。弹琴，讲小学，兴致转胜，满屋书史，外皆兰也。回拜安福令恩明府，已下船赴任去。归写大字，晚请季高先生，约南坡、少云、寿珊陪，笠云碰来，亦同坐。客早来，看帖一晌方入席。戌刻散，得石梧书，粤西事自正月十八遇伏后，兵将颇怯，可虑。栗翁说刻大字《麻姑记》人名唐继桐，新化人。

小学，指研究文字字形、字义及字音的学问。

十三日 （3月15日）子敬一早到山去，竟日阴。余觉闷闷，写贺蔗翁墓志毕，倦矣。晡，至李家，新娘子出见。因请熊羽胪来，同饭于水阁。仲云君约陪。午间，张星楼来话。

十四日 （3月16日）写贺静轩丈墓志。笠云尊人也。

阴雨竟日，陈尧农来，带到左景乔书并顾祠秋祭诗。瞿彤云来话，子敬申刻回寓。余出谢客，钟子宾调守长沙，前日到任，王楚田调善化县，俱先来也。晤齐五兄，一话，归。同子敬饭，鲁莲初来话。子敬说袁家生基已用葬矣。真闷无益。

十五日　（3月17日）晨静，饭后，同子敬出城，至城南书院。晤尧农、湘桡，俱携儿读书其中，可羡也。久憩，行。余至金盆岭，杨家九兄留饭，而久不得吃。与雨村、铁星谈，为出诗文题。饭毕，已未正矣。回至洪恩寺，少坐，见屋凄痛。回寓，写大字对十付。晚与子敬至季眉处饭，茶花各色全开，极盛，殆无两处。雨胪、即山同坐，观陈恪勤公像卷。竟日阴，而无大雨。廿八次家书今日由臬司陈叔良折差去。

陈鹏年，字北溟，湘潭人，清初官员，为官多有政绩，谥"恪勤"。

十六日　（3月18日）昨夜奇雷、大雨，可愕。早，雨住。午后晴矣。辰初一刻行，一路泥水。午初到回龙坡叩墓，石阑干工程尚无竣日也。袁家葬处虽近，尚不碍，然乡间人之狠狈如此，如何住得？午正奠后一饭行，时未初一刻。酉初回寓。刘霁南来同饭，斑鸠甚美。饭后，三人同至对门清湘茶园，临水极佳，惜檐深不见月，独步至李家水阁，与仲云话，而月为露掩矣。

十七日　（3月19日）晨静，剃发。饭后，仲云来话，杨雨村携文来阅。午后出，晤左季高谈。张星楼、黄南坡均不遇。归，写大字。晚，与子敬酌。竟日阴，雨不大，欲晴未透。闻粤西贺县为土匪所破占，距吾州甚近，可虑之至。

十八日　（3月20日）晨静，略捡行李。贺仲肃来谢，黄治堂来，与子敬话。午后，同子敬出小西门看船，写定成姓巴杆船。因过城南书院，与湘桡话，兼看其三子作课。入城，至坡子街，点心、馄饨不如京师廿年前玉茗也。至唐介吾处一话。回寓，屈家有信来，明日可清庄。写大字，遂暮。晚饭后，同子敬至南坡处话，遇一山西人，能言青主字，希见之至，其人梁姓。

巴杆船，即"把杆船"，一种轻便小船，方便滩头航行。

十九日　（3月21日）大风，阴，由昨日过暖也。子敬捡各田屋契，余买纸不得佳者。归，子敬从小铺买许多回，不让大店也。而翰珍斋纸却匮矣。子敬出谢客。张辅翁、陈伯符、陶世兄（云巢子）、姚雨人次第来，闷烦不可耐。黄南坡来邀同到西铺食面，不能去。晚，李西台来饭。贺立芸来共坐。春介轩来辞行。曹西垣来别。

廿日　（3月22日）昨夜风大，楼板响动。卯正一刻行，出北门，走河边，风大，几不能乘兜。冷，亦似雪天矣。巳初到山，叩墓后上奠，叩别慈灵，痛切痛切。草屋中饭，看郭石匠工，大约还要几个日子。汪咏恬来话，据李淦说昨日屈家清单已有，尚未迁去。午初二刻，由山中行，一路风略息，由陈家渡。申初到寓，久憩。晚，同子敬饭。李西台处，上水中亭而回。饮于荷厅，天凉无月，阴云弥望。夜冷。

廿一日 （3月23日）早出，送介轩廉访行。回拜长沙陈明府、前善化令易小坪。过贺律芸，携《广舆记》回。早饭后，收拾行李，写廿九次京信，复邓年伯信。写对扁各十余件。王石崖先生自题句云："六经责我开生面，七尺从天乞活埋。"船山先生自题句云："到老六经犹未了，到头一点不成灰。"邹叔勣代王半溪索书者。晚饭贺仲肃处。同子敬往季高、南坡、少云、仲和、笠云同话，竹纸印《经世文编》八十本，从仲肃索得。阴雨竟日，夜大雨如注，雷亦有声。曹西垣来，不遇主人，自酌而去，同介轩入都也。钟子宾太守来话。

王夫之，字而农，湖南衡州（今衡阳）人，世称"船山先生"，明末清初思想家。"六经"句应为王夫之自题画像中堂联。
王夫之兄长王介之，字石崖。

廿二日 （3月24日）晨出，回拜子宾。冒雨至怡园，黄南坡约食燔豚，迟出，甚佳。杨杏农昨日来，季眉、鹤汀与子敬皆同坐，水阁清寒，有围炉意，午正方散。过印云一话，遇黄海华司马同年，说昨、今两日皆有柳州五百里折报过去，想有紧急。即至李家问，无家书来。而仲云说向提军前被枪伤，不知如何。回寓，发行李下船。晚，子敬约季高、杏农同饭，南坡后至，说粤西事不妥，大约亦不尽可信。汪咏恬来宿，与子敬谈至夜分。余先倦睡，冷雨无春气。南风仍然。

廿三日 （3月25日）冷甚。早上天心阁，沿城一眺，烟雾不甚开。回寓，同咏恬、子敬饭，咏恬去。今日屈家田事图价，同来者十余人，乡间之累赘而狠琐可想见也。余上船，知介轩已行。子敬来送行。五月之聚，大事妥办，而联床之意转凄切难别也。午初后，子敬别去。余开船行，时曳纤，时顺风，六十里暮云司泊。竟日阴，晚将泊时，雨一阵。问南坡要《海国图志》，今日即看起。

廿四日　（3月26日）昨小雨竟夜，篷漏，书有湿者。间壁船上打牌，吾船中人盖有往者，时闻舷边来往也。晨冷，更甚于昨日。曳纤行，亦有顺风，多西行。午初，到湘潭，舟人久泊，可恶。大约是买盐包。未初二刻后，方开行。日出，寒不解。行卅里项家塘泊，寄信与子敬，交乌江子船上去。

廿五日　（3月27日）竟日阴寒，晨雨，不碍行，午间见日，复阴，无风。曳纤，忽东忽北。下午后方向南行。所过朱洲索溪寺，俱不素悉。未晚泊渌口，计去年过此恰五阅月，情事亦异矣，然九月底水比今时大多了。一路菜贱而无鱼可买。夜雨一阵。

阅月，经过一个月。

廿六日　（3月28日）早尚阴，饭后大晴且暖，一路山色秀静。过观音岩，不得一登览为怅。水形渐多曲，西、东、南俱有，共得九十里，至朱亭略泊，买菜。仍行三里而泊。夹岸多见桃李，梨花有香。今日曳纤而时遇顺风，不大，朱亭地方不小，有书院。舟子云是两县共的，然则过朱亭即衡山管了。

廿七日　（3月29日）晨起，大晴。然先向北行，则小北风，午后东南、西南行，则南风，竟日不顺风，曳纤费力。过石岩数处有致，夹河村落花光时来。晚泊杨家园，距衡山县水程十五里，水渐浅，滩渐多，竟日开窗，受风，晚稍不适。

廿八日　（3月30日）早阴，南风。不好走，曳纤行，勉强十五里，大南风报奇狂无比，颠簸遂竟日。望衡山县咫尺，不能过河去。午后晴热亦甚，由重裘而棉，且不可耐。岳色为云阴遮掩不可见。晚风仍大，子正忽息。

廿九日　（3月31日）早略有风，且行十余里，南风又大雷。家司对河泊，写信寄子敬，菜花成山，奇景也。未刻风略小，行至老粮仓，泊石磬旁。上坡剃发，剃发人何姓，说昨日南风报坏小拨船三只，算今年第一次大风。回船转北风，已将暮矣。船上人必欲行，说可回家。船行后风更大，可悸，天又黑矣。至峡里市泊，今日共得四十五里。中间过一矶头颇尖险，似城陵矶虎渡口也。船家说今日走有六十里，未必未必，夜风大。

卅日　（4月1日）阴而无雨，时有数点。老榜不回船，且等着。老榜来，水手不到，且有散去者。风又大将来，虽顺无用。上坡，走了一回。申刻风小些，促令开行。老榜又回家去矣。约行有卅余里，季家塘泊，比不走的好。一路向西北行，后转西南。船上人又说今日走了有五十里，无考证。

三月

石鼓书院在今衡阳石鼓山，始建于唐，宋太宗赵光义赐"石鼓书院"匾额，为湖湘文化胜地。

初一日 （4月2日）天大晴，早行。曳纤甚平稳。河路亦渐收窄，山明水秀，真近吾乡光景。晡时得顺风，好在不大，共九十里。到衡州府石鼓书院前小泊。上坡，到书院，至合江亭，阮师旧书联已无之，问肄业诸生，无知者。余之到此亦隔廿年矣。诸生闻余来，磨墨索书，为写一联别去。上船，复开至铁炉门街泊，见有盐道船，恐系周子俨在此，既探知，已由此往耒阳去。石鼓为蒸、湘合流处，蒸水从西南来，湘水东南来，合流二三里，耒水从东来注之。亥刻，大北风报可怕，不减衡山县南风报，子初息。

初二日 （4月3日）竟日阴。早开船甚迟，不知老榜何事也。开行后得顺风，偏西走，后即向南行。午后向东北行甚久，晡向正南行，真顺了。过新塘，至香炉山下泊。自衡郡来，水渐狭且清，秀气。今日行将百里，夜复大风，船摇动不安。

初三日 （4月4日）雨。行，风不大。早饭，至焦牙河口小泊。过柏坊，船多是装煤处，故多钓钩等船，此河内为巨舶矣。两岸石势多奇秀者，树茂水清，止苦北风，而路忽西忽东，忽北忽南。顺帆颇少，然到柏坊已六十里。又过来十一二里，地名鲤鱼塘，雨，大风少息，且早泊，免得欹侧。夜雨小些，子正后雨住。

清明日　（4月5日）想念京寓、长沙坟山、道州家祠，俱有清明祭奠，我俱不与，怆怆而已。不雨而阴竟日，四十余里过河洲买菜。过常宁河口，方到河洲也。时向南行，得顺风。晡过大浦塘，仍前行。傍右手高山下，同一小拨船泊，问知距归阳止廿里。两日来水面新燕群飞。

初五日　（4月6日）昨夜无雨无风，近暖，知将晴矣。今晨仍阴，午时晴，有日。晨，行船约七八里至让山塘小泊，又十五里归阳司泊，买菜。余步上坡，至唐家祠堂，致堂、诗甫之扁在焉，即其本家也。江边细石极多，选无佳者。又行十五里黄泥塘，又十五里潘家铺，又行约十余里荷包塘泊，忽北忽东，顺风益少，亦少风也。晚饭雨来，遂竟夜。

初六日　（4月7日）晨尚雨，不大，而云雾满山，一奇观也。曳纤行过白水柴步头观音塘。午间晴了一阵后，复阴。闻往上尚短雨，往下苦多雨。石势多奇逸成形，非衡州以下所有，买鱼难得，而水中时闻泼刺声。晚泊曹家塘，距祁阳八里，临泊前过一矶，石壁奇诡横肆，为一路所未见。夜暖，殆不得晴。

初七日 （4月8日）晨起，阴，有小雨。开船不久即至祁阳泊。买菜耽阁颇久，船上亦买酒肉也。行又数里，泊浯溪，游憩，题记于亭柱。古树视十年前摧伐多矣，可叹也。看《中兴颂》，谒颜、元祠，至中宫古寺。回船时午，晴见日，颇热。复行不住，至暮折江塘泊。遇石壁奇峙如昨，此处距县四十五里，初夜雨。自廿三上船看《海国图志》，至初三日毕。初四日起阅《柳子厚集》，紫卿新刻本，三日半，今午毕，俱有加墨、辨订。甚矣，舟中之静也。两仆读书学诗，亦专勤之至。晚间阅《经世文编》起。舟子云距永州尚有一百二十里。

颜、元，即颜真卿与元结。二人皆在安史之乱中抗击叛军，故建祠纪念。《中兴颂》又称《大唐中兴颂》，为元结撰文，颜真卿书丹，刻于祁阳浯溪崖壁。

初八日 （4月9日）夜，小雨未住，天明开船，尚雾、雨，遂竟日不晴。河宽水浅，向南时多，石势多奇，百态千状。晡至高溪寺泊，上坡看乃屈子祠。石岸亦有致。开船，雨不住。未至冷水滩，数里泊。今日大约行有四十余里不止。天暖甚。

初九日 （4月10日）早阴，有雾。行至冷水滩。早饭后大晴矣。午间至蔡家市，复小泊。酉正至老步头，潇湘合流处也。古湘江馆无余迹矣。入潇江，江水狭且浅，知吾乡雨不足。夜有月，为近来希事。戌正三刻到永州西门外泊。作札与胡蔚堂大令兄，问知李仲云尚未到。

初十日　（4月11日）早上坡，步至濂溪书院，雨滑不好走。访紫卿，不住书院，有陈生导至其家，得晤，不见复八年矣。神采胜昔，盖道腴耶？同步至所修新屋，在百花井，尚未毕工，且可住下。胡蔚堂来，久话去。移行李上坡，至晡方明白。蔚堂邀晚饭，因至零陵县署，本不宜入署，至好，无如何。同坐者紫卿及欧阳敏斋之侄。蔚堂乃郎甫七龄，出见客。夜大风报，可悸。雨却不久，本来暖得过骤。

十一日　（4月12日）早作卅次京信，并寄子敬信于长沙，交蔚翁寄省去。到府学拜李东垣，拜徐玉珊太守，方往江华防堵去。与东垣一谈归。过紫翁处早饭，回，且谈闲话，看木工做活。午间，紫翁携饭来同酌。天热，颇难耐。同紫卿过河，到愚溪深处，又至柳子祠。复至钴鉧潭，游憩而回。江山深远，世间何处复有此耶？晚同紫翁酌，月上且高矣。同乘月肩舆至芙蓉别馆，茶憩于石桥上。荷池静澈，大月在上，久坐而归。计不到此廿四年矣。仍乘月归。连日食小笋，好风味。

> 柳子祠，建于北宋，为纪念柳宗元而筑。"愚溪""钴鉧潭"皆柳宗元命名之景。

十二日　（4月13日）早饭后同紫兄往共城山，上镇永楼，登高眺远，信奇观也。树石清深，昔游宛在。止少李摩石作乞丐声风趣耳。下山至濂溪书院谒周子祠，春海师题联云："悟后图书真见圣，生前俎豆始康功。"久憩，回，闲话闲睡。紫翁门人来寻话者颇多，余无一事。李东园广文来话。蔚翁送物，收笋及腊肉。今日紫卿看中，小笋白煮鸡最佳也。晚同看月于其屋门前之

> 周子，即周敦颐，北宋思想家，今湖南道县人。清嘉庆时，为纪念周敦颐而在道州城西建濂溪书院。

大坪。天晴，甚热。

十三日 （4月14日）天阴，北风起矣。早吃粉后出门，到胡蔚堂处，已过河，风神庙拈香去。余因至碧云庵，过圮桥至思范堂，绕池东行，归至唐公庙，小憩一回。同紫卿饭，饭后，蔚堂来久话，知提军日前遇回兵二百。昨复有文书来催转，粤事盖未即了也。客去，即与紫兄出东门，北转至绿天庵，庵后石有奇气。草圣亭屋嵌石刻尚无恙，而屋子将圮矣。西北隅木阴清深，为一寺胜处，得一亭乃佳耳。出，向东南行，至竹林寺。万树苍清，寺居其中，复绝人世。与紫兄憩榻小眠。余从寺右步上山，看树石绕山左，出而回，入东门，南行至零陵学宫，新修者，与首事三人一话，归。少憩，食粉。晚独与大郎至高山寺，步上华严岩看石洞，奇旷无际。归，与紫兄及令坦同饭，然烛写对子数付。闲话至亥正方寝。紫兄今日算移入新居，一砚一篑而已，全家尚未能来。竟日凉。

十四日 （4月15日）早起，冷，同饭后出，过府署后万石冈，即西冈也。石不多，非古矣。走道士岭，至昔年寓处，甚芜不治，转瞬廿五年矣。出北门，一路石坡，至司马塘，池水淳涵宽远。龙公祠在其西北，步过大路，东行，缘石岫上，一路奇崛，遂尽山之坡。至镇龙庵前，树石更幽异，无人迹。再行，则到镇永楼下，苍秀拔起，从城外更好看也。循小石路至大路。与紫兄会同入城。余复独至考棚内，想见秀才时风味。归甫午正，吃笋丝粉。写对子一阵，看书，闲话。晡时复饭。同出，过三亭学舍，即子厚所作《三亭记》处。树石幽奇可爱。屋子不甚多耳。到碧云庵，胡蔚翁请便饭，客有署零陵广文周君烈，善化人。凉甚。水树暮色苍然。归时亥初矣。亥正后睡。周君见示先公为黄理堂丈书小楷册二开，有余十年前跋记。

十五日 （4月16日）早，爆竹声颇多，阴雨。早饭后雨大。过紫兄处话。归，紫兄旋来新屋。雨不住，不得出，遂作竟日谈。晚忽盛设，不可解。郎婿同坐，蔚堂送酒一坛。晡时写对数付。今日算饱食三餐，无所用心。早间买笋，连壳剥出，比本去壳者鲜多了。雨遂复彻夜。

十六日 （4月17日）雨住尚阴。早饭后写大字一阵，连日索书者骈至，皆不知何氏子，大半紫兄书院门生也。午后过河，南行至朝阳岩，到寺前，由山石径斜仄，绕江曲折，至洞，乃大开廓，右洪水从洞中出，不测其源，果奇境也。复往南，至群玉山头看石，千形万状，不能尽究。回头至愚溪李树下石溪边，久憩而归。陪我者长郎也。陈家兄弟来，为树子事，公私不清，在此理论。问知亲翁健甚，凌淇叔来话。晚，与紫兄酌，作字，问江华消息于蔚堂两人。遣仆去，始得复书，知初五日粤东来兵会剿贺县贼，被伙匪伤兵二百余，一副将，一参将。又都司二，守备一，千、把四，俱阵亡，而贼却散往怀集，入广东去。其浔州贼颇有好消息。

千、把，指千总、把总，皆为低级武官。

息壤，本指一种
能自己生长、永
不耗减的土壤。
后因桑土稻田可
以生息，故名。

十七日 （4月18日）阴晴相半，无雨。早饭后闲话，蔚翁来谈一阵。张观察前晚到，昨晨即行，明日有兵二百来，将来书，有新调江西、湖北各兵一千，永州一带兵差方盛，冀得早竣事方好也。未刻，同紫兄到天后宫，少坐，即往蒋大司马祠，新建，尚未毕工。开朗宽圆，江山入眼，一奇观也。与首事一话，知蒋姓所建，而地系府学官地。右手即府学西斋，下有《息壤碑》及《太平寺基界碑》。大约城中不登高而宜远眺无过于此矣。两人憩坐许久。晴日出方回。紫兄命酒，先醉，余写县学各扁后方晚饭，饭后写对子，复久话。睡时子初二刻。

十八日 （4月19日）晨阴，毛雨。早饭后大雨，遂竟日。闲谈，泛览郡志，中东京碑惟吾州蒋、熊二碑耳，而不可得一字，不知尚有可访否。洪、欧、赵皆著录，不应此时拓本全无也。晡时冒雨出，回拜府学西斋江君朝锋，初到任者。零陵学周伟堂烈，住碧云庵。得晤，一话，归。晚同酌，大雨、雷，竟夜达旦。凌淇叔来别去。江村陈氏兄弟为木排事复来舍，颇不喜所为也。

十九日 （4月20日）竟日阴雨，少客，略静，写大字多。午后，同紫兄出南门，到教场少憩。开敞平远，雨景殊佳。余独步至三里亭，听水声，沿潇江回岸，离江约四五十丈，水小甚美。小汉河中得鲫鱼二尾归。登南门城楼一眺，入城，过零陵县前大塘，水北屋子殊有致。由碧云庵西石路至县学宫前，大塘边遇雨逐人来。归路遇衡州兵，今日甫到，大约明早行往江华去。晡复写大字。晚酌紫兄所藏酒，亦佳。夜不甚好睡。

廿日　　　（4月21日）雨住且晴见日。雇兜夫及挑夫到道州，每人八百四十文，共八人，连长沙来者共十人，后又添二人。刘世兄来，筠庄年伯曾孙也。出诗题课之，尚有清气，已入学矣。写大字不少。陈惟勤复来索书。夜饭肴多而紫兄以足痛不饮，与乃郎乃婿一谈。夜与紫兄话，将子初方寝。紫翁连日因乃婿石麟祥木簰事，颇烦心。吾乡人好做此生意，又多秀才为之，动辄欲官为弹压，见利忘义，积渐使然，士业荒矣。

簰，同"排"。

廿一日　　（4月22日）晨起，作书与子敬，交蔚堂去。收捡兜杠等，与紫兄一饭而别。巳初一刻多，过零陵县署。蔚堂下乡未回，出南门，过南津渡，婆婆岭少憩。廿五里至淡岩。从大路入，不过一里，即到寺。敲门入，洞门在寺后。入洞深曲开朗，黄山谷诗刻勒痕如新以外，宋人题记诗句俱明白且多。由山深，无人伤损也。果然奇伟，盘桓久之。岩水下滴如雨，寺僧出干蔬，送茶，甚佳。出洞，行过窝家桥。至五里牌，午尖，已未初矣。尖后行，山洞石峰更奇矫，惟无从遍涉深处，而猪婆洞、年鱼岭、媳妇娘石山等石皆佳甚，不得其本名也。出水岩雄且幽，水声出岩下如雷至。林木茂深，田水滑溇，耳目不暇给。天晴阴相半。午后热。酉初到泷泊宿，屋高敞而地甚湿。大雨竟夜。

廿二日　　（4月23日）雨未住且行，复添夫一名。冒

鬖鬖，形容须发
稀疏。

雨十里，早尖，又卅里午尖。又廿里濂溪湾陈叙堂二兄处住，水阁临江，极为幽敞。十年不见，亦鬖鬖有须矣。门人周幼庵课徒于其家，同来晚酌。雨大，溪流声急。今日泷河路多逼仄，宜修矣。先二里过木垒谒沈将军庙，亦荒地，宜修整。

廿三日　（4月24日）雨大，不可行。主人出纸索书，亦得廿余件。午间，义门亲翁由江村来，七十八矣。健甚，比十年前好些。同饭而别。家无子侄在家，我亦未便往住，得此一晤，两便。子敬寄物当面交清。晡时冒雨过河，到晓堂丈新居，在山腰石坡，五百四十级始到。烟雨满望，家居所希。晓翁健甚，逸趣犹昔。食蛋茶而别。晚仍饭于水阁。

廿四日　（4月25日）早饭后行，雨似住而未住，中途大雨，幸今日路就平坦，四十里赤园铺午尖。尖后八里过斜皮渡，水大长矣。一路渐晴见日。酉初二刻到家，叔弟辈迎于途，入门叩谒祠堂神，叩见伯叔父，诸弟辈次第见，不能尽识也。住鹤鸣轩老书房前厅，晚间诸父与弟兄设两席相饷，饮家乡酒颇过多，情话长所致然也。得子敬□中省两封，甚慰。睡时子正矣。雨大入屋。

廿五日　（4月26日）早起，到各房院中叩见伯叔父母，饭于贤儒弟处，不甚适。归复睡，骨节疼倦，盖被雨湿所致。晡时渐轻，起，一饭。晚睡，骨节仍不解痛。复得子敬信，知毅弟旧葬处已移出，棺完好如新。外间水蚁之说真不解所自，大慰大慰。

廿六日　（4月27日）早饭后，到上头本家各处叩见各位叔祖父母、伯叔父母，文赟叔公八十四，启铮伯父八十，启璋伯八十二矣，俱健极。启铮伯设饭于新屋，少憩。遍看新屋一番，屋起廿年，不能归住，徒虚设耳。回馆，许春如来话，小坪老表、斐秀、松秀与表侄□英、表姊夫某来。螺海邓老表来，为族中命案牵连，差役作贱，多日不敢回家矣。晚与诸位表兄饭。

廿七日　（4月28日）早起，同邓表弟饭后行，走北门外东阳观，西北行，到十里桥走广西大路，进牛路口，入螺海，约卅里，到其家。差人满屋，总差六人，散差廿四人。兜夫在外，每日三餐，在此等凶手。凶手远逃，事逾半月，岂有向尸亲坐索之理。如此下去，破家必矣。因唤差来饬问一回，并作草字，令呈州尊酌示，或可少静。余一饭行，先去，走大路极崎岖迂远，过板桥多。回来走小路，极平坦，近得五六里。一路山奇石秀，皆玲珑嵌空，惜无佳名，止呼为观音坐莲、八仙下棋、蛮头岭、和尚岭诸名目耳。和尚岭者，相传寿佛在此坐数山头，忘却本坐处也。由西门街沿河回家，好在竟日未遇大雨。晚，与斐秀同十二叔、箴弟饭，饭后，叔弟侄辈来话。子初寝，雨来且大，遂潇潇竟夜。

廿八日　（4月29日）早雨，尚未息。早饭后寻九叔，往峋娄岭贩鞋。石子路不好走，过四叔公墓前一叩。前为水隔，不得到山而回，而汗已浃背矣。少憩，欲出，文箄五叔祖来话，甚久方去。余步至屋院寻满叔，十二叔约它出。神堂屋度审一阵。晡，同箴弟复往峋娄岭，□石路绕出山脊庙后，复下行，始到祖父母墓前叩谒，不至此又十年，茔城尚好，坟顶观音竹一丛，比昔年更茂，惟石罗围急须补做，方免后来侵占。与箴弟久话。仍绕路，由左手回来，往过马王庙一带，水不清深，洗马洲亦葱蔚可观。回寓，周十八兄迪哲与何氏兄弟代月、代樽来话，去。晚饭后，诸父弟侄来，话到子初。大雨复竟夜。

廿九日　（4月30日）早雨住，饭后静一阵，难得。

午间拜王槐轩，署州尊，揆一，河南新乡人，乙未同年，人爽快，可有为。出示广西官兵现驻扎图，股匪转多，督师、提镇均以办理迟延请处分，石梧可念也。晤学师李尹卿平衡一话，黄学师久等不出，可怪之至，余出，不复相待矣。冒雨归。少憩，士林侄与容昌叔来，诸叔弟侄次第来，满翁同饭。聚话至亥刻散。雨渐歇，今早作书寄子敬，交槐轩刺史。

初一日　（5月1日）早，神堂叩香，雨住矣。周视堂宇。饭后，往清明堂看，是壬山丙，神堂乃癸山丁也。李、黄两学师来晤。午间略静，下午，王州尊同年来，久话去。果有用才，不易得也。今日换戴凉帽，天色仍大凉，不能脱棉，雨所致耳。箴、贤两弟同晚饭，雨复达旦。黄表弟送甘蔗六支，甚肥壮紫厚。剃发。

初二日　（5月2日）雨未住。早饭后雨住矣。启昌五伯爷来话，八十有四，尚健步，日前足病，余为开五倍子方，果即见效。许四兄来话，长余二岁，须发白，尚有老亲，可羡可羡。西门郑家表嫂来，自老表出门不回多年，两子已大，无以为家，可悯可悯。傍晚雨来旋止，谈至亥正睡。

初三日　（5月3日）五更后雨，被窃，穴墙，失去酒壶、衣物等件，计钱不多，然可戒也。告捕厅知到，不知能捕获否。洪六、洪七两兄来久话，因雨不得即去也。得子敬三月廿四日省中书。内有子愚上巳日日书，一切俱慰忠，惟皆望我早回京，亦想念甚耳。江浙俱苦雨，恐又成涝势。粤西事无端绪，调各省兵。晚约三爷飞熊、九爷启贤，晚因买得大鳊鱼也。箴儒同坐。散后，诸君来，谈不甚久。夜仍雨。

初四日 （5月4日）雨竟日，不甚大耳。早饭后，捡出裁料，分送诸父及兄弟侄并诸婶及嫂娣。作寄子敬书，与紫卿书，俱交胡蔚堂分致，交槐轩州尊加封去。昨日所得子愚与桂儿书俱不及钟曾一字，殆非佳兆耶。买枇杷，小而贱，尚未大熟，然风味却不错。叔爷兄弟来谢谢纷纷。夜倦早寝，心绪大难，梦中多哭。雨复不止，衣物潮霉有气味，不好过得狠。

送裁料单：飞熊三爷呢，鉴二爷沈，镐十爷绸，和七爷沈，顺满爷呢，昌五爷沈，裕四爷沈，九爷呢，十二爷呢，十三叔公羽，荣畅二爷沈，裴五爷滇，锡四爷纱，复六爷沈，神赐七爷沈。绍先弟兄羽，聘望弟兄羽，谦儒弟兄羽，绍濂呢，安儒绸，绍礼绸，绍伟弟兄门，绍益弟兄羽，绍纹弟兄绸，庆林纱，毛宰弟兄纱，火保弟兄纱，绍兴弟兄绸，士林弟兄茧缎。外凌瀛四叔绸，守先侄绸，两人清明堂监工添入。箴儒呢，勤儒羽，升儒滇，恩儒沈，书儒绸，贤儒尼。外留舅娘绸，老表绸，邓老表被面，黄瀛老表绸。四十件全。

送背面单：大伯娘、十三伯娘、五娘、孔孔、四伯娘、六娘、七娘、八娘、九娘、十一娘、十二娘、三娘、绍濂嫂、先嫂、香嫂、英嫂、通嫂、谦嫂、恂嫂、惇嫂、礼嫂、铭嫂、箴儒嫂、书儒嫂、楷嫂、老表一，庆娥、五伯爷二女各一。三十件完。

初五日　　（5月5日）雨日夜不住，如何如何。饭后到西院中一行，十二叔自廿九往桐溪口买树，至今未回，为雨阻滞也。具呈交槐翁，丁忧回籍日期要报部也。斐秀表弟来即去。晚间，贤儒持鸡、笋、桂鱼来饷，因留九叔、十二叔共饭。十二叔买树甫回，饭后交十二叔长平文银贰百两。夜雨奇大，不好睡。

初六日　　（5月6日）早雨小些，出门看水，水间石峰俱漫漫。昨夜雨，长水将五尺也，方未已，可虑。午间，水更大，由上游来也。我家所买树，由永明来者有一二簰被水大冲到下关，幸而泊住，俟水消方能拉回。午前小雨，午后交夏令后，不复雨，或可晴平。写对子卅付，亦觉腕笨矣。心绪不佳，复劳神致是。

初七日　　（5月7日）竟日不见雨，午后日出，或者真晴矣。蛮头寨买大树未回，念念。因永明所买皆无过三尺围也。早饭后剃发。作书寄李石梧、徐毓珊，俱交槐翁去。写对廿八付。周永朴弟兄来晤。晚间，陈立恩亲兄、洪家宅妹夫胡、新屋地外甥周先后来。槐翁差人来，得江华信，三省兵勇均屯怀集，事似得手也。夜见月，旋阴。

初八日 （5月8日）甲子金奎日。辰时，清明堂、神堂屋、鹤鸣轩三处敬土神，动工修葺。振南十二爷管总帐，启贤九爷、凌雯满爷、凌瀛四爷、绍箴四弟、绍权九弟、守先四侄分监各工料。砌匠一卢一邓，木匠周、龙、唐。匠人来求者甚多，临时开单圈定。午间，绍益三哥处出九伯爷、九伯娘殡送奠分。未刻请余题九伯娘神主，伯爷主系十二叔题。上祭者多有祭文，极恭敬，礼生六人，少闲，吾乡古意尚存也。守先处饭，题主人与礼生共一席。南塘尾老表黄中濩来。晡，雨中步至各处看动工，商酌一回。晚与黄老表同飱。夜雨。

飱，同"饭"。

初九日 （5月9日）雨不住，可奈何，复竟日。水甫消落，又将长矣。与盛堂表弟饭后催令行神堂屋，恭请祖宗神主，移新屋书房安奉。回，送九伯爷、娘葬，过马王庙而回。书房土木工俱动手，与十二爷商量建亭子地。午后仍饭于守先侄屋。饭后客来，无非索书耳。写对十余付。三哥处送谢题主礼，收羊肘、猪肘、粑粑，如何吃得完。夜，十二爷处饭，陪陈亲兄吃过年果子，别致得紧。雨彻夜。

题主，办丧礼时，立一木牌，上用墨写"××之神王"，然后于殡前请有名望者用朱笔在王字上加点成"主"字。

初十日 （5月10日）早雨不止，约陈亲兄便饭。镐叔，瀛叔，惇儒，恂儒两弟，守先侄同坐。饭后，周视各工程，渐就条理。丈量神堂屋后地，推进五丈五尺，规模粗定矣。清明堂推前一丈，两边做门，改路于照墙后，大致如此。惟大树尚未到，殊着急。午后雨止，晡见日，大晴。写对子十八付。王槐翁州尊札示差单：赛鹤汀相国为钦差总办大臣，都统达洪阿、巴雅尔俱钦差大臣，带领将弁兵役、炮械前来堵剿粤西贼匪，于一月廿五、廿六、廿八，四月初一，分四起出京，鹤翁初一行也。闻将驻扎永州，粤西近无消息，想见京师风声不小。晚，与九爷同酌。螺海周叔爷来，知邓老表家早已安静，凶手未得，现有差线寻向灌阳去。夜有月，真好事。到宅门前看月一回。

十一日　（5月11日）大晴有日，然晨雾何为者？各处工匠来颇迟，因作字催之。午间客多，水南黄三亲兄自永来晤，知日华仅余一孙，才两岁。二哥无后，三哥有两小儿，家萧索甚。客去，往祖父母坟上去，祭奠回，复阴雨。写对子廿付。晚约书儒、谦儒、恩儒、恺儒、绳儒、怡儒诸弟饭，皆敬且和，蔼如也。九爷、满爷、十二爷、瀛四爷、守先侄来夜话。今日晚始设席。贤弟铺中为监工诸君早晚饭处。雨复竟夜，虽不大而可虑。洪宅伯送来蒲象山书。

十二日　（5月12日）早仍雨，饭后午晴，各处看工。水南黄佩棠亲兄来，四叔之子也。与龙□商量亭子颇费唇舌，其人自用不□说。晡时复雨矣。王槐翁州尊来话久，因为谈周家承袭博士，不宜久旷。箴弟买大树，今第三日矣，甚念甚念。石匠蒋姓疲病，不见来，可恶可恶。泥湾黄表弟送来鸡及瓜子，复同伊叔及乃郎来话。雨竟夜，夜与监工诸君饭于书房。

十三日　（5月13日）雨不住，不大，申酉间晴了一阵。各处工俱不大顺，便竟日行泥泞中也。早饭后剃发。绍箴买树回，知木簰行至搭村被人阑阻，请州署出差三人持签同箴弟去。写对子十八付。黄表弟为卖树事来两次。晚仍与监工六人同饭。黄仙满复来入坐，两日来食洞笋香美。

十四日　　（5 月 14 日）早尚阴雨，后渐住，遂不雨，然砌匠来颇迟。昨差有一人回说搭村人要自送木来，不准洪家潭人送，因作字付绍箴弟，由搭村人护送。午间，搭村唐表兄运新亦为此事来，复作一字去，而此君不甚爽快，难说话也。北路何焕采之父来，其子武举，庚子同北上，曾在京会过，久坐去。十二爷所买永明树今日续来。晚饭，监工人同坐，请文箕五叔公来酌，族老，八十四，健甚。散后，余倦极。泥湾老表之子来，十六岁，完婚矣，名吉泰。夜有月而微云，启柏叔送黄瓜。

十五日　　（5 月 15 日）早到新屋书房谒祖先。各处看工后回。早饭后写对子一阵。何显昭先生来，年八十二，辛酉补廪，乙酉出贡，将往应乡试，可得钦赐，精神甚好。同来者昨日本家也。绍魁弟从省来，带到子敬三月廿九信，中有二月十五日京信，一切平适，或者钟曾无恙乎？徐毓珊郡伯从江华回，到州住考棚，差人来候，天已黑不能往还，晚局请文槑十一叔公首坐。竟日未雨，亦不出日，于土木工相宜。箴弟从搭村回，树子明日可到。亥正，镐十爷亦回。夜月有云。

十六日 （5月16日）早起，到考棚拜谢徐太守，谈及粤西事，贺县贼已退回广宁巢穴，是广东地。武宣一股盘踞万余人，更难收拾，如何如何。回过三贤祠，看五如石。太守旋来拜，久话去，即上船往永州去。午间写对子一阵。周亲翁克曜来，言及从前在此书房受业于先公时事，成古话矣。洪家潭树子陆续来，亦无大木可为正柱者。竟日大晴不阴。晚局请笪叔公为首坐。散后，门前看大月，畅话，为近事所仅见。

十七日 （5月17日）寅正起，卯初行，已大明。往甘溪铺叩谒曾祖父度昭公，墓前虽促而后龙和厚，讲地者宜多赏之。癸丁向而碑不对，斟酌添之，诰封碑并拜台处宽四尺，深二尺，碑则高三尺一寸，宽一尺七寸，可配也。来去俱在铺中小憩，约离城十五里。先由西门过桥，背清水桥西南去。书儒弟同往。回时午初，回拜州尊，一话，归。周修园表兄相候，绍濂弟亦来。修园在院中午饭，后仍来一话。江村陈义门姻丈、因阳观周四姑爷来，同晚饭。夜出题请姑爷做，居然灯下成篇，老而不荒。夜热。邹叔勋被冤入狱，书来复之。

十八日 （5月18日）晴。陈姻翁、周姑丈同早饭后别去。主人不得闲，不能不催客行也。今日是鼎鼎婚期，不知京师已同此晴爽否。扈里洞朱老表来，蒲象山从永明来，傍晚又来，为求馆事，难与料理也。王六、左七来，凌溥叔，字子惠，来两次。螺海老表与其同年弟来。竟日应酬，嫌烦矣。

十九日 （5 月 19 日）寅初二刻起，寅正三刻行，由南门过浮桥，至水南转东，行约十四五里龙江桥，叩谒简在公高祖墓，土色不佳，易消塌，不得收拾，且熟筹之。归过鼓子岩游憩，回家，方巳正后。作清明堂上梁文。左七、左八、子惠叔、修圆表兄同来，宝成亦来，种田废学，无复少时矣。秀木匠候铁箍箍柱，柱系四合成，候至夜方成功，颇急人也。晚饭独与邓老表饭，监工诸君俱因忙不得到，且有闹梁之俗。夜不好睡，余早睡矣。

廿 日 （5 月 20 日）寅初起，大月，无纤云。寅正祭梁，十二叔赞礼，满叔读文。卯初上清明堂梁，上坐、中坐、门楼三梁同时由前而后，一切妥当，好在天气晴朗。又书房建亭安顶亦敬神。午间编犒土木匠并主人，共十六席。余与监工七人酌于新书房，惟神堂屋散工不与，止请匠头，因另日上梁也。帖字于牌楼柱，以重修祠堂并非新建，敬谢贺客，以免烦扰。晚仍与诸叔弟饭于我屋。今日写对五十余付，天大热。得子敬十三日省中□，将离省往江南矣。票盐不大行，于国计何。

廿一日 （5 月 21 日）寅初起，寅正后乘月行，出门即明矣。过河，直向南，过七里冈，至石马，到升儒田舍小憩，行，共约廿二三里，至泥湾洲鹿三略佃夫屋。复行二里始至享水公墓叩奠，地方宽而气局紧，青乌家佳作也。酉山卯向。登眺久之。回至鹿家，与书儒弟一饭后行。过木拐井，饮泉甚甘寒，方热极，午日当天也。雷声作，阴，恐有雨，行颇速。未正到家，不雨复晴。作

青乌家，即堪舆家。据传，黄帝时，有青乌子善相地理。

书寄子敬、子愚两弟，由荫云处寄，交槐翁加封去。洪七
兄留帖在此，晚请白四兄饭，少酌而散。

廿二日　（5 月 22 日）夜闻雷而未雨，晨起阴凉，午
　　　　　前仍晴热。自昨日来，各处工程颇觉疲散，
监工诸君亦多应酬别事，殊可慨闷。今日忽派余修马王庙，
动工日已定，余未能应也。以祠堂为重，它非所愿耳。洪
萃山来话。扈里洞朱老表又来，无甚话说。晚饭于十二爷
处，陪白先生。洞笋煮团鱼，兼有大鸟，名曰草鹅，大约
是鹰之属也。酒甜而剧醉人。

廿三日　（5 月 23 日）早晴热，旋阴。往谒简在公配
　　　　　赵太夫人墓及胞叔祖崇朴公墓。遇雨，归，
雨更大。清明堂酌定阁西边及照墙地址，大厅屋前商量做
八字墙及石长凳。午后大晴，写对子廿六付、扁二方，甚
热。晚，南塘尾黄大老表来，夜并请昌五伯爷、启柏八爷、
绍魁弟，同九爷、十二爷、满爷饭。

廿四日　（5 月 24 日）早同黄老表饭，客去，余同
　　　　　满爷持簿到高头屋查录嶂公以下子孙，将为
谱稿也。午初方回，作札问州尊借钱四百千，因现在拆
饷之时，州署钱多，而我换银不能得钱也。槐翁即令遣
夫挑钱来，真爽快。闻螺海凶手已拿到。周修园来话。
黄仙浦来送物，因其子喜泰先来，余令作文诗，仙浦意
令即受业，而余不好为人师也。写对卅余付、扁二方。晚，
筼叔公同门内公约饭，共四席。绍魁弟屋中办，嫌有官

排场，又天太热，不能多食。晴，整日有南风。夜热，蚊多，不得睡。

廿五日 （5月25日）竟日大热，人困甚，因夜失眠也。各处工程踊跃，而砖不能继，令人急急，监工人分路寻买尚不应手。昨日唐家人来愿卖我书房西边树园归我，议定价八千，未成契者，因其弟兄未到齐也。晚，与监工诸君同饭，外请文煊叔公、绍益三哥，又斐秀表弟来同坐。丑刻闹贼，后雨且大。

廿六日 （5月26日）晨雨，雷未住，斐秀早饭后行，为开刊迎轴事宜一纸去，约其初八先着人来。申村蒋家妹夫来，竟爽五爷之婿。喜泰来，领文字去。启梅、启晟两族叔送谱底来。绍煐、绍魁两弟司□，俱为谱事也。午后仍晴，而河水长矣。□□添请镐十五爷、绍盈六哥。夜凉，蚊多，砌匠歇工一日。

廿七日 （5月27日）早阴，旋晴，同箴弟上峋娄岭叩谒享水公妣墓、度昭公妣墓，一宜培坛，一宜补碑。向北行，过老虎冲，至绍濂弟处见六婶娘，背山面水，佳境也。惜母子两人太寂寂，濂弟尚无子也。饭后行，往南约三里至白泥塘，见三婶娘，健甚，尚能饮啖。绍先、绍生两弟索书对数付，复同饭。今日两午餐。未正归。申正到家，新屋中人多极，皆闲看者，拥挤不通，节事近也。书房亦然。陈博君姻叔来同晚饭，共九人，酌于前院。今日土木工俱奋。□唐家地买成，共八千耳，而我书房遂有西园，与东园相配，亦快事也。夜凉少蚊。

廿八日　（5月28日）早，与博君丈同饭。将军庙郑表两人来，甚黏滞难耐。襜五伯爷两次来。启培叔之婿蒋益光来，问知将军塘石马神蒋才扬庙有蒋君碑，尚是东京石，恐未必然。即当访之。蒋才扬者，才扬亦两姓，与蒋公相友，故合立庙。此语非古也。启渠叔为谱事复来，螺海表弟学初来，又同其外甥与堂弟来，为命案事也。今日撰明早上梁文，客不歇，匆匆甚。写对子卅余付。神堂屋对："日月光华清明广大，诗书俎豆富寿炽昌。"□新书房对："秀气钟台阁，名村蔚栋梁。"扁云："增其式廓""立中生正"。晚餐□□到者止十二爷、满爷，外约白先生、绍□弟，因令□□□人都去张罗也。

廿九日　（5月29日）丑正起，二刻祭梁，十二爷赞礼，满爷读文，交寅初上梁，上座、中座俱妥帖。归，仍小睡，颇清凉，有阴意。未刻忽大雨一阵，旋复晴。午间，到大厅饭，款待匠人也。写对子卅付，丐者喧至，可厌。晚，请容畅叔、绍纹五哥、士林方侄，监工者九爷、十二爷、满爷、守先来，余皆陪匠人。晚睡。

卅日　（5月30日）竟日晴热，虽□南风不解也。英儒来，写得谱事数条，殊为难得。诚儒来，便说不出，且嘱令记之问之。洪七兄来，久话去。廉泉弟付来《史记》，前日借来看的，阅《礼记》二卷。晚，监工诸君为匠人请去，止九爷同诚儒、英儒在此饭。□诚儒酒后与满叔为义团事争论相斥，酒之宜戒如此。两日来闻李石梧有□□□中之信，不知确否？素有□疾，恐得□耗，可叹可怆。晚如老人何。

初一日 （5月31日）晨起谒神堂。竟日晴热，看《礼记》两卷，与十二爷、满爷斟酌神堂屋中座开旁门。得子敬省中四月廿二日信两封，有初二日京信，钟曾有请安帖，甚慰甚慰。子敬初发一信，时尚未得京信也。穆荫学□大军机，赓堂疏谏未允。穆君同史馆数年，有才而颇欠安详也。晚，请鉴六爷饭。监工者满爷与箴弟均未来。

初二日 （6月1日）阴凉，能不雨乃妙也。早饭后，黄表侄带白副爷之子，送到三月廿六日子敬信，内有京报单一纸。杨诒堂视滇学，唐镜海丈内召，徐稼生还编修；调云贵、湖南兵三千，寿春兵一千，赴广西；严仙舫、姚石甫均广西差遣，此事殆未有了期也。襸五伯爷为谱事来，八十四岁，老秀才，欲科举，可得钦赐。周□官丈来，濂昭姑丈之弟，昔痛风□后愈，□□□院中十二爷处知茶□□□□玉泉公墓地为其所占，余十年□□□□□矣者。今来商请办法，看龙船客多□□□□屋都是，亦一景也。晚饭兼请文笢叔祖暖寿，初四日八十四岁生辰，先儒从爷同来同饭，竟日凉，不雨，晚如秋矣。

初三日 （6月2日）仍阴，时有毛雨，不湿地也。

午间两边木工争树，几致斗，解谕而罢，一家活而分彼此，无如何也。监工诸老亦渐㜍缓，好午酌，不常在工次矣。襜五伯爷诗稿见示，而前人事迹无所记忆。许四兄来话，言从前有默斋公诗，本钞付洪七兄带省，入《沅湘耆旧集》，洪兄遗失之，今默斋公竟未得见。前启曜十三伯爷有之，作古后，不知尚存否。晚饫约飞熊三叔，问之不知，殊为慨然。

㜍，同"懒"。

初四日 （6月3日）寅初二刻起，天明行，由水南走申桥东南行，至石马神访蒋公碑，不可得。襜五伯之言盖仿佛耳，且《隶释》后无道此碑者，我痴□□□□□蒋、豺、杨三王并刊一龛，蒋公……而庙貌华敞，香火方盛，乡人难与正□至□□，先代封号、券书，乃出元嘉，行述乃□□江都之六代，孙叔远皆可笑鄙。又东南□秀木山，拜一士公墓，拓其碑文，归过桐油坪，拜述君高伯祖墓，拓其碑。午饭仍回蒋公庙，吃过，申桥问周十八兄，则于廿日回家。南义学今年修整，十八兄亦未往主讲也。申正后，回书房。西岭本家叔爷辈及左家妹夫来，一晤去。来晚饭者止九爷、十二爷、箴弟、守先侄。夜微雨。

《隶释》，宋洪适著，是现存最早的一部集录和考释汉魏石刻文字的专著。

初五日 （6月4日）早起，神堂叩谒，痛怆甚。归，闭门不见客，亦因看龙船人多，止好躲着，然竟日打门不歇。修谱作字甚有暇。子惠二叔同左氏兄弟来送食物，因为写扁也。"推忠蠲瘼"四大字送王槐翁。西岭□民公献者。除盗安良得民心也。晡时神堂上供，归得紫卿书，中有邓湘翁两书，知姚石甫廿七至永州，约湘翁□□□□相会。廿八日得石梧凶耗。石梧□□□□与归邵矣。余目前实亦不能往也。石梧以□□日□殁于军，十六日枢船已由武宣开发，忧□□致，良为恫悯，然为奉母而归，为王事而殁，□□无愧矣，也罢了。晚饭□左八、子惠叔、十二爷、满爷、恂儒同坐。夜雨。

初六日 （6月5日）晨雨，雨止仍阴，催买树去。今日龙船无声，少静矣。龙舟原是古俗，然亦苦太闹，前日王老秀才之子以弄船殁于水，不得其尸，亦可怕也。两仆陪我，静极，绝□□去一看。邓砌匠停工等砖，奈何。周四□□贡金兄、小坪老表同钟英瀛表、襜五伯爷、江村陈五峰之子先后来，不得静。修谱、作小字既多，目痛矣，不免服药戒酒。晚飺鳖。昨子惠叔所馈也。九爷、十二爷、满爷、绍魁弟同饭，饭后久话散。竟日阴，凉甚。

鱼，蒸煮。

初七日 （6月6日）早阴不开，凉甚，秋深不过如此。早饭后小雨一阵。即□，到州署与槐翁话，仍是借钱。……写"推忠蠲瘼"扁已挂上，因……委得。悉粤西武宣贼伙窜至□州，看……散意。周敬修以总督衔为钦差大臣，□忠泉擢广西巡抚，数月前尚粮道也。群□毕集，事当易了乎。回寓修谱，客亦不住来，不能尽记。晚，笪五叔公同绍魁弟馈肴酒并启柏叔来饭，九爷、十二爷、满爷同坐，两日戒饮，一滴不尝，为目痛也。夜凉甚。

初八日 （6月7日）晴热，为目痛□不出。午间写大字卅九付，螺海老表来，□□伯爷来。小坪廖勤政表兄之子来迎。晚住此，九爷、十二爷、满爷同饭。满爷先来看帖画，所论出人，天分高甚，不易得也。吃苦瓜、川笋，不甚得味。

初九日 （6月8日）寅初二刻起，灯下同表侄饭，天明行。车轴往小坪走土墙，避搭村也。斐秀具黄亭与有功□。数人备执事迎于土墙，皆骑马来。□□六七里，始至小坪，方巳时耳。……读。……五年，貤赠外祖父为承德郎，□□□院□□二级，外祖母为安人，今始携回送到也。神堂告祭，其告文亦余撰就带来。□□□后与诸舅及表兄弟柏□，舅爷辈尚存四老。入内见舅母，年八十，尚健饭。惟以病窘哭告，无它语。斐弟近并志窘矣。午饭后到书房小憩，写对子约四十付。晡至月岩，奇境愈看愈好，归已天黑，饭于表姐夫□□铺中。晚住养正斋书房，无蚊有风。

貤，移。

初十日 （6月9日）早起，同斐弟往宝龙寨，岩洞曲幽，玲珑天表，空中楼阁，世所未有。寻先公题壁墨迹，不可得。前次尚有也。上易下难，约石坡四百余，高而斜，故难下，通身汗透矣。回至书房，略憩，便于振常表兄处饭，后周视各处，幼时读书堂去年被火焚，兼伤横……药□□也。甘蔗园书……书房写大字又一阵，怠甚。……公请于大厅，共三席，余不饮，吃□□□饭一盂先退，收拾行，与舅母话一阵，诸老送行，难为别，约秋凉来也。廖家近年丁财甚旺，殊为可慰。山水奇秀，不粗恶，本佳境。携廖氏族谱及先公祭外祖父母幛归。天热有风，买得小笋十九斤，每斤六文，每斤廿五两，惜天热要赶吃也。到屋，请九爷、十二爷来同吃。

十一日　　（6月10日）先伯父光禄公忌辰，忽忽十八年矣。早饭后陈蔡心来，由广□□差至，将便道回郴州也。谈石梧病状及临终光景颇悉，遗折中有"贼不能平，不可谓忠；养不能终，不可谓孝"两语，乃病重时笔授者，真可痛也。午间写大字，修谱，鲁般屋有本家弟绍魁来，与商谱事，似明白人。到州衙回拜葵心兼与槐翁话。□书房李相公及白家妹夫请饭，余以□□佳肴不能多吃。主人……先散回，茶泡饭。大月……来别，因同饭，去。复江葵庄昨夜信，今夜□□□也。午间，修谱未出。箴儒、守先前日到松溪尾所买树，复因过陈家渡坝阻滞，今日请满爷回复二爷去。□□句好话，遂开放来，然来回已四十余里，晚间请来同饭。箴、守俱在。树于戌刻到来。英儒送诗片。惇儒送到一士公照并契纸箱，皆关谱事。暲三爷亦送诗片，甚热。晚雨一阵，不解热，□家望雨复急。

十三日　　（6月12日）早阴有南风，□□属作书寄京寓。又唁西台书，又寄周子俨书，为叔勋事。京信封入李家信内，均交州署去。昨日所到树子，今日已盘上坡，颇糟蹋得多，木匠不知爱惜，截长作短，锯大成小，不能处处有人在行看视也。竟日不□，晡后凉，晚饭后雨，更凉，如秋矣。写对□十付。

十四日　（6月13日）阴凉。午间□□□耳。竟日不甚出，谱分……写对卅余付，晚请整如族伯……兼请晚亭叔与诸叔弟同坐。李季眉由……来句赐祭仪注，知石梧凶信，四月廿五到家，适年伯母寿辰后也。

十五日　（6月14日）昨夜大雨达旦，今日仍雨不止，但不大耳。早叩谒神堂回，竟日颇静，无客来也。龙江桥人来卖砖，价昂未成。砌匠因雨停一日。写挽石梧联："修短何常，且完却一生忠孝；荣哀并极，祗益增九陛□劳"。扁，并执陶林作书。复季眉并印云。夜有月意，可晴。

十六日　（6月15日）竟日阴，时有小雨，不碍土工，砖亦渐渐来，可慰。早饭后潘满带信回长沙去。午间，绍兼三兄抚鲁般屋族侄，为子请饭，立合约。余为书约，取名庆旋。鲁班屋一支本由东门去也。庆娥妹□书房一话，闻兑兑、祥祥诸妹俱归矣。鲁班屋绍魁弟送草谱来，甚清晰。晚无□□□监工者同饭。

十七日　（6月16日）……出日，晡复阴，然不雨也。砖……得力。魏廷选、周大文两老先生来谢□□□□，莲涛湾陈二兄来，洪葺山来，七叔之□□祥美同来，修谱正忙，不耐应酬。今日复不甚适，足软，艰于步。□□受湿气也。魏君求作南义学碑记，云有志书，迟日送来阅，果佳事。近年义学中入庠人极盛。晚与诸君酌，无客。

入庠，指儒生经考试取入府、州、县学为生员。

十八日 （6月17日）因连日足软，又时觉仿佛。修谱用心，牵动潮湿耳。且歇□□□，艰于步。不废看书也。魏文田复同谢□来，送《道南书院志》一本。黄肇同、周选哲丈来，俱老态矣。午前，雨一阵，旋大晴。斐秀表弟来，一话去。

十九日 （6月18日）早出一走，后遂不复出。士林侄来，为看脉开一方，受湿无疑，且挟积滞也。看太白、香山诗选，□大略定，写对廿余付，整如伯偕李君来。□东洲山，过小船至者，书房中今日齐□□□先生坚以足疾辞……也。州署送到子敬四月廿日长沙□□□，甚，后廿二日书早到矣。尧农丁母忧而前□□□来，人竟不知道。晚饭，九爷、满爷□有客未到。夜热，半夜闻响动，□无事。月色满天，亦有□□。

廿日 （6月19日）惜足，竟日未出。上半日修谱，下半日写大字，且闲着，比日前头目清些，服药有效。又士模侄以白酒浸鲜红牛膝根饷我，早晚饮两次，亦当见效也。仙浦表弟同郑家老侄来，将□□挥子还它，赠钱二千，去。晚饭，大家不多酌。天热故。箴儒复买树去。

廿一日 （6月20日）早静，士林侄复来诊脉，因同饭，饭后仍不能出。摩研谱事半日。鲁般屋族侄绍洛来，绍铠弟□同姐夫李秀才思武来。复向州署借到饷钱四百千，并前共一千二百千矣。槐翁复□□□□前扰贺县而亡去之。贼……意，不知如何。晡服药后，忽大愈□□□□过表之故，苍术、羌独活、天麻齐到。可□□。晚餐遂不能共诸老吃，煮燕菜少许，取□，夜还安顿。

廿二日 （6月21日）晴热，足仍软，而神气少清，可放心矣。不敢再服发表，自酌清解方服之。周厚卿表兄来话，今日拆卸书房门楼，坐堂屋直看江山，聊一快耳。英儒从白泥塘来，为送窃贼到州署。斐秀表弟从乡来，为振常表兄欲为子捐官事，我实不懂此原委办法，竟日不看□一字，以节劳，然转闷闷。多睡，夜安静。

廿三日 （6月22日）晴热，农家望雨颇急。夏至节巳初二刻，石岭凤翔大叔公同伊满子来话，许四兄、洪六兄同来。许四为诊脉，说已无病。闻柳州一支复打□□伤官弁多，可叹可叹。闻石梧柩已于前日过永郡矣。写对子卅余付，竟日未看谱□□□□孙来看我，尚健如昔也。英儒□□先后来。夜陪诸老酌数杯。□味，亦将□□□□。夜用满爷草药煎水洗脚。想佳□□□□。

廿四日 （6月23日）辰初，书房门楼上梁，请满爷行礼，余足不敢远步也。昨夜雷雨，辰刻住后仍雨。砌匠停工，诸父同弟侄仍买树去，晡回，未买成。小坪老表送小笋一石来，又买得洞笋，且炰鳖，请凤翔叔公晚饭，余口味渐佳而头眩不见愈。看《礼记》两本，遂复不甚适。夜大雷雨，畅极。

廿五日　（6月24日）雨意未止，砌工略可动手。早饭后，请许镜潭四兄来诊脉，殆是阳虚头眩也，开方意在滋和，想全法镜兄说有《适情集》及简在公诗草，并吾家各先人行述，果尔，可感也。洲背本家三人带草谱来，文绪叔公、从元族兄、瘦□族侄并有老谱，明朝物，不全本，未带来，索之，不知是何宝。满爷来看《道因碑》，大有悟，遂携去看。移前庭石榴树，由西而东，趁此雨候，当可活。写对廿付。看《左传》数卷，且停谱事。谦儒、恂儒两弟请陪大叔公，余不能去，乃移樽来就，谈颇妥帖，不作难矣。夜凉。五鼓热，新雄鸡善鸣。

唐欧阳通作《道因法师碑》，楷书中所含隶意浓厚，结字看似平稳，实则奇险。

廿六日　（6月25日）早仍阴，竟日未雨。午后见日，山水黄浊大发矣。知上游雨大也。作书寄胡蔚堂、杨紫卿。绍传弟持五叔试帖诗本来。周大文丈来话，大叔公来，满爷邀看清明堂水法，匆匆去。四姑娘同岱英妹来，今日平平如昨晚，复不甚适。同诸父饭后仍（不）适，第不知何日方能出屋步。

廿七日　（6月26日）竟日晴而不大热，人觉渐健矣。早饭后，洪七兄来话，带有罗艺甫信。周选招丈持周家谱来求叙。廖表侄来商捐小官事。子惠二叔携

西岭草谱并老谱来话，各处谱底已齐，恨不得即动手了之
也。午后，许四兄来诊脉，并蒙带来简在公、石溪公诗草，
可感可感。满爷陪许兄到清明堂、神堂屋两处斟酌放水处。
余仍少憩眠，亦觉说话多伤神，可哂也。晚同诸父餐，比
昨好多了。

廿八日　（6月27日）晴而不大热，早□甚适，晡服
　　　　　　药后忽复不适，不解何故，岂有疟意耶？子
惠叔来话去。有杉木桥本家士昌之子来话，卖琉黎瓦人无
端送到瓦六十余，每块六文，余不要，乃读恳，可怪，力
却之。绍传弟送来瑞堂叔小诗本。箴弟说前博士承宗表叔
之夫人来，为继子事要见我，总由不知过继仅亲房之例也。
令箴弟转告之，当可定矣。晚餐后仍（不）适。夜热。

廿九日　（6月28日）晴，不大热，有南风。客来少。
　　　　　　整如伯来话。黄仙浦表弟为碑事来两次。晡
时刘四爷之子来，缠了一阵。觉复不适，晚餐谈，酌后仍
（不）适。守先侄买树回。今晨因各木匠爱雕琢，见好讨
厌，出字扣工以警之。晚云无雨，农田望泽。

初一日　（6月29日）早，不能到神堂叩朔，具香烛而已。竟日疲苶不可当，直是苦极。客来不能起足，南义学谢君来迎，如何得去。今日并《左传》孏看。□笡五叔公晚来话。晚不能陪诸老兄，一盃即睡。大汗湿被，一觉后食燕菜少许，极甘美。复睡至天明。

苶，精神不振。

初二日　（6月30日）天晴，竟日爽健，为近日所无，惟足力尚软耳。早饭后许四兄来诊，亦云似疟非疟，用厚朴、青皮、子苏，言尚须汗也。服药后乃未汗。午间，有游学者湘乡秀才李景志来，课以诗。守身似怀玉，得"山"字。圈四句，赠钱四百文去。"坚持征晚节，慎守凛时艰。"似有意相勖者。写对廿八付，看《左传》八十张。晡倦矣。晚陪诸公，餐好，止不敢多吃荤耳。闻赛中堂带兵，已于廿八日由永州过，即赴粤西矣。

勖，勉励。

初三日　（7月1日）竟日晴，时忽作阴，非雨候也。闻田多坼成龟壳矣。奈何。上半日甚适如昨。晡服药后，不适。晚餐始适。何济川宗兄来，能文之士，

坼，裂开。

课以诗，不做而去。吾州人不肯做诗，能者尚如此。细叩之，下牛阑何姓恐非吾宗也。五伯爷之婿周家岭姐夫来家，粗可过。许春如来，赠熏腰四，柑□尤难得。先儒弟来，螺海表弟书来告贷，弗能应。

初四日　（7月2日）五鼓大汗，或者病解乎？竟日适，做得《写经换鹅诗》五首，因许春如送诗来，少佳句，戏拈之。廖元粹同草鞋坪杨姓人来，为玉泉公墓地事。东阳观蒋表兄同伊侄来，廉泉弟来。晡时筼叔公、禬伯爷同来看清明簿，久话。余方不适。晚素饭，添廉泉入坐。不得雨。提督昨日来，今日仍往江华去。闻周敬修休致。

初五日　（7月3日）晴竟日，□热。无甚客来。鲁班屋绍魁弟来，廖元粹兄送桑白皮来，说煮鸡吃可已疟也。今日疟来甚轻，将愈，未服药。书房大门甫安上。晚至门外少坐，观江景，不到此半月矣。可笑也。

初六日　（7月4日）热为第一日，几案俱炙手，何甚速也。晨起，强行至清明堂及大厅前，看两处牌楼俱不合意，病在好高大，不知其为住家也。令改之而仍迟迟，果人之难悟如此。紫卿自平田着人来邀游九疑，疾甫愈，又如此暑天，如何能去，即付复书。许四兄来诊脉，说可不服药，见赠祖父与叔祖同入学拜客帖子，真吾家古墨，可宝可感。许兄且有诗纪事，将来装潢成韵事也。洪七兄来话，三人同午饭，久话去。晚饭后与十二爷、满爷同步庭前看月，近来新事，庭前新扫净也。龙匠可恶，已遣去。

初七日 （7月5日）母亲生辰，朝夕奠于室，怆何极也。到清明堂酌定照墙及石路丈尺，归，疲乏汗出，未复元也。午间，王槐翁来话，知贺县一股匪已散将尽，吾州可安枕，即象州大股大约日就蹙矣。云吾州四民止有士农，无工商，此语良是。盖技艺人皆零、衡人，铺中掌柜必江西人。我州人者浑沦不用心，田谷虽多，不够吃也。得胡蔚堂书。写对廿付，手力怯甚。晚饭后，门前看月，如不雨何。高头屋来商义田事。

蹙，困窘，窘迫。

初八日 （7月6日）阴晴相间，热不甚，而人不适，困甚。整如伯、仙浦表弟来话，九叔、十二叔、满叔、守先侄均到甘溪铺去，为玉泉公墓地被侵事，晚始回。箴儒出门数日，亦回，乃同晚饭。饭后，门前纳凉，有月，忽阴，其雨候乎？睡至子正，风来，雨一阵，丑正大雷雨，遂至天明，大快也。农家望此迫极矣。

初九日 （7月7日）早，雨脚未住，河水大长，农家大快，岁可有秋矣。午前雨住，阴凉如秋。上半日人乏甚，后渐适。写对廿付，看《左传》数十叶。亭上安阑干。

初十日 （7月8日）河水仍长，黄浊不清。天晴而凉，苦不适，竟日不出，止早间到清明堂一走，至大厅前，排楼苦高，匠人艰于改削，真可嫌也。押令改之，说等明日，亦由家中诸老亦爱高大，不知住家门两边排楼不宜高起也。从州署借饷钱四百千，并前一十六百千，槐翁复札现须报解，因作书□荫云，速筹，内寄子愚信，久不得两弟书矣。信并即交槐翁去。《左传》粗看完，晚与诸君酌话，月到屋中矣。江村陈亲家来，螺海老表来。

十一日 （7月9日）午前雨一阵，不大耳。人仍不适，未得出。邓表弟复来，何济川、江村亲家先后来。好求说公事，讨厌之至。周幼庵来，课诗一首而去。清明堂木匠完工，吃歇工酒。明日才结帐也。洪家树买树复被搭村阑阻，何苦定要买那里树子耶？启模叔来，说高头屋义田事，大约两边话都有偏见。甚矣！家庭之难料理也。

十二日 （7月10日）卯初二刻，恭奉母亲神主祔入神堂，痛哭而已，因病不能遍告族人。竟日人颇适，客亦少。午间，许四兄来诊脉，中无毛病，谓可服调补药，久话去。嗣儒从新化回，得芷庭书，令诚儒、惇儒清神堂各木主，或有宜补者。周四姑爷来一话。箴儒为昨日树事往搭村，晚未回。昨晚大雨，奇快一阵，今日晴，真好。

十三日 （7月11日）人竟日适，多日禁肉，昨晚食鸡，脉安知非破忌之力乎？周姑爷来，索写对十余付去。为黄老表写碑，朱不够而罢。人客颇多，渐不耐烦。未得少眠憩也。晚，阴雨一阵，旋见月。

十四日 （7月12日）晴，惟晡时大风雨一阵。石匠朝阳讨厌，然数百千工，余不能强从也。洪家宅树竟不得出，搭村人之蛮至此。做得《道南书院记》一篇，颇简。龙木匠昨日住工矣。晚饭黄老表同坐，在此看刻碑也。饭后，门前看大月，真奇观静境也。

十五日 （7月13日）神堂叩谒，步渐健矣。饭后看安大门门口下马石，石匠来炒一回，为朝阳也。洪家宅买树人亦同来讲话，因请十二爷、满爷去一行，都不甚愿。龙木匠结帐去。竟日无外客来。晚阴未雨，今日起伏，觉热，尚三□□也。晚饭后，亭上看月，大佳境，天下所罕。

十六日 （7月14日）晴热无雨，十二爷、满爷同箴儒、绍魁往搭村为树子事，晚未回也。先儒送老鸭子，余不欲而渠即自伤之，止得吃了。晚与九爷、守先同食。午间唐姓人来求扁送礼，收米、鳖，不愿也。为凌瀛叔写扁四块。陈鸿自昨日发寒热，似不甚剧。黄家表侄来，作一文一诗去，虽不见佳，可谓听说。

十七日 （7月15日）竟日晴，晚雷，阴，未雨。陈鸿病闹，请许四兄来，用达源饮，□高见通矣。余午后仍委顿，仍疟影耳，不可解也。槐翁送来头二次试差单：满舲广东，从家门过；椒生福建，稼生副之；蔡芸士滇副也罢了。象州一股，我兵得胜仗。贺县小股，闻将往宜章去，亦未必也。十二爷、满爷晡回，树子不来，止好仍问州衙讨差去。草鞋坪杨姓来，甚可恶，后□不立限，即填塘矣。

十八日　（7月16日）晴热，人大适，为近日所希。

写对子卅六付，在近日为极多也。石匠来算帐，所欲太奢，可厌之至，亦略增犒赏耳。陈鸿病差减，今日砌工亦歇，砖不到也。争贵争贱，工料两难，家中做事，费事多矣。

十九日　（7月17日）晴，甚热，为陈鸿病剧，竟日不放心，甚不适也。许四兄托病不来。午间，士林大侄来，用防风通圣散，大黄、石膏、芒硝，此吾所知，其用麻黄、荆芥、薄荷下汗，□□在北方少见也。至暮，得大便，可解矣。三爷斋学请作陪，略坐即回。士大复来看，谓宜再服一剂。晚，止与十二爷、满爷、守四一叙，颇放心矣。

廿日　（7月18日）晴热甚。陈鸿上半日清楚，服药第三剂，大解不少，当得通畅，而舌苔不退。申刻忽大发作，大烧大汗，喘迷相并，可虑之至。余亦急甚。傍晚忽一解而各症俱息，又得雨一阵，□清楚好过。士林侄晚到，今日不必服药，令吃井水，饮粥少许，此番算救活此子矣。晚睡凉，起来一次。

廿一日　（7月19日）晴热甚，陈鸿仍发疾，盖疟也。比昨发得早而较轻，不骇人。士大侄在此守看，仍服前方一剂，后始改方，不复用芒硝、□耳，本治疫而得疟，疟亦借此轻减。医道不易易如此。西瓜尚好，余食数片，不甚受。晚餐不佳，七兄来晚饭，食鸠不如长沙之矣，彼春初耳。

廿二日　（7月20日）晴热，晡阴，雨一小阵，殊失所望。陈仆竟晏静，能食粥矣，乃傍晚复发，遂呻吟竟夜，余为不能眠也。士大侄早晚在此，且宜从容酌治耳。箴弟、守先侄昨日买树去，今日未回。余因不甚适，亦服药一剂。两处工程看砌沟、打墙脚。明日土王不复可为此矣。食鸠比昨佳，今日六君子汤盖误。

廿三日　（7月21日）晴热不可得澍，阴云而已。闻东南乡连日大雨，何其偏也。陈鸿所苦未正复来，遂至暮，奈何奈何。□莱菔子建油等方，静，又敷莱菔、葱姜，□心胃痛处，又用斑苗法，敷之，不知何物见效，一夜安静，可慰。或自此转关乎。余于天将明，疟意复加，起来，脉数。今日收拾西轩，将为迟日避热处。

廿四日　（7月22日）晨起，见陈鸿好些，大放心矣。仍为敷昨日两项，冀今日不复发也。申刻，杨紫卿兄来下榻，出于意外，邀我游九疑也。兼得葵庄大令书相招，余如何能去。陈鸿疾大发，紫卿为主方，用黄连。

廿五日　（7月23日）黄连见效，夜甚静，余亦服药，香荟、紫苏等。与紫兄竟日谭。午后用竹叶等，

六君子汤，由人参、白术、茯苓、甘草、陈皮、半夏六种草药煎熬而成，有益气健脾，燥湿化痰功效。

九疑，即"九嶷山"，又名苍梧山，在今湖南宁远。

去黄连。满爷与大侄相陪，连日皆同。

廿六日 （7月24日）竹叶方重用生地，病益解。而晡时疟发，不似昨日之轻，幸晚间仍静。

廿七日 （7月25日）去生地，用桂梗、杏仁，病益解，可大放心。食粥三次，紫兄早欲行，余强留之，乃住三日，亦佳缘也。惜为药方添闷耳。言此间山水世所弟有，劝余早休官也。紫兄此次得举孝廉方正，品学本为众服，县中不一钱而能举之，葵庄殊难得也。

弟，疑作"希"。

廿八日 （7月26日）与紫兄晨餰后酌方，并开游九疑路程。紫兄上船时约巳时矣。为作对字并复葵庄书去。三日之聚，别亦惘惘，本来难得也。今日热极，闻雷无雨。傍晚，同满爷步至东岳宫，有千步余，一里大路虽尚可往还，足力已乏，然两月来无此好感矣。守四侄昨日回家，箴弟同树子回，今日尚不到。

餰，同"饭"。

廿九日 （7月27日）人好，陈仆亦安，昨晚发疟，大约隔日疟矣。树木砖瓦俱不到，工匠闲闲。周又庵来，因同晚饭，雷阴不雨。

初一日　（7 月 28 日）早叩谒神堂。忽已秋来，两月
不得京信一字。午间写字过多，又庵来别去，
遂大不适，亦因昨日吃永明子姜过多，性发散也。九爷、
满爷来晚饭，余数酌即先饭，且早睡。夜汗多。箴弟昨晚
已回，说树子尚未来也。

初二日　（7 月 29 日）人略适，仍苦倦汗。午间斐秀
送到振常表兄借钱二百廿四千文。申刻雨一
阵，不大。晚饭比昨佳。陈鸿午间餂半碗矣。晡时病仍来，
不剧。或者将愈乎？

初三日　（7 月 30 日）如昨未出。绍濂弟接绍鼎子庆
溶为嗣。午间请客四席，弟兄咸在，余坐片
时即回。陈鸿疟发复剧。雷阴不雨，小沾湿一阵而已。

初四日　（7 月 31 日）颇凉，有秋意，闻四乡雨大。
陈鸿大有好意，早午吃饭半碗。士大侄用敷
药并贴手药。晡时轻发一阵，不作难也。江葵庄寄到《九疑志》。晚大雨一阵，惜为时不久耳。夜甚凉。

初五日 （8月1日）仍不热。余殊不适，总由汗多之故。南方住不惯，年年苦此，恨不得秋到也。《医方集解》中有桑叶带露焙干煎米饮方，饮之当效否？

初六日 （8月2日）□□好些，人苦倦，竟日未出一步。油漆人来□工料去，南义学人复来接，未能往也。晚餐却健。

初七日 （8月3日）热极，日气蒸甚，难耐。余服药似有效。陈鸿两餐饭而疟仍来。夜热甚。

初八日 （8月4日）热极，晡云不雨，闷极闷极。树子到来，书儒昨去迎回，而箴儒、守先仍未回也。蒲象山来别，下省去。陈鸿病来甚轻。雨一阵，不大。

初九日 （8月5日）晴热，风不能解，雨不得畅下。守先回来，箴儒未到。

初十日 （8月6日）足软，不能到神堂，就书房中堂迎祖先上供，早晚如之。晴热，风极大。螺海表弟来，余精神渐长。陈鸿疾仍发。晚间满爷为迎神送饭。

十一日 （8月7日）热，大风可悸，作雨不得，又可虑也。余竟日适，为近日所少。晚雨小阵，夜甚凉。

十二日 （8月8日）不大热，先秋也。午正三刻，湖南立秋，大风小雨一阵，可惜好云□。陈鸿所苦大减，可愈矣。

十三日 （8月9日）阴晴无常，然竟不得雨。余昨食南瓜粉肉，今不适，口腹宜慎。陈鸿止小来一顷刻，明日想必止矣。

十四日 （8月10日）热极，笔砚皆炙手，南方炎景乃如此耶。晚供后自焚锭于书房，悲怆痛心，不能随大众公奠也。陈鸿仍小发作一阵。夜餐，月大而热，河边亦不凉。

十五日 （8月11日）比昨更热，无可躲处，幸连日井水六一散甚有效，人清爽起来。陈鸿今日疟止矣。晚餐后热不解。昨梦程春庐先生过访，今日发卷见其论《会典》地图里差书，大奇大奇，从前并未见过也。傍晚，乌云起，月仍出矣。斐秀表弟来，为搭村事。

六一散，将滑石、甘草磨成粉制成，内服，用于暑热身倦。

十六日 （8月12日）热未极，午后忽阴雷风，未初大雨，惜不久，然亦解炎意。雨过仍热，略好些。晚阴，旋见月。夜凉适，问卢万明号借到竹簟八个。

十七日 （8月13日）□凉颇甚，秋阴可爱。饭后，周四姑爷来一话。早间到神堂屋一走，足力仍怯，不解所谓。日来觉身上实无病矣。陈鸿初服调理药，亦相安。晚凉，秋气入虚堂。邓砌匠来算帐。

十八日 （8月14日）阴甚，雨如丝，凉更增也。到清明堂看油漆工，大约从容得狠。王槐翁差人来，为搭村事。斐秀来，亦为此，仍促令交价耳。作家书并致唐印云、李西台、季眉书，不得京信者将八十日矣。槐翁复遣人来，有五月粤西胜仗折底。昨夜大厅被窃装版四十余块，今日各处寻出，乃卖与邻近也。自家有如此人，奈何！夜凉更甚。

十九日 （8月15日）早起，冷。余方用白术，陈鸿方用炙芪，且试看也。杨紫卿兄寄到《宁远县志》一本。许四兄来话。白术大不妙，服药后倦怯，不适者半日，假药误人，可戒。斐秀送钱来，振常兄第二次借到二百千也。州署借来京钞十本，正、二月的。槐翁来言琦侯下狱，赛公赏黄马褂，裕馀止制府，徐松堪中丞内用。晚餐后稍适。未刻见日，余俱阴。

廿日 （8月16日）早阴，而比昨暖些。晨饭不佳，白术作伪之害也。魏六爷来，为南义学扁对事。申刻不适如昨，晚餐不如昨。今日桂儿生日，久不得家书，何也？满爷为借凤洲《纲鉴》来。

廿一日 （8月17日）阴晴相半，不甚凉，亦不大热。

闻提督丁忧，槐翁昨日往唁之于江华。制军已到衡州，闻将回湖北，有民变事也。洪□山来话。未刻小雨一阵。螺海老表来，即去。

廿二日　（8月18日）早阴，旋晴。余用桑白皮煮鸡，试吃之。两日不服药。小坪老表同搭村表姐夫来，一话去。申刻雨一阵，不小而短。晡甚适，其桑禽之效乎？

廿三日　（8月19日）晴，不热，起来适。仍桑禽汤泡早饭。午饭后忽大不适，若虚极者。阅文一篇耳。晡时，士大侄为开黄芪益智等，服一道，即晚饭。晚彻夜不睡，汗多可怕。半夜煎桑叶水服之，寅刻睡有一刻，仍不睡，怪哉。

廿四日　（8月20日）早起，人却好。大侄看脉，说宜疏气。余自诊脾脉坚硬，积滞显然，始知多日误服补药也。饭后，许四兄来看，意见相同，遂用香付、厚朴、山查之类。果然合式，竟日不作难。黄老表送席来，今日为表侄吉泰起媒也。陶家十妹由广西往皖去，到永州着人来，要盘川，赠十二千去。槐翁书来，言粤西贼势尚猖獗，粤东亦未靖，制军住肇庆。

廿五日　（8月21日）昨夜安眠，今日起甚适。午间得子敬五月抄安庆书。忽不适。午饭不得味，少憩，仍如常。申刻，饭少许，后不大消化。天热不雨。

得印云十七日书，长沙亦望雨甚□。晚餐时雨一阵即止。炒子鸭，不敢多食，久坐不适，幸夜得睡。

廿六日 （8月22日）晨起，适胜昨日，脾脉积滞化矣。早餐无味，午餐好。陈鸿今日始服熟地，甚合宜。晚睡好。剃发。

廿七日 （8月23日）晴，复热。午后仍不甚适，晚不得佳眠，汗多。

廿八日 （8月24日）寅刻处暑节，然热渐甚，恐仍将如前也。仍服厚朴方。午餐好。许四兄来话，亦言脾滞未尽化，补未可施。晡后热剧，夜不得睡。

廿九日 （8月25日）热甚，比昨似健些。晚餐甚佳。瀛四叔因病用巫，诸人凑钱。陈鸿患泄，不要紧。

卅日 （8月26日）晨适，不服药。午后，王州尊来话。客去不适，少憩仍好。晡后大适，晚餐佳。夜眠，为多日来所未有。晡间雷，阴不雨，更热。安遮日版。黄金兄来。

熟地，即熟地黄，有滋阴补血之功效。

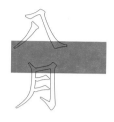

初一日 （8月27日）热如昨，早间雷大不雨。闷且盼也。早□□许镜潭兄来久话，甚适。午饭后一阵不大自在。晡间食燕根。晚餐平平。夜好睡，第三晚矣。因木工迟缓，出字促之，总由自己出不去所致，无如何也。

燕根，即燕窝。

初二日 （8月28日）阴，有凉意，午后晴，亦不甚热。镐十爷今日纳妇，有酒席。荣畅叔、绍组兄俱来话。昨夜鼠食鸡，余闻声唤仆起，已殒其一。午前适，午后甚不适。士大侄来看，肝脉伏，由昨食鳖凉血所致，仍前方一付方安。槐翁赠燕菜，试之亦佳。夜得眠也。下午阴风不雨，颇凉。祭文昌，有胙肉来。

胙肉，祭祀时供神的肉。

初三日 （8月29日）晨阴。困甚，肝脉伏略解。早饭后不甚适，午餐后佳。丁祭，州署、学署俱送胙，殊可愧也。廖元粹兄来一话。三贤祠亦今日祭，我东门实始之，故分胙大半，学中十余人每人可得两斤。竟日阴且凉。晚餐佳，有牛肉，余不能吃。夜凉且冷。

初四日 （8月30日）昨晚饮酒煎郁李仁，睡更好。
晨晴，午前□□□仍不甚适，盖胃中痰饮也。
晚餐却好。

初五日 （8月31日）请镜潭来与大侄商量，皆谓宜
香砂六君子汤。同午饭方去。谈得颇有致也。
午后小不适，不甚难耳。晚餐平平。飞熊叔处谢火神，前
日失火未延烧也。巫者喧喧竟夜，余仍饮郁李酒，睡尚好。
小坪、斐弟昨夜得双生子，舅父有三孙矣。借到振常兄钱
一百四十四千文。

郁李酒是以郁李
根、细辛、川椒
为主料，以白酒
煎熬制成的药
酒。主治齿龈肿
痛，呼吸风冷。

初六日 （9月1日）晴热，有风，竟日不作难。修
园老表来，谈次颇倦耳。夜眠尚可。

初七日 （9月2日）晨阴旋晴，请许四兄来，与大
侄商量，言脉气更好。午前适，午后不适至暮，
盖扁豆之弊也。吃高粱烧泡五家皮、桑寄生。晚餐甚佳，
乃夜间嗝、汗，不得眠，奈何。桑寄生槐翁所赠，五加则
镜兄之惠也。

五家皮，当作"五
加皮"。

初八日 （9月3日）晴热有风，人委顿，不得睡所致。
斐弟送到振常兄借钱五十六千，合前为
二百千，合上前两次为六百廿四千矣。斐弟所得双儿殁一
个焉，存其长者，为取名芝英。其大儿□英，亦辛丑年余
回家时所生，为取名者，亦奇。镜潭兄送扁豆来，不知余
已受其累也。晚餐佳而夜不得睡，更不如昨夜，夜太热耶？

初九日　（9 月 4 日）仍服六君子汤，竟日相安，苦
　　　　头昏足软耳。槐翁书来，言制军欲行保甲，
我州团练，槐翁已行有效矣。江葵庄事不能解，如何如何。
夜得睡。

初十日　（9 月 5 日）晴热更甚。镜翁来，同大侄酌方，
　　　　仍前方也。午餐后镜兄去。晚餐。连日佳，
酒好故也。夜得睡，梦先公见示苏事，惠翁题长幅，止记
得二句云："卧游江湖侧，浩荡欲无古。"父其知儿意在
游山乎！晡雨。

十一日　（9 月 6 日）晴热极，三伏中所无。午前人好，
　　　　午后镜翁□□□术，试用一钱，大不受用，
饮神曲清□安。晚餐尚可。夜热极，睡不得甜。

十二日　（9 月 7 日）镜兄来，以乌药易香付，谓脉
　　　　已大佳矣。今日州尊在书院请酒，为保甲事。
热比昨更甚。夜难睡。

十三日　（9 月 8 日）热甚。申刻交白露节，大风雨来，
　　　　惜不久，然已解炎矣。乌药不合，仍作难。
晚遂去之，今日次丁祭，周子新荫生、周笃光送胙来，有
羊肉。晚餐甚好，夜好睡。仍热。

十四日　（9 月 9 日）热不解。申刻，雨一阵，苦不
　　　　得透。竟日不作难，而不自在。大侄谓吃梅

干菜所致，想是的，竟无菜可吃也。晚餐佳，夜睡好。仍热。

中秋节　（9月10日）足软，不敢到神堂，即在中堂叩，上供。晨作难，且噎，伤感所致。饭后渐自在，午后热甚，诸父醵，陪过节。劳人兼病，苦难支应。晚餐后甚适，大雨两阵，略解炎。□□亭子看归云入画，月意衬出。将睡，月大出如昼。夜好睡。

十六日　（9月11日）晴，大热已减，有秋意矣。安堂屋隔扇，从新屋移来者，竟日人甚适。晡时略作难耳。夜雨二次，不大，登亭看月一回。

十七日　（9月12日）忽竟日不甚适，殆由昨夜韭花作难也。晡时适，晚餐佳，比日饭味差好。阴多无雨，尚热。

十八日　（9月13日）午前适，午饭后不适，不解所以然也。士大侄移榻来相伴，夜甚凉，得睡。寅初后雨声一阵。

十九日　（9月14日）晨起，不甚适。饭后，十二叔、大侄邀游华岩，西南去十余里就午饭焉。庙修洁，东西两岩洞尚可，后山却好，借榻久憩，乏甚。饭后急回，有风可怕。申初到家，乏极，少睡方适，精神如此耶。午间改服首乌、威灵仙治疟方，因五更时麻汗，似疟根尚在也。

廿日　　　（9月15日）仍昨方，竟日尚适。写大字数
　　　　　件，笔颤甚，夜多汗，何也？

廿一日　　（9月16日）竟日不适，晡服药，入天麻少
　　　　　许。夜热汗多。大雨两阵，不解炎意。闻乡
试题："天下有道则政不在大夫"两节，"今天下"一节，
"万钟则不辨理义而受之，万钟于我何加焉。""湖光尽
处天容阔。"螺海表弟昨日得子。

（取名□成）

廿二日　　（9月17日）人颇适，头不大昏，天麻力也。
　　　　　请许四兄来同酌，亦不改方，略用威灵仙通
气。据云脉实无病。巳刻雨一阵，大。午后见日，旋阴。
晚餐可。一夜不好睡，多汗，奈何。

廿三日　　（9月18日）人不适，未得睡也，午后略好
　　　　　些。士大侹陪我一日，患牙痛觅药去。竟日
阴风作寒，夜雨大，得睡而冷。

廿四日　　（9月19日）人适竟日，难得。许四兄来诊，
　　　　　说无病矣。午间更适也。晡时略不适，仍用
天麻少许以治头风。晚餐好，惟行期在即，诸父兄弟次第
来话，为烦耳。今日冷如□奇甚。斐弟送钱来，共前后借
□□兄八百廿四千文。夜得睡。

廿五日 （9月20日）先公冥寿，早晚上供，午间王槐翁来，知余将行也。然见我作难，不久坐即去。竟日屏当家中事情并行李上船，颇烦杂不可耐。晚餐甚适。亥刻同族叔侄弟兄齐来，余不能一一酬答，谦谦等强令写扇二柄，酒后尚能运笔，然不能多写也。客未散，余先睡，尚好睡。大侄牙痛亦减矣。

廿六日 （9月21日）早起催饭，饭后到神堂叩辞，以舆往，不能步也。悲且痛矣。新修神堂极开敞幽深，可敬可慰。便以舆到船，家中人送者数十人，同舟至东岳宫少泊。槐翁送绍兴酒。闻洪六、许四将来，待而不见到，遂开行。至下关，叔弟辈别去，难为情也。天晴，有南风畅行。夜至茅江口泊。饮绍酒，虽酸而有味。夜好睡，惟午后不自在一阵。

廿七日 （9月22日）晴热。人自在。晡时食挂面后不适。夜食韭、笋□□□，睡，热多汗。可戒可戒。日在佳山水中，坐少睡多，不能领略。下半日出泷泊后，水浅，船倒行数十里。船杆洲泊。

廿八日 （9月23日）因夜热甚，起不甚适，早饮后渐适。北风行颇迟，到永州，已酉刻。上坡拜胡蔚堂大令，值其生日，有客，余不能入席，与主人同饭。遇王晓屏亲家一谈，由广西奉差来此留宿。衙斋彻夜不能合眼，闷极，止听更点而已。见差单，吕鹤田浙江正，沈朗亭江西正，蒋誉侯河南正。

廿九日 （9月24日）因夜不眠，起甚惫。主人迟出，催早饭一盂，略自在些。蔚堂出拜客。余遂出，到杨成甫处一话，知紫卿兄榜后方回。即下船，已换船，甚好，即憩息。杨家存衣书篓俱到，成甫来话去。蔚堂来捉客，余不过意，于申正仍至署，始知其请数客。王晓屏司马、江南泉、李东垣两广文、戴巽泉记室同坐，尚有趣，酒肴佳，甚适。微醉，□写联对一阵，手虽抖而尚有致。回船已亥初，即睡。蔚堂送水碗、酒、腿、米、烛并船价，杨世兄送水碗、鸭子，零陵首事送水大碗，谢前写扁字。今午两书，一寄东门，一寄省城，由官封去。秋分节。剃发。夜好睡。

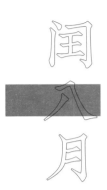

闰
八
月

初一日　（9月25日）　天黎明开船，晴，甚热。午后不甚适，晚餐酌蔚堂酒，与槐轩酸酒参和，颇佳。夜泊高溪寺前，竟日北风，故路不得多也。清出书篚，堆满床案，且可饱眼。夜好睡。丑刻风报，不久即定。夜仍热，想起刘宽夫出守辰州，京中少此良友。

参和，应为"掺和"。

初二日　（9月26日）　阴，仍风。天明行，比昨日凉。东北风不顺，又多曲折。至晡，风太大，遂泊，得路少，距媳妇娘滩不远。风掀簸，竟夜却尚得睡。天明小雨，人适，未见日。黄杨司买菜。

初三日　（9月27日）　风小开行，过思妇石，果如女子抱婴儿也。巳刻过浯溪，树石秋清，恰展蓬樵画册。□□到祁阳买菜。湘水至此一大曲，石湾有致，恨不得上坡一游，至柴步头舟子买菜耽阁久，复行不数里泊，不知地名。今日尽向南行、东行，不曾见日。夜雨凉。

王宸，字子凝，号蓬樵，江苏太仓人，清代画家。

初四日　（9月28日）　早尚细雨，旋住。早饭到白水小憩，买菜，一路过荷包塘、黄泥塘。到归阳司未泊，行至让山塘泊，已上灯矣。竟日阴，不见日，久无大风。舟子行亦□快，得路不多，水小，曲折无数也。

初五日　（9 月 29 日）晨阴，午后晴，出日，渐热，至脱棉、用扇。河渐宽，滩渐少。过黄泥塘、柏坊、粮船铺。晚至大鱼塘泊，问知距衡州尚百余里。买得大鳊鱼，今日煮，腹中物甚美。惜不敢多吃。夜热多汗。

初六日　（9 月 30 日）晴，晨日满船，今日热可知矣。一路过常宁河口，又过耒阳河口，路走得不少，却无数目。晚泊东洲山，想到家山了。夜热极不□□被汗且不住。打铁一，梳清羊毛好作笔。打铁二，两个孩儿拍巴掌。打铁三，三根头（发）拥金冠。打铁四，四口针儿爬出刺。打铁五，羊角粽子过端午。打铁六，六月禾苗不见熟。打铁七，盘盘果子甜如蜜。打铁八，百岁公公白头发。打铁九，后花园里好饮酒。打铁十，天上落雨地下湿。打铁十一，年年打鼓找龙船，找到灵官庙，捡个破钱，爷要打酒吃，□□讨个婆娘。讨个婆娘拜拙又□□□子三□□□个月，干也三年，湿也三年，补□又三年，□□□□里又三年，捡起来，卖□铜钱。

以上为上海图书馆藏，题名《何道州日记》

咸豐二年

元旦　　　（2月20日）在武昌。天阴晴半，晴多些。
早晚上供，竟日未出。赵德辙早出拜牌于文
庙，因皇亭去年被水冲刷也。大兄、五兄来。大郎同早饭。
午后，何左卿来话。晚，同静山酌。阴寒，至晡仍甚。昨
夜半后爆竹声尚喧。

初二日　　（2月21日）早晴见日，可快。蘅桥来酌方，
兼为静山一诊。午餐后，周家两郎来。夏鹿
笙来，谈及陆立夫前辈颇病。杜学使来。余至黄鹤楼，茶
坐少憩。风大，不能上也。借得左卿棋子，而静山不解此。
晚饭后，仍象戏一局。静山忽然止酒，余心羡之。略饮数
钟而已。

初三日　　（2月22日）先阴，后大晴。午间写大字一
阵，无客。晚同静山酌。静翁两日来甚看书也。

初四日　　（2月23日）晨阴，遂竟日，然不大冷。午
饭、晚餐静山俱来，谈古、检书，大有清致。

郭米山来，一话去。闻前两日有折差回，不得家书，甚闷
闷。陈鸿得李淦书，知子敬十月十三过扬州，由浙西路走
长沙。

初五日　　（2月24日）早晴见日，旋阴，午后复大晴。
　　　　晨静。午后出谢数客，晤郭米山、王范初话，
归。汤世兄来，海秋长子，由京师回家过此，问知运河中
遇子敬，盗风可怕，子敬受惊也。船泊河心，盗未得上耳。
米山来围棋，即同晚饭。静山复与米山象戏而罢。

初六日　　（2月25日）阴竟日，殊闷闷。早饭后，刘
　　　　西园来话，静山尚未起也。剃发。午后出谢
数客，晤蘅桥，一话，归。静山同午、晚饭。闻杜云巢升
兵侍。

初七日　　（2月26日）阴竟日，且冷，睡多坐少。午
　　　　后，回谢汤藻臣。出东门，入东门，至陈氏
义庄。义庄者，陈芝楣前辈督两江时乞宣宗赐书二大字也。
藻臣不在家，即由城内路归，过蛇山之脊，高处四望，颇
佳。下山后，便过岭坡回寓。张仲远持一镜来，盖唐后物。
静山晚归，同饭。灯下写大字一阵。雨。

初八日　　（2月27日）昨雨竟夜，晨未已，而复竟日。
　　　　晴间，米头雪一阵，风仍撼窗壁也。今日静
山乃翁世伯寿，虽不设寿堂，亦有数客。杜继园、张仲远、
张浉山、李紫藩来我屋中看帖画各件。浉山出示贾似道刻

陈銮，字仲和，号芝楣，湖北武昌人，官至两江总督。他主建陈氏家庙，置义田四百余亩，又仿效范仲淹，置义田庄，道光帝亲书匾额赏赐。

南宋权臣贾似道，
曾重刻《兰亭序》
《淳化阁帖》《绛
帖》。

《阁帖》初拓，甚有韵。盘桓竟日，遂同晚饭。继园借我
《黄庭》去。诸君仍烛下看写字而散。雨住，风仍大。

初九日 （2月28日）晨阴，忽见日，半阴晴。风定
而奇冷，炭盆、手炉复不能离矣。作字不多，
不耐烦，看书少间断，然精神总不十全也。静山出谢寿，
晚归同饭。饭后，到其斋中，为骨牌戏。亥初睡时见月，
明日晴矣。

初十日 （2月29日）早晴便暖，竟日见日，近来奇
事也。早饭后，紫蕃来话。今日作字颇有兴致。
汤藻臣来话。晡出谢客归。同静山晚饭。饭后，过其斋中，
与昆玉闲话。

十一日 （3月1日）晨饭后，巳初一刻，冒阴雨出。
过江至吴莱庭处，莱庭颇习分书，有朴意。
园池小，结构佳，九莲池地也。看主人吃饭后，同出西门，
到同善堂，遇两首事人，一揖去。坐落颇多，亦闲敞精致，
惟苦风多耳。有绿萼梅一树，开未残，可珍也。又到伯牙
台，无甚趣。风雨渐大，遂急穿城渡江回。莱庭备午饭，
不及领矣。到寓，适仲远来，一话去。静山同饭，余少憩，
何左卿来奕，静山留同饭。风雨竟日，不大。

十二日 （3月2日）晨阴甚，毛雨竟日，却不大冷。
写字稍多。午后，略怕冷，一阵阴寒也。郭
米山来晤，汤藻臣来别，寄回印云处《文选》及《樵阳经》

去。李言斋从家来。静山同晚饭。饭后到斋中话。

十三日 （3月3日）早沉阴，风，夜间风已大矣，今日更大，雨随之，甚冷。遣人送汤大元宵于舟中，亦可念也。静山同午饭。晡冒雨回拜王子兰观察，坐次颇寒，窗纸不糊之故。晚同大兄、五兄及言斋同酌，酌后，静山归，仍过其斋话。西望复火起，相去约一里外，久乃息。睡将亥正。

十四日 （3月4日）阴雨，雪风兼之，冷可知矣，毫无春气也。寂寂颇甚。晡时，杜继园送到十二月初十日京信，家中一切如常，可慰可慰。子愚信及时事颇详也。惟此系十一月折差回信，乃十二月折差带回，而十二月折差带去之信又无回音，何耶？静山同晚饭。风雨夜歇，有月意。

十五日 （3月5日）阴竟日，有雨，时复止耳。早清书，饭后，李紫蕃来，为邀段君文波，名学海，南京人，来画小照。同紫蕃午饭后方来画，颇似拙貌也。文波、紫蕃先后去。先是，王子兰来话一阵。晚同静山酌，此间上元兴道喜，来往纷纷。夜间花炮却寥寥也。临睡时小雨。

上元，即正月十五元宵节。

十六日 （3月6日）阴竟日。晨静。午刻，继园学使约往刘家霭园便酌，看京钞穆荫升祭酒，大奇。徐松龛得仆少，想见闲味也。静山同晚饭。

十七日 （3月7日）阴更甚，有昼晦意。晨、午俱静。晡时常世兄懿麟由利川来，一晤。晚同静山饭，本约常君不至。

十八日 （3月8日）阴竟日，却亦无雨，真似昼晦矣。岂又水象乎？晨静。饭后出，到集成堂书店，因装订《十三经注疏》，复买得《潜研堂全集》，钱八千文，可谓廉矣。金陵公所晤段文波，将小照斟酌一回。过王子兰话，归。同静山午饭，得十二月廿六日京信，即前日折差带回者，故意迟送数日，可恶也。家中一切平适，可慰。喻寿民乃郎来晤。晚约子兰、左卿、继园便饭，偏偏静山有人请也。饭后，杜、王先行，与左卿奕，并作京信，交左卿乃郎明日入京带去。

十九日 （3月9日）早饭后出东门，到洪山，约七里。仆辈上塔顶，余看竹，坐观音堂。与老僧话，问有廿年前和尚否，则云无之。盖甲午冬初曾到此塔上，时有僧说丹田不足，不肯奉陪，可一笑也。回过长春观，客堂遇静庵道士，武当山出家，言水路可直至均州，伊曾住京师白云观，因言今日燕九，白云观正大会也。观宇颇开敞，然不及洪山寺之居高远望。回寓。午饭后，写大字一阵。晚同静山饭，有别意。今日似有晴意，然日未出。

廿日 （3月10日）早雨，正卯时开印也。静山早出。阴竟日，时复廉纤。《隶释》看完一遍。《魏书》草草看，未完也。《旧唐书》聚珍字本虽多错字，

尚爽目。晡时殷小东同年来话，现任均州，序之。晚同大
兄与静山饭，饭后象戏一局。

廿一日 （3月11日）昨夜雨颇大，至晨未住。早饭
后雨歇，午后出太阳一阵，晴不准，奈何。
王子兰来别。晡出，送子兰行。回拜常世兄。访张仲远不
遇，涂泞颇甚。晚与大兄、静山同饭，静山为米山交代事，
晚归也。看《范书》起。

廿二日 （3月12日）阴而不雨，时有晴意。何左卿
早来话。晨、午俱静。晡出，到集成书坊回
拜殷小东，遇李虎爻同年话。归，静山同晚饭。剃发。

爻，同"冰"。

廿三日 （3月13日）晨，大晴。早饭后过江，至四
官店巷回拜刘西园，少坐，游后湖茶园，名
六也，新而朴，甚广方，棹七八十，渐渐饮茶人来，下有
杂技各棚，颇有春景，惜湖上光景被水以来消败至矣。入
街，万安巷访仲安，仍不值。顺至五采巷大文堂书坊，买
得《赵水经》，三千二百文。大堤口过江归。已未初，天
复阴。李虎爻来话。晚同静山饭，饮烧酒不合，夜不好睡，
切记切记。

赵一清，字诚夫，
号东潜，清代地
理学者。著有《水
经注释》《水经
注刊误》等书。

廿四日 （3月14日）晴，静。静山过江敬神去，午
后归。晤罗澹村之堂兄一话。《道藏辑要》
随手翻阅，《老》《庄》《列》《武侯集》《邵子集》《阴
符》《参同契》俱参入，外多不经之谈，凑至百六十本，

无谓之至。晚同静翁饭。饭后倦，想睡。言斋来。

廿五日　（3月15日）昨夜好睡得狠。今日晴，晨午静。遣仆辈过江看崇福寺屋。午饭后出，回拜虎仄，一晤。候运谋巡捕，闻系鹿柴之子，欲便于托带京信也。集成书店少憩，归。木笔花开。写大字一阵，静山同晚饭。

廿六日　（3月16日）阴。午后渐晴，午前颇寒也。今日李先生上学，张仲远、李紫藩结姻，静山作冰去，是好日子也。翁惠农从郧西来，久话。白须飘飘有致，盖有柴桑归去意。常镜峰来，欲邀余馆其寓，亦可感。午饭后出，到青云室买对纸。拜雷震初前辈于文昌门内，知戴云帆在此过年，恨不得信，不曾一晤。云帆不复出山，难得见了。文昌门回寓四千二百步，计六里。廖云台来晤，风貌酷似乃翁。仲安着人来，约过江住。晚同静山饭。

作冰，即做媒人。

廿七日　（3月17日）晴暖甚，然未能卸裘也。早饭后，回拜惠农，不值。米山处一话，归。憩刘园，回寓。早写大字一阵，吴莱庭来，共午饭去。金同心号宋晴初来，携到印云初十长沙来信，子敬尚未到，有何处耽延，令人悬系。又写字一阵。捡《清容集》看。晡时米山来，与静山谈，交代事，即同晚饭，奕二。

袁桷，元代学官，书院山长，字伯长，号清容居士。著名藏书家，文学家，有《清容居士集》。

夏口至叶家洲、黄州、黄沙港、煤炭洲、武穴、九江、湖口、彭泽、东流、安庆、宗阳、大通、荻港、芜湖、黄鱼嘴、南京，仪征、镇江。以上十八站各九十里。

廿八日 （3月18日）晴且暖。装书入箱。篆《李文恭志铭》盖，即作书寄长沙，并与子敬书。午饭后过翁惠农，看驭方鼎，尚有数字不能识。归，刘西园适去。雷震初前辈来话。胡仲安来，与静山商事，仍话于余斋，酌量移居事。惠农送肴，旋携彝器三事来拓，并邀左卿、静山同晚饭。子正后狂风暴雨一阵，由太暖所致。

廿九日 （3月19日）晴暖。颇静。左卿送来胡心梅《钞法议》，盖亮生《钞币刍言》之大略耳。张洴山来话，同晚饭。惠农来，一话去。胡云樵记室粟恒来晤，江西人。静山晚出。

王鎏，字亮生，江苏吴县（今苏州）人。所著《钞币刍言》，提倡虚发货币，掠夺民财。

卅日 （3月20日）早大晴，然人不甚适，似中受凉。夜间掀被所致。徐石民太守来晤，咏之丈之子，由黔牧擢守黄州，略问悉吕尧仙、孔诚甫、胡润芝近状。午饭后，胡仲安来，候静山久不回。何左卿来，移肴酒至，翁惠农、张仲远、静山同晚饭。杜学使来，一话去。发京信，交廖云台，说明后有折差行，中有静山与小素、子愚书。夜雨不大。

初一日 （3 月 21 日）黄雾欲雨土竟日，南方少见此也。行李过江。午后出，谢数客。过鼓楼，登高台，上题南楼，盖古迹也，然无甚佳处，望不甚远也。仲远移樽来，左卿、浡山、静山共五人同晚饭。灯下作书寄子愚，交静山，并寄腊猪头一个去。

初二日 （3 月 22 日）卯初多起，收检床案。静山卯正二刻即行，余赶至江边，静山船已开，回帆近岸，跳板不稳，余几落水，可戒也。同静山舟中话，天黄有风，不甚好渡，至下关送静山行。余由后湖进街，至沈家庙文盛堂书店，少憩，由永宁巷过渡，复上坡，不半里，到崇福寺。仲远、仲安在此相待，久话方去，一切皆两君安置也。寺中亭院开敞，几案光洁，花木方滋，游人甚众。余闭旁门，亦自静雅。吴莱庭来话去。晚独酌，早睡。午后晴，得京中正月十七日书，一切如前，可慰。子敬腊十四到杭，计此时恐方抵长沙也。

初三日 （3 月 23 日）晴。晨静。午间仲安、莱庭来饭，莱庭携字画数件来阅。客去，余入城，候渠石臣太守、张仲远司马、吴莱庭参军。到书铺买《珍艺宦书》一部归。寻接福庵未得。回寺，厅屋装板壁。邓守之来一话。板壁亥刻始毕。

庄述祖，字葆琛，江苏武进（今常州）人，所居室名为"珍艺宦"，著有《珍艺宦诗文钞》。

初四日　（3月24日）阴，晨静。午间出，过渡访仲安不值。东行转北，约八里，到郭家巷星垣栈内问金同心号。回候宋小山，言介山神有灵也，子推尚有后裔。归过书店聚文、聚秀、大文、忠信、又新、至德、生芸、大本各处。回寺，外厅有人请客。清书至暮。小山送玻黎十方来。晚饭后仲远、仲安、莱庭来索饭，闲话。子初后方散。仲远借到碑版九包。午间小雨。

玻黎，即"玻璃"。

初五日　（3月25日）先公忌辰，上供后静。竟日无客，惟左卿着人来候。仲安昨归，病矣。有人送玻黎来也。玉兰开透，海棠将谢，天太暖之故。余今日脱却皮袍，尚穿皮马褂。午后写大字多，为近日所未有。晴，夜见微月。

初六日　（3月26日）阴，风不大，午间略透日。天色如许，游人略少。着人送《陶诗注》于李石筠司马，不见，亦臆来，想今日未行，日前说上船必过我也。卖帖梁氏来，无甚佳物，人尚在行。渠石臣太守来话。吴莱庭来晚饭。早着人候仲安，说已好，出门去。其咯血乃时有之，亦不可解。灯下写大字一阵。风大起来。

初七日 （3月27日）早阴，风遂竟日。晨静。午间写大字一两阵。莱庭同仲安请仲远与余，先后来，同小舟游接福庵，向北少趣。归来已暮，遂入席，看不过尔尔。饭后，与仲远奕。午间，邹、董两君来，皆镇江人。又长沙常、毛两君处莱庭馆，亦来候，游未回也。

初八日 （3月28日）阴。晨静。饭后，欲渡江去，风长，不可渡，且入城至莱庭处话。回候常义门过司狱，回候毛棣华。出东门，北转，约四五里，至双街拜史銮坡前辈，屋在酱园中，齐半老屋矣。由永平守罢归。久话，闻萧翰溪亦回来。由舟回寺。午饭后，写大字一阵。风不息，阴甚，晚遂雨，园景殊胜晴日。

初九日 （3月29日）晨雨住而有残滴，阴寒颇甚。雨复廉纤，屋中黑，难看字也。舆夫俱摊凉，发烧，令服神曲。竟日无一游人。郑君荣封、冯君明本公请，客有史鸢翁、胡善翁，合予五人。郑君与子敬旧交。散时戌正。

初十日 （3月30日）阴寒颇甚，写条幅两次，将廿块。安得脱裘，方足舒臂也。午餐后，过渡看仲安病，遇吴崑泉为余诊脉，言无病而中气未充，劝服白术，因即试之，仍步回寺。吴莱庭来话，仲安亦来，少坐去。莱庭同晚饭。买成石溪卷子，画三段，字一段，尚有趣。向晚天有开意。

石溪，本姓刘，出家为僧后名髡残，字介丘，号石溪，为清初四画僧之一，善画山水。

十一日　　（3月31日）早大晴，日出，午后仍渐阴起
　　　　　　来。张洊山来，同午饭，久谈去。仲安来，
少憩。晚饭后，灯下写大字一阵。仲安说有戴姓收藏欲送
余鉴定，难得难得。

十二日　　（4月1日）阴雨不大，颇寒。早餐后，过渡，
　　　　　　回拜冯五、吴昆泉、胡善培，惟郑祝三得晤。
又仲安处一谈，到文盛、大文两书店。归寺，午饭。寂寂
成倦，由天阴，写看俱无味也。晚饭后，写大字一阵。

十三日　　（4月2日）阴寒，少味，书箱三只、志石
　　　　　　两块托郑祝三带往扬州，送邓週泰满江红船
上。胡善培来晤。邓守之来话。吴莱庭一晤去。申刻，何
左卿来，将由此往宜昌查川私，孙符卿大农所奏也。其实
淮盐滞销，由小贩贱价所致，与川私无涉。与左卿同酌。
仲远晚来共饭。饭后弈。酉正子敬由长沙普脚付信来，大
慰想念，即草一纸交来人，明日早走。与左翁谈至子正方睡。

十四日　　（4月3日）卯初即起，天未大明，然烛共话。
　　　　　　天雨未止，而左卿不能不行，差事迟迟，辰初
方行。风风雨雨竟日，不知如何到蔡店也。小憩后，写大
字一阵。张洊山来，始知常镜峰做东，而肴酒未至。三人
共午餐后，黄桂普、刘仲孚来，余同洊山游归元寺，想到
净慈也。入城寻莱庭不遇，少坐，归。桂普已去，四人同
酌匆匆，三君皆须回城去。余独晚饭后，写与子敬信，未毕。

十五日 （4月4日）清明节。上供，怆怆，南望增痛也。昨信写完。饭后过襄河送祝三行，尚未上船。至仲安处久坐，家信送李乘时，今日即发。回寺，午饭后写横、直各幅十余条。阴风大冷，不减冬令，有雪意。晚酌稍温耳。

十六日 （4月5日）风略小些，阴更甚。题涪山《阁帖》，忽发大论。草未毕，有贵州荔波令桐乡严钺（伯牙）来晤，解铅泊此。又乌程□□来话，乃秀才办盐折本将归者。小雨如丝。莱庭来同午饭，候仲安未至，遂同过渡至仲安处，主人已出去，遂同至宝桂庵后屋，推窗见六也茶园，即后湖也。茶园冷闭无人到，与首事黄君一话。到三元寺买纸，见壁上有琴仙画，颇有气，问系均州人姓王所画。回过鹤鸣园，未开，聚仙园楼黑，遂至万全堂王春亭处，索酒肴酌话。周福门司狱亦至，同叙，戌刻方散。然灯过河，回寺。

十七日 （4月6日）阴寒更甚，仍穿上大毛袍子。早饭后奇冷，出至莱庭处久话，遂索午饭。看京报至正月初头，翁惠农遣人来催回，遂回寺。与惠翁话，携示卷册，册为王舜耕山水，又元人画贤母图卷子，画各奇兽，不知其名。惠农定为《率舞图》。惠农饭后久坐去。卖帖人梁姓来话。莱庭送生菜来做，请周福门、郑小塘、王晓屏，从孝感来，五人同酌，戌初散。写大字一阵。借莱庭处小浯画横幅挂壁。

王舜耕，字于田，江苏常熟人，明代画家。

十八日　（4月7日）阴寒甚，大毛亦不暖，真奇事也。午后日出，无阳气，奈何。王春亭来晤。

十九日　（4月8日）晴而寒未减也，风仍大耳。晨静。饭后，过渡谢客，晤晓屏，一话，归。梁姓帖客来。吴莱庭同午餐，久话去。赵德忠来，乃大姨丈之侄，回避少愚都转来湖北，现署县丞。问知大姨姊前年作古，己酉在粤尚见面也。杜继园学使出棚考荆州，酉正方到此。张仲远同饭，余亦备数肴，亥刻方散。申时，何文舫来话，病渐愈，归计似决。

廿日　（4月9日）早，学使船已开行。大晴，仍冷。早饭后，仲安来，少坐去。闵小圃、戴斗垣同来晤。斗垣闻有收藏，然本地人不知眼力若何。作书寄子敬，由李乘时去。胡栗恒秀才来同午饭。石大令（小鲁）意恭来，由浙江回，即起服入京也。进城谢周司狱、赵县佐，步到莱庭处，与塾师常君略话，归。晡时廖云台着人来问信，即作寄京信付去，明日折差行也。晚饭后，王晓屏来一话，约游三山景。

廿一日　（4月10日）阴风。辞晓屏三山之约。早饭后，写大字一阵。风稍定，游思大发，遂棹小舟，西行四五里，至高庙上坡。过十里铺，又四里，到汪家园，即三山景也。三山由西来，到此结窝。园中树木幽茂，有远意，云岚深处，梅花书屋、小亭子皆佳。东南角书房尤好，惜去尘市太远。久憩而行，东北约不三里，

《嘉言游好五言联》何绍基，湖南博物院藏

駕言登五嶽

游好在六經

荔仙仁兄屬

吉父何焜

至谷子口，即襄河。雇小舟顺流半时到寺，往远而回近也。适杨性农亲家由常德来，遂同午餐，久话去。晚饭后，步至仲安处话，颇费力气。夜路不好走，回寺亥正矣。

廿二日　（4月11日）晴热。早饭后，写大字一阵。出谢客，至中马头，久耽阁，由新街一带回。刘观亭年伯之侄世杰候补府经来晤。客去，写大字一阵。晚约守之、莱庭、性农便饭，仲安未到。

廿三日　（4月12日）阴，暖，是深春意思。早饭后，写字一阵。入城，回候性农，久话。莱庭接差未回。粮道开船而湖南船尚未归次也。回寺，吴崑泉来看脉，说好，去。发长沙信寄子敬。晚饭后，昏昏欲睡，由太暖故，将成雨候乎？

廿四日　（4月13日）阴，温，细雨时有耳。仲安来同早餐，携戴家帖画来阅，话后同出，先至戴斗垣茂才处，看所藏有宋板《骆义乌集》佳，旧墨亦可玩。到姚家店中，壁间画颇佳。独至堤上，看古董店，无可入赏者。回谢两客。萃华室买对纸归。写大字多。翁惠农来饭，奕。雨意作，即去。晚入城，莱庭处饭，同席者性农、晓屏及县署三友。归写大字。

廿五日　（4月14日）晴，暖。早饭后吴崑泉来话，客去即出。小船到杨柳口，约行一里余，到晴川阁下。过江至大堤口，入草湖门，郭米山一话。翁惠农处借书，开箱有水湿。各处谢步。至赵公馆午饭，与乃郎及李师同席。出晤段文波，过关庙访梁帖客，不遇，即过江回寺。杨性农、吴莱庭、王晓屏先在此，宋晓山、章仲甘、邓守之先后来。晓屏、晓山久坐去，余皆仲远所请客。主人上灯方到，入席后，香油多，余腹痛而退。席散，余自酌且饭，客亦同坐，吟奕相连，至子初方罢。今日真乏矣。写寄子愚信交性农，明日起身也。

廿六日　（4月15日）昨夜甚热，睡少。晨餐后写大字多。仲安送看来，同午饭。并过河游灯草会馆，在后湖西南，乃湖州震泽公所，灯草生意为大宗。余先到，仲安同斗垣后来，同话，归。晚来共饭。今日身上三棉而已。

廿七日　（4月16日）晴暖，竟日未出，亦未来一客，少有也。写横直幅颇多。米山《论孟求是录》一日看毕，佳处不少也。酉刻得子敬十八日长沙书，尚望我考差也。仲云断弦，可怆。

廿八日　（4月17日）早作书复子敬去。晴。写大字多。午间莱庭、福门来，一话去。晚王晓屏来，问知李乘时信行，乃孝感人，从前顶黄安吉的，因托带长沙银信。今日买箱二只，每只三千三百，铜什件在外，又三百余。

廿九日　（4月18日）晴暖。早作书。饭后并银一百寄子敬，交王晓屏转致信行，今日即行。过四官店刘西园话，乃距此甚远，有五六里。回走后湖，至一湖春茶店久憩。西南行，乃至正街姚家盐店，仲安甫去，与王姓象戏一局而归。午餐后，写大字多，厅上有人请客颇闹。晚间仲安来，莱庭至，因同饭。饭后，为牙牌戏而散。见京钞，陈子嘉府丞休致，亦奇。

休致，官吏年老去职。

三月初二日陰晴不定，陰時不如晴時好，夷源南摺

生何遲所見莊漕工來，少莘相公來寓夫

宇多耐坐候葉姊來時，王候駕來一晤即別

往葉宅重來，因晚修已嫌夜熱甚汗多言人

摺宅和華象，因春來暫歇仍不雖

初二日晴大熱如此，其怪事也晨稻午飯時仍無

未話去葉宅頗似未家飯過五更來一話仍

子孫萱日長沙侄知與事復搆及揚州也

仍五更東全勢多年，兒男乳乃便晚飯仲

故監痘中熱此承江後仍回去，倉卒舒用仍和

汗多多飯，此果飛孤說夷筆毛病

三日陰晴熱因相無此熱不言夏間還去此事手

初一日 （4月19日）阴。晡后晴，不如阴时较爽凉也。捡出仲远所收北朝造象重出者卅六种。写大字多。府学贺藁塘来晤。王晓屏来一晤，即往莱庭处同晚饭也。夜热甚，汗多。有人持《宣和草虫图卷》来，有蔡京题的，不确。

初二日 （4月20日）晴，大热如夏，真怪事也。晨静。午饭时仲安来话去。莱庭、福门来索饭。冯五兄来，一话。得子敬廿五日长沙信，知粤事复扰及梧州，想仍与广东合势耳。兵与勇仇，可虑。晚饭仲安盐店内，吴昆泉、汪俊廷同坐。今日委顿，因昨夜汗多之故。昆泉看脉，说毫无毛病。

初三日 （4月21日）晴热，闷极。若此热下去，夏间还有世界乎？早饭后，困睡，仲安来，谈颇快。同午餐，话。俞同甫太守来，同宋晓山来，久话去。史鸢坡来，常镜峰来，遂同晚饭。得子愚二月十七日书，京察六部记名，满洲而外止四人，大奇。镜峰说赛相有文

风鹤，形容凝惧
惶恐，自相惊扰。

书与制军，永安贼窜至昭平，现今湖南防堵，故乡风鹤不免矣。奈何奈何。同甫送到子敬寄《陶诗注》两部。

初四日　（4月22日）早晴，忽转风。早饭后过河至仲安处话，即往大文堂，买得甘板《十三经》。回到姚家店，将饭，张仲远来请回寺，则仲远与宋于庭翁在此，莱庭、仲甘后来，同饭。雷风有雨，未大也。申刻，于翁欲过江去，仲远送至江边，仍回。风转狂猛矣。纵谈至暮，同晚饭。常镜峰亦到，仲远早晚东也。亥初方散。半夜大风雨。

初五日　（4月23日）大风雨不息。早奠释服，悲怆不自胜。回想壬寅五月释服后，尚有母可奉也，万念冰冷，尚复何言。午间寄子敬长沙信，前日所得道州满爷、箴弟信俱付去，为家祠帐目殊缪葛耳。晡时写大字一阵，冷甚。

初六日　（4月24日）风雨作寒，裘复上身矣。早饭后出，欲回候于庭、同甫两翁。至江边，风大，不敢过。入东门，至县署，仲远、镜峰俱已过江去。入署，与章仲甘、邓守之、薛子选久话。仲甘案头携《望溪集外文》一本归。过吴莱庭，不值。回寺，午饭后，写大字多。莱庭、仲远先后来，同晚酌。史鸾坡午间携《石庵册》来索题，金纸条幅改册者，尚可。

初七日　（4月25日）无雨而阴，风仍冷。送于庭、同甫路菜以代回拜。有风，怕过江，而于翁前日过江受寒，今日尚未大愈。老年人虽健，亦太恃强矣。王庚廷世兄臣飏来晤，蓬心太老师之曾孙也，馆仲远县署，今镜峰接请，善画，学石谷派，言宝安门外西来寺有僧字惠然，亦能画，寺中旧藏蓬樵画颇多。迟日当访之。得子敬廿八日书，乃自十月后未得京寓信矣。戴斗垣送菜。晚冷甚，独酌稍解。

王翚，字石谷，江苏常熟人，明末清初画家，虞山画派代表人物。

初八日　（4月26日）早晴。饭后过江，入文昌门，先至皇华馆，马头上有庚戌年所铸铁牛，盖以土制水之意也。至水乐街大公馆拜王荫之盐道，一话后出。望山门东行至西来庵访惠然僧，乃本立第三传弟子。本立与蓬心先生至好，所藏画颇多，今被水后，少有存矣。一见相得，即以蓬画一幅相赠，意在多要字耳。久话始行。过江归，有风矣。翁惠农来话，一饭去。晚饮渠石臣太守署，亥正回寺，借到京钞一看，陈兹圃中丞告病，邵又村得吏侍。赵德忠赠《樊敏碑》。

古人以为“牛象坤，坤为土，土胜水”，故常在水畔铸铁牛镇之。

初九日　（4月27日）晨晴，仍冷。早饭后，仲安来，一话去。荫之观察来话，复邀仲安来，同谈盐务，共午饭，久憩方去。写大字多。段文波、邓守之来话。晚，吴莱庭来，同饭后，乘月影步至仲安处，主人久不回，遂归。来往过河颇乏，由今日全未歇着耳。

初十日　（4月28日）早饭后过江，入北门，唁刘子敬前辈，乃郎名辂，字公路，甲辰乡榜。住刘嘉园后准提道院，因亏案未完结，故滞此也。由书店一过即回。过江，到史鸾翁处，留午餐，饭甚香软。由佘家口过河，复过河回寺。仲安同斗垣来，久话。晚至仲安处饭，莱庭寻来，共话而罢。暖甚。夜风阴，尚不甚。

十一日　（4月29日）阴，小雨竟日，午后稍有晴意。

竟日无客，渐捡行李。船家有人来问搭船，未即定也。

十二日　（4月30日）晴阴参半而甚暖。写大字极多。

行李搭定，李乘时信舣子，每人四千，饭食在内。刘子敬胞弟巽山来话。晚，仲安备肴来谈，因邀莱庭共饭。饭后出寺门，看大月湖光，真好看也。

十三日　（5月1日）阴而不雨。惠然和尚早来一话。

写大字极多。行李收捡齐。俞伟堂来话，即寄京信去。廖云台又着人来，说明日有折差，复寄一纸去，并寄子敬信往长沙。胡仲安来，郭米山来。今晨镜峰着人送文报，粤西贼猖獗，桂林危急。文报与赛相处不通。程晴翁来调湖北兵，又粤西来要火药、铅子、火绳各一万，真急人也。晚饭莱庭处，镜峰同席。酒后写字。先入城时，到镜翁处话。回寺，亥正矣。（彭汝璋、广福坊、耳挖）

十四日　（5月2日）阴。收拾清楚，仍作大字。早

饭后，余先过河，到姚家店歇下，胡仲安在此相候。店中同事汪俊臣、余□□、黄□□、张雨农、宋

厚基俱不拘形迹，可由我便也。孔秀、陈鸿押护书箱等搭信舣子下扬州。午后，余下船去，作札寄郑祝三。罗澹村观察由襄阳来，泊全隆巷下，即往晤，一话，归。与仲安、俊臣酌。饭后，到徽州会馆，看厅堂，大方宏敞，灯光如昼，有演剧者，为朱子庆寿也。邓守之、吴莱庭午间先后来晤。

十五日　　（5月3日）早起，出买靴，一千八百文，甚合脚。又买纸八张，补昨画壁也。写大字多。午初到徽馆拜朱子生日，先晤首事，久始得行礼，至未初始上祭。人太杂乱无理。归，午饭后，王敦五来话，吴莱庭同饭后去。写字多极，甚烦，然有极妙笔。晚，主人同酌，有能唱曲人，题曲殊妙。孔秀、陈鸿大约开船行矣。夜月佳圆，睡时子正后矣。

十六日　　（5月4日）寅正起，未卯初即行。惟汪俊臣起相送。过河到莱庭处饭，饭后送我到江干，有依依意。过江至广福坊，回候彭子蕃乃郎叔玮。过赵静山公馆，与李言斋一话，乃郎尚未起也。行至洪山，杜一、王一始别去，相随年半，亦自有情，难舍也。三十里黄家店尖，巳正三刻。尖后六十里郭店宿，酉初三刻。因天色太热，舆夫歇气时多。一路苦旱，将到郭店，麦田颇好，一兜两担，一仆陈苣步从，可谓轻快。仲安说到洪山相送，竟未及晤。伊今到王荫之处，想耽阁在彼耳。竟日晴，余换羽缨帽登程，城中实未换记也。新店出江夏界，未到郭店十里。

十七日 （5月5日）寅正起，天明，未卯初也。行三十里，华容驿尖。又廿五里过江，风不小，尚稳。又廿五里，有卅里，至城外，登赤壁亭，并至山高月小亭，于清端公祠。入城，至道署，王子兰观察不在家，押护粮船十一日出门的，晤乃郎一话。至黄州太守徐硕民署，馆我于雪堂，千里江山在眼，地势宏敞，真胜绝也。未正午餐，话后收捡行李，省去一担，换兜竿。晚登快哉亭，有书启吴恒甫同坐，月色虽不十分，尚可。此间看月殆妙无比。

十八日 （5月6日）早，寄仲安一纸，蓝三带回其筹去。晨静，主人起颇迟。早饭后，三人同出城，过江至武昌县西山，登最高处，纡曲甚久，下憩佛堂。松风阁闻已毁，石眼泉水亦少。下至寒溪寺午餐，久话。仍上九曲亭，有子由记。下山，往南行。入县西门，出北门，东转至江干，访怡亭铭，石色古重，斫痕未损。又向前看次山"宦尊"二大分书，未曾见拓本也。石、洞、笔俱奇厚。肩舆过山头，下船，对岸过曳纤行，一时许到郡城南。上坡，回雪堂，已酉初后矣。饭前后写大字极多，绫卷长三丈，对长一丈五。石民亦好奇古也，出示各画轴，有伯虎、南田画，药地字，俱佳。见赠龙友兰竹，亦妙。余题雪堂联云："雪壁写东坡，大好江山，天与此堂占却；春樽开北海，无边风月，我如孤鹤飞来。"九曲亭云："九曲亭幽，贤者静观天地外；一舫春暮，群山坐揽咏游间。"为硕民书"投子峰青""十笏山房""甘雨轩"各扁。睡时寅初矣。寅正后复起，何曾睡着。

十九日 （5月7日）早与硕民、恒甫同饭后行，一路凉润，山水重复，有湘中光景。四十里过河两次，到巴河尖。又七十里蕲水县署宿，将西正方到。有雨点，惜太少耳。刘仲孚方审案，于十五日方由省回任也。署宏敞多树，惟仲孚离家太近，故致住满。同酌，酒佳。亥正睡，倦甚，因昨日未眠也。

蕲水县，在今湖北浠水东。

廿日 （5月8日）寅正起，天已明，月色尚在也。仲孚亦起，收拾行李。候舆夫颇久，因住北门外店也。主人邀至西南凌云阁前，见层山复水，水自东来，西流至塔下，转而东阁前，俱看见山气之秀。闻数十里外有天然石庙，不及往矣。阁屋早面，汲志灵泉水佳。别去。卅里至分流铺憩，又廿里界岭尖。又卅里西河驿住。午后甚热，幸尚有风。

廿一日 （5月9日）晨凉。行卅里，清水铺尖。尖次屋极佳，看《公羊》，久始行。又卅里至广济县住。午正后耳。由黄州始，此皆硕民太守发夫送，此间另雇夫走五祖山到九江，每名一千文说定，共六名也。静梳发。饭后倦。有笋味佳。夜凉。

廿二日 （5月10日）寅初即起行，时天略明耳。四十里车棚铺尖，未辰初也。渐看峰峦叠出。午间，见南边诸山有吾州光景，众岫参差环峙也，名横当山。未正至五祖山，山高旷而少树石幽异之趣，意兴索然。老僧六也导揖五祖忍禅师像。荒凉无可游憩。一茶遂下山，冯茂山在黄梅县东北，五祖弘忍禅师住地。以山为冯茂所施，故名。

住山下店中。大雨至，可喜。先是未到山已雨，但不若此大，且看书，且剥笋。六也云是山名冯茂山，四祖亦在黄梅破岸山，距此五十里，已走过。今日共行有百廿里，舆夫甚健快。雨入夜，凉甚。

廿三日 （5月11日）雨欲住未住，时复一阵。卅里黄梅县西关外尖。又四十里中路庵尖，又十五里孔龙驿宿。到店申正矣。即己酉使粤回尖处也。夜凉，雨复来。

廿四日 （5月12日）起颇迟，雷声殷殷，恐遇雨也。卯初行，一路有小雨，廿里曹家坝吃面，一饭将就止饿。路长泥烂，一片无人烟，此间气象，真大难也。尖后路短些，廿里至小市口，过江。午正，又西行，约二里入北门，城内如旷野，觅三元公馆憩。止陈太守出城接差，明日才回。陈朴园大令调南丰，已下船。郑小莱司马亦未遇。归寓，写得寄京信一纸。小莱、朴园俱来晤，信交小莱付马号去。又到关街间壁李乘时信行，问知十五日信行船已于十九日到关，廿日开行。作信一纸寄仲安，转付子敬。晚买得酒，殊佳，亦奇。夜雨。

廿五日 （5月13日）早，等引路人，久不至，因另雇一人始行。行过甘棠湖，其人遁去。至八里铺，复雇一人，带至濂溪先生墓叩谒，中间郑太君墓，先生墓偏左，碑字不好认，细审是"宋知南康军濂溪周先生墓"，问知近居皆后裔，无读书者，有武的，比吾州周家坊差远矣。西至文昌阁，大枫树二甚伟，有塾师设村馆，姓彭。复东南行，上山涧，涧流石坡陀，直入云路。至九峰禅林，约十余里，看马尾泉发源处，真峻险。困乏矣，与妙圆者僧一话。回至文昌阁午饭，不敢复向天池去。止得仍回十里铺，东南走吴章岭，岭脊北看大江，南看鄱湖，皆如咫尺，一奇境也。下山至积玉桥，住破店，荒矮，有瓮牖正圆。五更醒，月光穿入到吾枕，亦奇怪。今日共行有七十余里。午后大晴。

鄱阳湖，在江西北部，北流经湖口入长江。

廿六日　（5月14日）早起，南行卅里至土龙尖，草草甚。又十五里至白鹿洞书院。由大路进去二里余便到山窝中，有枕流亭，泉名圣泽。书院文会堂与诸生略叙。将行，有吕生佐清，号定臣，闻余问紫霞真人《白鹿洞歌》，乃导至春风楼山长住处，字在板壁上，云石刻在城内爱莲池也。出至分路铺，少憩，吕生赶来，携纸笔索书一横卷去，果有奇意。一路看五老峰及水帘数处。又十五里入南康府北门，住正街路东饭店。午饭已迟，饭后拜李春史大令兆煦，甫接任，明日入署，现住考棚。问知罗椒生门人也。陈梅孙大令同年已卸事，明日登舟上省，匆匆一话。到府署旁爱莲池，周子祠已荒圮，紫霞道人石刻尚好。前有两大古树奇矫，有张南轩先生碑，知祠建于朱子，此地何可听其圮败乎，宜此邦人文之衰也。竟日晴热。

张栻，字敬夫，号南轩，南宋初期学者。曾主管岳麓书院，初步奠定湖湘学派规模。

廿七日　（5月15日）早起，出西门，过大王庙，看山，见湖有气象。冒小雨行廿余里。至归宗寺，即瞻云寺也。寺场开敞深邃，后即金轮峰。东偏有右军阁，

宋荦，字牧仲，
清初名臣，能诗
文，工书画，精
鉴赏。

此寺本右军舍宅为之耶？舍始建者尚有洗墨池，覃溪有歌行书壁板上，又有《石镜溪记》，言山谷有石镜溪题名及洪驹父题名。寺僧云今字漫漶矣。宋鉴堂石刻似佳。出寺东行十余里，至秀峰寺，本即开先寺。心壁迎圣祖驾于江南，御赐改今名。尚有御书《心经》藏寺中。又宋牧仲捐藏《地狱变相卷子》，乃宋以前笔，牧仲以后名人多题记，余亦问定缘老和尚索笔题数行。此山即香炉峰，上有漱玉亭，不能去，因雨大也。出寺回店，已未正矣。典史王光杰号晓峰，广东人，来候两次，余因回拜，人风雅，索书多件，留便酌。醉后为作画数纸而散。

廿八日 （5月16日）县令送夫，候颇久。出南门，过湖，至老爷庙，将卅里，上坡，约十里，又过河至钱公桥。船来迟，久等也。又廿里至都昌县，邱小屏兄不见数年矣。即留宿署中，同酌畅话。灯下作书画，子初方睡。两郎出见，甚清隽。

廿九日 （5月17日）黎明起，未寅正也。主人迟起，又留早餐，候舆夫，辰初方行。小屏发夫七名，每名每站百卅文，三站到饶州，六十里颇大。申正到土桥住。午间仍尖一次，店屋小而黑，幸无雨。午过石牛山脊，有江文忠梓里亭。

卅日 （5月18日）日昨夜雨数阵，今早雨颇大，亦迟行。上岭甚斗且长，十余里长山坳尖，又约卅里赖家桥午尖。至赵塘村外分路，正东往饶州，东北往景德镇，余改由景德。晚住马尾涧港。今日大约行有八十里。遇雨数次，一路树木、麦气俱茂盛，秧亦将插满，此邦信饶也。人物亦多清秀气。过便民桥，有乾隆丙戌重建桥碑。过章天渡，船过水西流往饶州，未过河前，有桥甚长。

四月

初一日 （5月19日）早雨未住，少住，行，大雨，行至田饭尖。又金盆岭午尖。晚至分水铺宿。雨时止时作，树禾茂而泥路烂难行，竟日约得七十里耳。然此间路颇大也。住处园竹极盛，且富鲜蔬，属浮梁境。夜雨大。

初二日 （5月20日）雨小些，旋止矣。十里至罗家桥，一路李子树多，似吾道州光景。过桥，又八里过河，河水即往饶州去的。上坡，约五里至浮梁县公馆借住。早饭后出，看御窑厂新近造棹面大鱼缸，前此所希，此外尚照例也。大堂上有乾隆初年榷使唐英对云："榷水陶烟，濯手匠心酬万一；皇华白发，惜阴循分澹些须。"出至各画处、烧窑处，真人巧夺天工也。到瓷器街买小瓶子十个回。午热甚，洗足、剃发，一快。申刻，忽谢卓轩大令来，亦奇事。苏赓堂门生也。共谈酌颇洽，为斋匪案到此。

唐英，字俊公，雍正六年奉命赴景德镇协理陶务，所督造瓷器艺术价值甚高，世称"唐窑"。

初三日 （5月21日）早雇船下水行，风报甚大。此水由祁门来，往鄱湖去，水长黄急，然竟日行才百四十里，大约不止此数。上半日向南，下半日向北多，晚泊丁子海。夜风，大雨，幸水浅无大浪，然不得佳眠也。今日小满节。一路山平秀。

初四日　（5月22日）黎明开行，向南，西北风顺。辰初到饶州府东门外泊，鄱阳县沈槐卿世兄来迎，到署已辰正。槐卿上府未回，候归话，同饭，留住东边新书斋，甚敞雅。午间拜邱迪甫太守前辈世兄，久话。归，见广西忠泉中丞三月初五后折子，贼到省城，城守坚固，贼已却。大好消息，可慰可慰。迪甫来话，同晚酌。张小浦学使差人通候。夜热，雨。槐卿审案至四鼓，为命案。

初五日　（5月23日）晴热。学使处借来京钞，知劳九加头品顶带。午间，槐卿审案甚久，即日前过马尾港谋死亲夫案也。男妇皆幼小，若毫无知识，而有此凶惨事。教化不行如此，可叹。看《国朝文录》。酉刻，到太守署，迪翁请晚饭，槐翁同坐。写京信交迪甫寄京。酒后索纸墨，写大字一阵。归卧，将子正，甚热。

初六日　（5月24日）早，点心后，同槐卿出北西门，至芝山寺登山亭，四面见水，风大，奇凉。下山，过止水亭，即江文忠故宅处。归，早饭，见省中来文，三月十四日郴州猝被贼破，戕害官民，占据州城。粤西未了，复扰湖南，吾州不知如何警动，兵饷又将何从筹画耶？此间即调兵往袁州一带防堵去。午间，复同槐翁出东门，至荐福寺，尚有竹木，寺宇亦深，止被水多圮剥。

江万里，字子远，号古心，南宋末教育家、政治家。饶州被蒙古攻陷，江万里全家投水死节，朝廷赐谥"文忠"。

两人久话，午后仍热。出寺，到颜、范二贤祠。至鲁公亭下小憩，归已未正，方午餐。写大字一阵。小浦学使着人来请到考院晤话。杨雨泉同年在幕，因共酌。酌后，写大字一阵。别思畅叙，凄慰兼之。归，已子正后，丑初方睡。

初七日　（5月25日）阴。晨略静。饭后写大字。午间，迪翁请去写字，同饭。小雨一阵，未正归憩。学使仍来邀，颇倦，不能往矣。晚同槐翁酌，忽闻讹言，索饭，得不醉，亦佳也。试为槐翁、湘生画扇及小幅，以尽余兴。

初八日　（5月26日）晴热，倦。写大字不多。午间，学使来，槐卿留便酌，久话去。余作诗二首，叙此番聚首光景。槐卿欲作《芝阳话雨图》也。迪甫来话，余晚至学使处饭，学使昨得信，有渭阳之戚，故不赴府县席。酒后，仍写大字一阵。雨泉同坐。

初九日　（5月27日）晴热，为槐翁作绫卷，殊伟观。写大字，竟日不少。学使行，着人送诗扇去。迪翁来一话。晚间仍来，谢卓轩亦来同饭。昨夜见省信，郴州事已息，不要紧，惟粤西谣言不见佳得狠，想未必也。槐卿为检理一切，情意过厚，愧愧。

初十日　（5月28日）检点明白，一饭起行，已辰初矣。与槐兄别后，到迪翁处一话行。出北门，至四十里亭尖，路甚短。又卅里宝林寺农家胡姓住，门向北而后屋向南，秧青到枕，一望无际，惜阴云无好月耳。
舆夫经槐卿严谕，乃半路渐稀。两仆仍徒步，余兜子夫六
名，余四，包杠亦疲缓甚。

十一日　　（5月29日）黎明起即行。阴风，竟日凉。
　　　　　　一路山层田复，水竹林阴奇妙。每桥亭必有
碑，所过卧龙桥、桂湖桥各处俱清幽。太西渡过小河后，
仍走李子渡过河。住景德镇公馆。此番回头路真想不着。
公馆正在收拾，为太守迪翁将来此。今日行有九十里。留
信与卓轩，并寄槐卿信。夜有月。

十二日　　（5月30日）早行二里即会大路，约十里至
　　　　　　杨坞尖。屋如好茶馆，盐豆佳。一路水木清幽，
桥亭修洁。卧龙桥不足言矣。午后大热，尖共三次。过臧
家湾，甚喧闹，铺店多。又冒热，十五里至铁锁桥宿，后
院有园蔬，水声树色，移案树下，酌酒看月。起更始入屋，
热极，多蚊。天将变矣。

十三日　　（5月31日）早起仍热，旋即阴，行十里至
　　　　　　岭脚下尖（土名曹村岗）。尖后又二三里上岭，
颇斗，而山坡甚整，共八里到山顶始渐下。下而复上，上
而复下，将四十里，大路直入云际。雨来，一片云气蒙蒙。
午正至前八王亭尖，看大雨一阵，屋廊甚雅，久憩始行。
至溪西一带（将十里），至一心亭，溪流百折，树石随之，
清深古异，非石湖所有，乃从未闻道及，由少人迹到耳。
来往皆商贾。过一心亭后，约一二里，过山入祁门界。田

水声如潮，至店埠滩歇，舆夫淋雨俱湿，止好住此，方申初。今日山上行有四五十里，共约八十里。雨凉，比炎热自在些。

十四日　（6月1日）早行，复过岭，名汪石山，此间山俱无正名也。约十五里板溪尖。又卅五里沙鸡殿庙东尖，庙祀九相公，真奇。沙鸡何解耶？又过程村碣憩，又过大祠堂，"楚溪世泽"扁额，汪家屋也。约共行八十里。申初入东南上元门，至祁门县署，晤唐鲁泉大令，宿于东偏书屋。晡点晚酌，畅话。己酉使粤，往来桐城，鲁泉时宰桐城，前年补此邑也。山中夜冷，今日晴。

十五日　（6月2日）竟日困惫，行路积疲，不觉也。鲁翁行香回，同早饭。午间同面，有山鸡。未正后同小篆出南门，右转至岳祠叩谒，壁间有武穆题记石刻，乃绍兴元年带兵过此，住东松庵，前往讨李成也。对联有煨芋事，未审出处。余索纸题记数行，付寺僧。同出，过东门桥，到东山书院，鲁泉新收拾者。苍浩斋久坐，到朱文公祠，颇高，眺远，惜西向斜照满堂。归署少憩，即饭，主人盛设，殊不安之至。夜月佳。

相传，唐代李泌曾于衡山遇异僧，号懒残，正在拔火煨芋头。见客至，便授半芋而曰："勿多言，领取十年宰相。"后李泌辅佐唐室，平定"安史之乱"，处理内政、外交，保证了贞元时期唐朝的稳定。

十六日　（6月3日）五更甚冷，山城景也。晨起，周行东西院署，地甚宽闲，好铺排幽雅。甘雨亭同早饭。鲁翁同午饭，饭后，写大字。岳祠写"精忠留躅"扁。朱子祠联云："集诸儒大成，圣道炳然犹旦昼；

幸此邦多士，高山仰止在乡邻。"此外写字不少。天热，苦无纸耳。晚同鲁泉酌，亥正睡。

十七日　（6月4日）五更起，鲁泉同早饭。天明行。鲁翁为备夫八名，送休宁。出东门，过桥。十里花桥，又十里双忠祠，祀张、许两公。又十里新水铺尖。又十里状元第憩。又十里楠木岭。又十里渔亭小憩，雨来，吃粥一盂（洞庭桥下），颇佳。又廿里至岩脚住。过楠木岭，即见香炉峰，以后峰峦活跳，知白岳殊秀异也。冒雨登白岳，上有十里，颇多斗坡。罗汗岩极佳，正殿对香炉峰，有奇气。由一天门、二天门、三天门，方得至。云海迷茫，树石竹泉俱妙。来往一个半时辰。回店，雨亦住矣。山中道院各分院落极多极整，进香人住处也。明朝人诗刻多极。夜饭后，与舆夫商定即从此往黄山去。着李海押行李先至休宁。

唐河南节度副使张巡、睢阳太守许远以七千士卒据守睢阳，与十几万叛军抗衡，前后四百余战，坚守十月之久，为唐军赢得了宝贵的战机。

十八日　（6月5日）早凉，行十五里至山坑。又五里小溪胡家尖，此处无二姓，祠堂甚大，有"七哲名家"扁，又廿里至蓝田，地方大。又廿里渔村。又廿里过小双岭。又过大双岭，颇斗险，难上下。天气又热。至甘村午尖，已申初矣。尖后廿里至汤口，晚宿。

十九日　（6月6日）早行，舆夫迷路，行至云谷院而返，仍回汤口憩，始往汤池去。路险难行，约有十里至紫云岩，汤池一浴。入紫云庵，与老僧紫峰话。煮饭吃，为书联，并示诗曰："冒雨穿云不记程，芒鞋踏破万山轻。此身本自无无垢，无垢今从一濯生。"天云甚重，不复思登高履险，遂下山，仍由原路，过大、小双岭，至渔村已暮，即住矣。蚊蚤甚，不得眠。

廿日 （6月7日）早行，过蓝田，未至先尖，因遇大雨也。尖后过蓝田分路，东南行。一路水石俱佳。过两小岭。午正后至休宁署，吴厚存兄别七年矣。畅话。晚同酌。有书记陆月湖同坐。夜不甚适。

廿一日 （6月8日）大不适，吐泻兼来。途中积受暑湿，得闲发作，亦奇也。厚翁说此处卅里至屯溪，即可下船到杭州。唯闻宁波事未靖，甚猖獗。近日无信，南河未合龙，粤西军事未了，何堪复添此耶？夜未饭。雨至旦不住点。

廿二日 （6月9日）雨不住。人清爽，腹痛未已，时作响也。作书寄槐卿，交来纪闽光带归，一路护行，极勤妥也。厚翁出旧墨，甚有古意，兼赠书二种：《诗故考异》，朱广文《说文》。晡时写大字一阵。晚为我特设，不能畅饮，略吃些，惫甚，先睡。月湖及厚存乃弟、英山乃婿、彭子方同坐。

廿三日 （6月10日）夜冷，知将晴矣。今晨雨止，奇凉。早餐后同月湖出东城，五里至万安街，阅古董店两处，买得印石一，印合一，复堂梅一。同至古城岩一游，登高，见水曲山环，殊胜。上有正希先生试心石，惜余足软，不能上峭壁也。晚独酌，主人有客。五更三起，腹泄。

廿四日　（6月11日）人适。早饭后，与月湖由西门内外阅古董店，无所见，青藜阁书店买得明板《通典》。归，写对三付，即疲困。晚与月翁酌，不能饮，病矣。夜仍泄。

《通典》，唐杜佑编撰，是中国首部体例完备的政书，专讲历代典章制度沿革变迁，于唐代叙述尤详。

廿五日　（6月12日）人惫甚，止好吃素，两粥两饭，口中实少味也。主人屡来话，恳挚可念。天雨，数日不见日，与客同困。夜仍泄。

廿六日　（6月13日）不复泄，略适，少力。厚翁为诊脉，无甚病，稍有风湿耳。服药一剂。雨不住。

廿七日　（6月14日）天晴可喜，人亦较健。早过月湖话。午间写大字一阵。主人屡来话，仍服药，不见酒第三日矣。

廿八日　（6月15日）晴雨相间，颇冷。重棉不曾脱，可以行矣。主人固留一日，午间为侣笙、桐舫、厚翁画扇为戏。晚同主人食蒸鸭，殊佳，惟翰音无味，且必由遂安来，此间并鸡卵无之也。

廿九日　（6月16日）寅正三刻起，检行李，卯初早餐，久候主人出，卯正二刻行。肩舆卅余里，至藤溪，巳正矣。梁祥茂骨董店无可观。午饭后，至未正，行李由小船来，英山二兄亦来，约同回苏州也。余先开行，河小，下水有滩，行速，晚泊，英山未来。今日食枇杷多，腹不泄，亦不甚适。

卅日　（6月17日）早到浦口，觅小轿入歙县城，约有八里，入西南门。至天官第，程子渔未归，乃郎亦不得见，晤管事人叶寿如，一话行，回船巳初矣。午后过峡口，属徽州府管。船上每船纳税四文，上水则二百四十，未知名何关也。晚泊处距府百里。竟日阴。晡时大风报，雨一阵，雨声竟夜，盖淳安地。

按《周礼》记载，朝廷设六官，以天官为冢宰，总御百官。后世多以"天官"称吏部尚书。

五月

朔日 （6月18日）竟日东北风不顺，滩上半日多，下半日少。阴而不雨。晚泊严州府南，共得二百余里。舟子夜摊钱，颇可厌，且防小窃。

初二日 （6月19日）雨竟日，南风颇顺。巳时到桐庐，买得鲥鱼，肉细而少油，每斤八十文，后来活者止四十文，不复能买矣。舟人耽延久始行，申初过富阳后，向南行，风不顺，复向北，雨不住。至里山且泊，酉正矣。夜雨热。

初三日 （6月20日）雨不止，且行甚缓。舟人顺水，懒摇橹也。午正二刻方到江口，吴英三约同至何枢臣行内，少憩，即别去。小轿冒雨入城，至杭府署。余菊农不在家，门者拒客，可恶。厅上坐，与马司马一谈。出拜学使吴晴舫师、常南陔中丞前辈，归。知杭署无处下榻，即住徐让木钱塘署。与让木同酌，菊农亦来话。夜倦，甚热。

初四日 （6月21日）晨起剃发，冒风，头痛，遂竟日不适。学使师、中丞及梁敬叔、彭南屏、吴子厚丈先后来。南屏者，吴师之婿而咏莪之孙。问知小舫未回，南河不合龙，山东一带水散漫成灾，可虑之至。京钞知京师亢旱，夷难之奏颇多，于时事何济耶。晚饮于中丞处，兰陔少子甚颖异可喜，出示九芝龛，九芝同日出院中，各奇异，合成此龛座也。归时亥正后。

初五日　（6月22日）人略好些，腹中仍时痛。早饭后到杭府，即出清波门，到净慈访六舟，已退院闭关矣。一见，健如昔，纵谈金石，宛尔旧观如昨。写对数付，觅小舟同六公携其三侍者游湖。至圣因寺柳下憩，久之，开文澜阁入，久憩。有二铜炉，一铜鹿。六舟云系宋德寿宫故物也。楼门不得开，窥瞻书架而出。上船看龙舟，无味甚。余入涌金门回署。四禅老步归寺，六公见惠开元造像，有帝后忌辰，和私皇后何人耶？文后山住嘉兴县前桥垞下。少憩，与让木一话。晚饮学使师处，梁敬叔、彭南屏、子厚丈同坐，商行大钱以代文银。归来亥正，两夜俱不好睡，且腹泄。

初六日　（6月23日）晨起甚倦，且翻书看看。天气闷热。午刻让木回，今日提军北上送行回，同午饭。未初，余出，到汪家，致轩已往淮上，与奋斋一谈。菊士不在家。到南陔中丞处看所藏碑帖，《破邪论》《黄庭经》俱古拓；鲁公《东方赞》《鹤铭》皆明初拓，可宝。符君为诊脉，言系脾湿，为酌一方。归遇大雨，两次憩息，回署已昏暮，主人同晚餐。服药。今日寄京信交

六舟，俗姓姚，名达受，字秋楒，多才多艺，于诗书画印靡不精通。
杭州文澜阁是清代珍藏《四库全书》的七大藏书楼之一，主体建筑仿宁波天一阁。

中丞，初八日有折弁行。

初七日　（6 月 24 日）人健些，服药有效也。早写大
　　　　字一阵。彭南屏来话。汪菊士来话。午间至
学使师处饭。甚困，归少憩。晚出，晤李检斋话。李锦湘、
陶珠泉处未晤。

初八日　（6 月 25 日）晨请符惺园同年来看脉酌方，
　　　　添用柴胡，因头痛未愈也。午间南屏来同饭。
申刻同往摆子门三拨营。朱秋舫大令（子赓）处看字画，
有王鹿公人物册、恽南田山水册、张择端《清明上河图》，
竟古秀，张樗寮大字册，皆佳。为题上清图一段。吃面，
归。南屏同饭，让木又留一潘君同饭。陶问云令亲自衡州
来，湖南情形不了了，人亦少味。孙亦塘来。

初九日　（6 月 26 日）晨写大字一阵。菊农、检斋、
　　　　让木同请严庄宴集，到则严庄改潘庄楼。风
大而甚热，无甚趣。同请者敬叔、南屏也。余先归，甚惫，
见客少气力。晚与让木酌，谈时事颇豪爽，知道有济否。

初十日　（6 月 27 日）晨静，有送书画者，无可入赏
　　　　也。午间，让木请到城隍山庙内，晤王安伯，
则因新修府城隍，请让木拈香，即留看剧吃酒也。热不解，
草草散，余先归。廖梓臣、王雅台先后来话。晚同让木酌。
晨剃发。

王树毂，字原丰，
号鹿公，浙江仁
和（今杭州）人，
善画人物。
张即之，字温夫，
号樗寮，历阳（今
安徽和县）人。
南宋书法家，善
写大字。

十一日　（6 月 28 日）早出武林门，至孙四房，导我至新马头，约三四里方到。又说无船，余独步至马头。遇张春林如意船，遂写定而行，中人乃来，索赏可厌也。援笔作契，不复经行，十六元，写到杨州。回署已巳刻，路太远也。汪菊士、智琴和尚同话。六舟赠《石屋洞题名》，皆所手拓，百余种，又道鹿春如观察欲晤之意。客去，写大字多，且憩。晡时出，陪雅台、梓臣到中丞处看画数件，亦感冒未愈。过鹿春如话，壁间石斋字、鸿宝画皆精。遇雨归。同让木酌，尚不知余将行也。

十二日　（6 月 29 日）晨起，收检行李，让木一面，即上衙去。余久候未回，止好上船。船人有事不即发，让木赶来作别，亦好，它人皆未知也。汪老三着人送京信物来。客去，即开船，船上热。夜泊塘栖，热，通宵无安放处，苦极。天明后少睡耳。

十三日　（6 月 30 日）半阴晴，好些。午至石门买菜，得冬瓜耳。晚泊毛家汛，热如昨，苦蚊。距嘉兴五十里。

十四日　（7 月 1 日）阴得好，不大热。午至嘉兴，粮艘拥挤，绕道泊西水驿。步至嘉兴县前桥塘下，向北小门访文后山，老病未出，晤少桐四兄，得观《娄寿碑》，真古异，知钩本全非，以麻沙拓，不能钩也。本龚定庵物，以此及它物易赵飞燕玉印，此算二百番，可谓奇款。又梁天监小造象精，元延铜虽有名，不见精确。

未正回船，即开。晚泊王家泾。由小河往盛泽镇七里，拟明日看顾子宜家书画去。

十五日 （7月2日）阴凉，北风过大，顾家不想去矣。船行甚缓，曳纤费力。过平望，颇耽阁久，晚泊八尺。有月。上船以来，今日始能看书饮酒。

十六日 （7月3日）阴晴相间，略有顺风。午刻到宝带桥，上坡流览，前添出护国寺宇一层，便少味矣。看十五年前所书碑尚无恙。登乙未亭一览。回船，行迟。申初后到阊门外泊。上坡寻吴三英，取书箱回。正谊、紫阳两书寻赵伯厚、赵子舟，都未到馆，可叹可叹。到洪家，问子香，于前日往杨州，晤乃侄郁臣，见子敬信，五月初三在芜湖，说月底可到此，甚慰。回船，晚饭后。戌正后子敬忽从北坐小船来泊。弟兄年余之别，无意聚此，真奇事也。絮语至夜分始寝。

宝带桥，今苏州东南澹台湖上有宝带桥，相传唐元和时，刺史王仲舒变卖束带筹建此桥，故称。乙未亭，北宋至和二年（1055）为乙未年，为表彰昆山主簿邱与权修筑河塘，立碑筑亭，故名。

十七日 （7月4日）早剃发，同饭后，余上坡，寻张云岩，屋宇佳。金兰坡不在家。程耕义不值。韩履卿得晤，畅话，归。午饭后，王蔼亭来，为子敬公馆事，同子敬先出。余后至江桥酒楼，同酌去。晚归颇凉。履翁处见京钞，忠泉革职，可惜。惺陔擢粤西抚。今日到处寻字画看，止履翁处看数件，亦不甚赏心，止扫叶山房买得《书画传习录》耳。与子敬话至子初睡。师子林多年不到也，还好。

师子林，即"狮子林"，在苏州城内东北，因园内石峰林立，多似狮子，故名。

十八日 （7月5日）早饭后上坡，沙皮巷程心柏处看字画，东坡《常州居住状》楷迹极佳，虎跑泉诗墨却不甚确，此外元明人墨迹多精品。至杨芸士处一话。宋于庭处话，知陈石甫不在家。沧浪亭略憩。回船，同子敬午餐后，小舟携帖画数件至虎丘白公祠，新修水阁尤妙，磨墨作书，大雨来助，仿鸿宝枯木竹石为子作，可一笑也。回船，余食枇杷后，腹不适。见酒，饮将十杯而腹痛不解，食水饺子三个后方妥帖。灯船极盛，真销金窝也。回船亥正，与子敬少坐，即睡，热不好睡，后好睡。

苏轼写有《乞常州居住表》以及《游虎跑泉诗帖》。

十九日 （7月6日）早上坡，到滂熹园买得陆《奏议》、江《尚书》，吴步蟾店中买得唐小品一本、石鼓文一本，有《黄庭经》颇佳，未到手。阅古玉数百件，竟少赏心之物。回船巳初，同子敬早饭。题程心柏读画图。写京信一纸。巳正二刻，与子敬别，此会又不知何年，能无惘惘耶？顺风到浒墅关，久候不得过，因有一船不服查而大家耽阁，可恶也。开关已申正二刻，行仍顺风，夜犹行，至无锡泊，亥初矣。夜热故，不可眠。

陆贽，字敬舆，唐代政治家、文学家，工诗文，长于政论，所作奏议多用排偶，条理精密。有《陆宣公奏议》传世。

廿日 （7月7日）早开行，仍顺风，未初至常州西门马头泊，见龙舟华丽而笨，不生动且不行走，亦奇。上坡至常州府拜张翼南，久话，吃山东面。武进县向筠舫三兄一话，六十六矣，去年尚生一子，甚壮苗。赵伯厚、江衡甫都不在家，回船即开，翼南约便饭，止好负约，难得此顺风也。卅里至奔牛泊。今日作信一纸，交翼南寄子敬。

廿一日 （7月8日）早行，早饭后即至丹阳，以后路曲折，南风有不顺处，申正到镇江京口驿泊。步上对河，到山陕会馆，此处人呼为大会馆，访几谷上人，不遇。石莲和尚云，伊前日往杨州天宁寺。回船已酉正，移泊江口。夜热，蚊甚，彻旦未着。数日来仆子俱在船头睡。

廿二日 （7月9日）寅正二刻开船，带江二曳船行。过江入小口，未至一刻也。苇河极窄，行入瓜州城，卯正后出大河，过关后早饭。过三湾，颇费力。午饭后未刻方到钞关泊，过关亦累赘。上坡至左卫街，寻至郑祝三处，即住下。孔秀、陈鸿两仆俱无恙。出候吴平斋、洪子香兄弟，未遇。天宁寺访几谷和尚，说在莲溪和尚处，一路阅古董店归。晚同祝兄饭。热，蚊，不得睡。平斋来话。

廿三日 （7月10日）早倦，不得睡故也。祝三请到萃珍轩吃面，面味苦，色黑，不解所谓，可笑也。回憩，出至平斋处看帖画，遇袁简斋之孙，将入京引见去。午饭后归，祝三备小舟游虹桥。至平山堂一带，热不解也。归已昏黑。夜不得睡如昨夜。莲溪和上来。

廿四日 （7月11日）晨访几谷、莲溪两僧于福因庵，皆善画。遇吴熙载，一谈归。蔡润之、黄受益次第送字画看，有三百余件。写大字一阵。晡时洪子全来，知子香尚未到也。晚同祝三酌。夜得睡。有小雨，凉清耳。

九
四
〇

廿五日 （7月12日）早起，为平斋题天池巨册、石涛《溪南八景册》、万年少为沂公画四段卷、顾子怡《墨兰卷》、恽南田《旃林图卷》，吴承泌志、阎湘书、金冬心花卉卷，共七件。其王文肃字卷、祝枝山楷卷，非余所喜，故未题。平斋赠我半千画小册，止一半是半千笔。买成蔡君九德斋字画、青主册、石溪画卷、莫云卿画卷、冬心梅卷、垢道人画册、青溪画幅、王玉燕册，共七件，板桥兰六幅，议价成，而祝三必欲出价见赠。罗茗香来话，知朱朵山、吴子序、冯敬亭俱在刘心房运使署。巳正三刻，余上舟，与祝三别。作信一纸寄子敬，并存物单。到杨州不得子愚一字，甚念甚念。写对子十余付乃行。风仍顺，然拗折多。夜泊露筋祠，少凉，得睡。

王锡爵，字元驭，号荆石，明苏州太仓人。曾任内阁首辅，谥号"文肃"。

廿六日 （7月13日）晨阴，小雨。早饭后，巳正二刻到高邮州，上坡入南门拜默深，不见九年矣。风采如昔，兴致照旧。游山诗甚多，驰骤论议，非复从前诗境。汪梅村、龚昌匏俱在此，亦奇。刘申孙者，申受丈之孙，默兄婿，五人同饭。饭后，写对五付，默兄赠我南园先生画马，奇笔也。又有所画山水作北派，尤未经见。默兄尤珍之。回船，申初矣，即开行。大北风，不好走，至清水塘，遂泊。作书寄子坚，交默深，内有太官两信。

魏源，原名远达，字默深，湖南宝庆（今邵阳）人，晚清思想家，曾编撰《海国图志》。

廿七日 （7月14日）昨夜丑后雷雨风大且久，可悸。今日晴，不甚热。顺风曳纤，夜泊宝应。三更时有江西粮船失犁来碰船，幸更夫招呼，得安静，然热，蚊更苦，不得睡。

廿八日 （7 月 15 日）天明开船后，始略睡。顺风，颇解炎意。过淮关，略耽阁，因小船迟至也。戌初，晚饭后行，至戌正后始到清江浦杯渡庵前泊。遣李淦上坡，问汪致轩寓。亥初后，余始上坡，路有五六里，到来鹤寺已亥正后矣。与致轩话，知我道州被粤西贼来，遽至失守，四月廿七日事，可怆可怆。吾宗族、亲戚、祠堂、书房及坟墓不堪涉想。吾州风俗淳古，不应罹此厄，冀早收复也。话至丑初方睡。

廿九日 （7 月 16 日）寅初后即起，剃发。杨石卿来话，即同饭，饭时巳正矣。石卿言严问樵处有雪浪盆，国初来诗老题记甚多也。三人同过河，至张鉴南园，寓有水风，规模嫌小，主人遣人掘藕见饷。午正后过王营，至严家行，家人辈护行李早到。问知陆路雨水，不可行，且令到杨庄看船去。与同店恩介亭衹话，知乃翁浙江织造入京，亦在此换船去。闻蒋誉侯亲家以侍讲放江西遗缺知府，大奇。五月十八日大考翰詹，余乃幸免矣。亥初，李淦、孔秀回，觅船不得。

初一日 （7月17日）早。今仍到遥汪看船去。午正回，写定两舱子一只，包一切并火食，共四十八千，到通州，甚妥。浙织使者今早行矣。午后静。申正往清河署拜吴仲仙同年大令，商量轿子到济南。至致轩处晚饭，遂宿焉。仲仙处晤于前峰，即前任清河，将往徐州去。星使将到，办灾委员甚多。今日起伏。未刻雨一阵，闻清江有风卷屋廿余间去，亦奇事。

初二日 （7月18日）早起。石卿来话。黄小松初得景初帐构铜拓本册，有覃溪、鱼门诗，极有趣。两齐侯罍拓本册，其秋舫所藏器今归张云岩者，石卿亲手拓之，极精，难得之至。到石卿斋中小坐，雇轿过河，到店，行李已上船，惟余轿事未有消息。未初后，县中人来，旧轿架现收拾。余于申初后过河，至普应寺，寺宇宏敞，然亦热。石卿做东，汪致轩、高伯平、鲁通甫同坐。先写大字一阵。入席看酒俱佳。余傍晚先过河，回店已戌正。开发各帐俱清。子初睡。李淦、孔秀、李海俱由船护行李去。

吴棠, 字仲宣(仙),
号棣华, 安徽盱眙
（今明光）人, 晚
清能吏。

初三日 （7月19日）寅初起，收拾，舆夫催齐，启行将卯初矣。一轿两骡，陈鸿、陈苣随行。晨凉，十八里杨庄尖，又卅里三汊尖，热矣。午间更热。又四十里重兴宿。到店申正。涂间歇气时多也。桃源令胡廷瑞差候。夜无蚊，好睡。北方如此乎？

初四日 （7月20日）寅初起，行一二里即天明。六十里界牌尖。先是过河一次，尖后复过河，皆黄河水及雨水所冲漫也。天热路长。酉正后始到顺河集宿。夜仍少蚊，然不如昨之全无。

初五日 （7月21日）天明始行。六七里即过船，六塘桥下黄河溜冲入，水大不好走。桥孔亦有圮者，御诗亭亦渐陊落。共廿五里小尖，又卅五里峒峿驿宿，未初耳。今日半站，舆夫怕热殊甚。见月三，去三里五华山七星岩，闻说好。

初六日 （7月22日）未寅初即起，行五六里天方明，绕水处时有之，多沙路，好走。卅里汤店憩，又卅里，巳正到红花埠住，也是半站，属郯城。入山东界，面渐佳矣。联秀峰方伯住前隔壁店，往候，畅谈至暮。留酌树下，不见九年矣。秀峰同来店坐，月来去。其人留心时事，非录录者。闻麟梅谷、邵又村入军机。

初七日 （7月23日）子初即起，舆夫忽发愤也。行四十里天始明。少憩，又十里郯城县换钱，出城，过问官处。又十里铺至倾盖桥，久憩，因骡子来迟也。又卅里马闸憩，无店，又十五里沙墩住，不成店。煮饭吃，无肴，草草甚。今日慈寿日也，怆念何极。夜雨大。

初八日 （7月24日）雨后，满路皆水。舆夫亦困，没得吃。卯初后行，行积水中，水深一二尺不等。廿里至李家庄尖，巳初矣。且憩，晒衣物，大半沾湿，昨日若到此，免得雨阻，今日便可至伴城矣。舆夫懒得可恨。误却两天，还要讨赏。

初九日 （7月25日）天明行，走东手上潍县，路好走。过石河，溜大，土人扛舆而过。又过沂河，甚宽且浑，大船均至北河迎钦使去。沂州南关外尖。闻府县俱接差去。尖后入南门，出北关，不数里，又过河，所过小河无数，共九十里，约绕道有百余里，半城湖十二里烂得狠，尚赖增公修垫后好些，然三十余年未重修也。半城宿，各店俱贴公馆条，此店亦系太守公馆，借住。

初十日 （7月26日）天明行，一片入山路，少人家，多坑坡，不好走。路却不大。四十五里青驼驿尖，论路不过四十里。遇杜、怡两钦使来尖此，小钦差则赫老前辈、乔鹤侪、杜兰溪也。走访鹤、兰同话，京师尚平泰如常，总苦旱耳。大考信已有，尚无大黜陟。鼎侄妇于四月间得雄，可慰可慰。吾州失守后，尚无后文，可为痛心。尖后四十五里却不小，过河多，皆山沟水也。

岱意到目矣。申正到垛庄宿，沂水管。月色好，有闲意。

十一日　　（7月27日）行五里天明，今日过河无数，
　　　　　路烂不好走。过陶丘河，至保德河尖，于大
树下久憩。晚宿敖阳。共百一十里。酉正后到，天不甚热，
而颇贪瓜果。邓厚甫车先发九日，尖处相遇，迟迟可想。
厚兄由骡轿前行一站去。空院对月酌，甚凉。日来本不热，
时着棉也。灯下作书寄子敬。

十二日　　（7月28日）天明行，廿里至新泰，少憩。
　　　　　将行，毓端卿宫詹使闽，已到公馆，行六十
里矣。与一话，将寄子敬信交与。副考黄黻卿鸿少相遇于
树下，立话，问吾家一切，略说说遂别。又廿五里翟家庄
尖，满街槐荫阴凉，为登程来第一处。地方官不劝民种树
开沟，此间何不同也。又卅五里杨柳店宿，店有后小院极
敞。燕巢于棚顶，絮话往来有致。乾房钱四百，颇贵。而
晚餐莛菜炒肉佳，遂尽烧酒二两。

莛，古同"芹"。

十三日　　（7月29日）子正起，丑初行。舆夫迷路，
　　　　　向东北遇引路人，带向西北，然寅正方走
十五里，过河多而路却干。花马湾久憩，六十里翟家庄尖，
又五十里泰安南关外宿，才申初已到店。望岱意有云阴，
岳顶在目，惜不得登也。晡时到岱庙一游，茶棹满地，古
树垂阴，天昏黑，不及寻丞相碑等等。回店即饭。月从云
中吐吞。

十四日 （7月30日）丑初起，丑正后行，舆夫迟来也。一路石径水沟，不大好走。天大明。卅里新庄小憩，又廿五里垫台尖，树下凉快。又五十五里，途间水沟乱石，皆雨水所冲，路不大，到章夏，才未正二刻。住处即做公馆处，主人相识。适陶子立有家人夏姓回家，因作一书带去。晚饭有绍酒。灯下索书数件。夜雨雷大，明日恐不成行矣。

十五日 （7月31日）雨住，卯初后行，过山河两处，溜急可怕。小河数处，沙石连路，泥却少些。三十里开山尖，尖后东北行，路好走。入济南西门，买靴。至济东道署，住花思白前辈西厅，极凉敞。二兄及两郎均见。晚与思白、次江同饭，莲子溝佳，酒好。看京钞，知道州失守情形，现在赛、程两公合办此。两公难靠，奈何奈何。何不令徐仲深、劳星陔来一人耶？大考兰簃升学士，吾乡孙芝房、胡光伯、周杏农、徐寿蘅俱升官，殊为增色。得军事早竣，岂不大庆。夜雨凉甚，有秋意。

十六日 （8月1日）早雨。与主人同饭后出谢客。刘鉴泉方伯及晓川太守、福元修廉访、司徒芷舲都转、冯展云学使俱相晤，话甚畅。惟廉访方过堂，未晤。学使署别将三十年，一切尚如昔，惟我兄弟读书处种竹作池者已成一片荒地。先公"瑞蓍书屋"扁额亦佚去。旧仆李得现随展云。据云此扁为西关外人偷去矣。同展云、周祝莲、叶西斋坐话四照楼。石坡尚存，少年与子毅所为也。归饭，已未初。大雨，作字一阵。复出，拜李与之太

福济，字元修，满洲镶白旗人。

守、汪竹千刺史。到大明湖，次江到彼相候，同船至铁公祠、惠泉寺、历下亭，各处多倾圮，即有重修者，亦不如旧规之幽异，可慨也。归署已上灯，思白邀竹千相陪，次江同坐如昨。席间余不甚适。

铁铉，字鼎石，明朝初年任山东参政，率军民抵抗燕王朱棣，坚守济南，死后山东多地建祠祭祀。

十七日　（8月2日）五更忽大吐泻，以后吐止而泻不止，昨所谢客，今日早都来回候。芷舲谈字尤着魔。客去已将午初，少憩，赴方伯席，因晓川病盲要谈，不便辞却，饭归已未正。出西门至趵突泉、燕园两处，亦迥非昔比。回署后，水泻不止，晚遂不敢同主人饭。干饭半盂。泻竟夜不止，本欲今日行，行不得了。雨复倾盆未已。

十八日　（8月3日）早，思翁请刘君来诊，据云脉细，中暑颇重，香薷饮服后更泻，惫不能下床。杨石荮来一话，即将往德平去。夜泻到天明。

十九日　（8月4日）刘君来，仍昨方服一次，不得止，口苦且干甚，昼夜将五十起。今日无雨。

廿日　（8月5日）早，余思北方医者难商量，自知昨方误矣，请思白请南医。请来武进邹君，据云六阴脉象未改而大受削伐之伤，用六君子加减，合我意。一服后泻遂减。夜仍苦，渴甚。

廿一日　（8月6日）泻症良已，如昨方，略更易，添用川连、黄芩以祛心热。晚间不复泻而小便热极。邹君晚来诊，说仍心热耳。

廿二日　（8月7日）早良愈矣。略用清解方，轻轻服之相安，两足软甚，不能步。天阴未雨，立秋节也。连日止食粥及淡饭，不食荤，今日始食鲫鱼、火腿，美甚。主人连日关爱之至，时刻来看并闲话，余止卧而答之。又寻古董字画来看。买得未谷、板桥小件，今日晡间试出至文宝斋，看得高南阜字卷有趣，又石卷，乃摹本，亦携回来看。

廿三日　（8月8日）早雨，冷甚，未欲行也。饭后忽欲行，命车来，三空车装上，思白弟兄复设酒作别，且借衣，关爱周至。又作信寄子愚。午初行，迂道不好走。四十里齐河尖，已申时矣。冒雨行，路忽干。大路不迂，卅里至晏城住，戌正二刻，尚不大迟。惟车夫索顿饭，竟无可下咽处，可叹也。齐河过河。

廿四日　（8月9日）早起，雨如丝，旋复大，然止好行。五十里禹城桥尖。又五十里廿里铺宿，泥水甚大，车时时没毂，幸车轻，不阁滞耳，然颠兀骨疼。年逾五旬气象矣。

廿五日　（8月10日）天明行，大晴见日。一路绕道，泥水甚大。五十里曲录店尖，又廿五里黄河涯，又廿五里，天已昏暮。至德州署，汪竹翁得晤，叹叙快慰。惟连日颠兀，两足难动，止好由此换船。闻景州破堤，不可过，即不船亦不能也。李车夫责四十，为前日闹顿尖无状，顿尖顿饭，此风可恨，亦当严禁矣。睡时子初后，客屋悬天池《石坡牡丹幅》佳。

廿六日 （8月11日）晨凉午热。饭后，同竹叟出城，西北寻苏禄王墓，有永乐十六年御制碑文。复西南至董子读书台，即柳湖书院故址，颇荒狭，而台前地尚宽也。午风凉爽，饮酒，吃水饺。未刻方行。到河边看水长情形，看定船只。竹翁细心之至。入署少憩，写大字一阵，食西瓜后复写。令孙聪慧可爱。晚酌又嫌筵席气矣。饭后久话。寝看京报，查少泉调甘泉，王春厓请用钞，端王革出御前。

廿七日 （8月12日）早起收拾，与竹千谈并早酌，看石斋、得天字，俱佳。辰初揖别上船，船上一切皆竹翁预备。辰正开行，斗风不好走。下水九十里至桑园，已酉初，止好泊。西北方有雷，阴，夜雨。

廿八日 （8月13日）早开船数里，大风卷篷，可悸。兼以阵雨逾竟日，恰至决口处，浪春撞甚，勉强移前稳泊。寒来，重棉尚怯。夜风稍定。

廿九日 （8月14日）风定些，然竟日仍未歇，皆东北对风也。止见来船张帆快利耳。冷如昨，仍重棉。过连镇堡头，人家大有。夜未泊，行至天明，已过沧州廿余里。晴有日。

初一日 （8 月 15 日）早行后有西南顺风，树桅张帆，行
过新集柳河，过静海，至独溜泊，约二百六七十里。
船亦稳，甚难得。晴，竟日不热。凉天食西瓜，今日复腹泄，
但不甚耳。戒之戒之。

初二日 （8 月 16 日）舟子赎当，开行少迟。微风，
顺溜七十里，午刻至天津西关外泊，即入城。
晤钱香士太守，留住署中。少憩，同往城外东北，至望海
楼，前临南北两运河合流入海处，一伟观也。水溜浊急，
离海门尚二百里。香士言海门内积蚬壳成峰，上长荆棘，
特令培植，乃自然之险。此间河狭溜急，易守，可无洋患
也。久话，复看荷池，日暮回署，闻王丹厓、朱小鸥从京
师来。香士因邀小鸥及天津令谢云帆同饭。小鸥之晤，出
于意外，谈及沈朗亭放江南正考，都中一切如常。香士与
云帆为我安排明日轿马，小鸥说有晚香堂，可代购。

钱炘和，字香士，
云南昆明人。

初三日 （8 月 17 日）早起收拾，为香士题南园太老
师与乃祖望峰太守家书卷。同饭后即别，一

轿四马，过临□县署未入，出北门，绕路多。过河而左，复过河而右，皆北运河也。卅里浦口尖，多走有十五里，已未初矣。尖后卅里甚好走。申正到杨村住，蚊多，不得睡。

初四日　（8月18日）阴，时有小雨点。寅正二刻，天大明，行廿五里蔡村尖，绕多出五里，避泥水也。又卅五里河西务尖。到朝阳寺里一看，殿宇颇深，四隅多树，少古干耳。舆夫已不愿行，强而后可。又卅六里孔家马头宿，今日共得一百零五里，天色尚未暮。绕路竟不沾水。闻明日又须上船，变幻不测，闷闷。

初五日　（8月19日）昨一夜雨声，奈何。早起，冒雨出街口，上小跨子船，不能昂首，而船价至五千，真居奇也。轿子令回天津去。船行溜急，由卯正至未初到张家湾，不止五十里，入小河口后，芦、柳颇佳，水亦平而净矣。到店，雇三车，即收拾行，已未正。沙窝门走不得，仍北行十二里泥水，到通州南关，由城根行至西门外，廿里至定福庄，已晚，且住。石路苦甚，且喜晚晴。若沙窝门可走，今已到家矣。

初六日　（8月20日）寅正二刻行，幸昨夜未雨，石路略可。廿里，辰初至齐化门。辰正至前门，由城根走顺城门大街，辰正三刻到家。阖寓平安，惟无复老人可事，慰怆兼至也。子愚因赵家丧事后回，健如昔日。桂儿到馆补誊录，亦迟归。裕曾以五月初三日生，及祐曾都尚结实，大者可知矣。兰花初开，闻今年燕子亦回屋。晚饭与载芬、蒨园及侄婿吴子进同坐。孔秀忽来，知行李亦于昨日到通州，真奇事。看报，吾郡江华、永明俱陷贼，匪焰日张，督师何事？时事不堪涉想。

初七日 （8月21日）晨起，各院步步，家中人尚多早睡。清气扑人，未免着凉，天气亦骤冷矣。晨餐后，腹中不适，却不泻而多走动。午睡一阵，觉佳。晚便适矣。着常贵到务上接行李，归来，知行李未到务，想是通州起身迟了。晡时大雨一阵，蒋婿来晤，梁子恭同年来话。子愚晚仍到赵家，起更后方回。看诸稚设果酒供织女。

初八日 （8月22日）晴竟日，人不健，不可解，口味却好。申刻，行李车到，即检料书帖等出，惟道州龙爪鸡淹于运河，为可惜也。看子愚新买大小《麻姑记》果佳。问黄正斋要得印结交孙云溪去。黄□□得山东副考，昆玉俱得差，亦近来佳话。许滇翁父子典试。

初九日 （8月23日）晴。书箱检清，沈门人史云来一晤，它客尚未能见。得子敬吴门书，不知其寓何处，寓元妙观前也。今日渐健，午间日日食面，似尚合。见桂儿所买北海《灵岩寺碑》，海内有第二本矣，真奇事。家中《曹植碑》竟无有，望竹千早寄我也。

李邕，字泰和，扬州江都（今江苏扬州）人，唐代书法家，因官至北海郡太守，故又称"李北海"。曾作《灵岩寺碑颂并序》。

初十日　　（8月24日）阴晴参半，人健不如昨，何也？
　　　　　　蒋誉侯亲家来话，行期尚未定。作小楷，手颤，
试临《道因碑》，看何如。灯下作书寄子敬，今日复有折
差带吴门信到。

十一日　　（8月25日）晴阴相间，午间阴甚，却未雨
　　　　　　也。五更后腹泄二次，想湿积通乎？昨服药
也。夜极好睡。早饭后边瘦石来话。午后黎越乔来，言湖
南苦旱，贼破江华、永明后仍弃而回道州，可叹带兵官听
其来去自如也。阅旧拓《麓山寺碑》并阴，颇有趣。课儿
侄女辈，作诗好。

十二日　　（8月26日）晴，人倦，足比昨软些，不可
　　　　　　解。五更泄腹一次，却好睡。渐写字，手尚颤。
日来饮食甚得味，而精神未长，湿气为患如此。

十三日　　（8月27日）早早饭，卯正上国史馆，问魏
　　　　　　供事一切，并子愚到馆文书，促令即办。出馆，
到方伯雄处话，陆静轩因病未晤。出城至厂肆博古斋，携
归孙退谷所藏《孟法师碑》，有覃溪、春湖跋，乃宋翻本
耳。午饭后复出，至潘师相处，过誉侯亲家话，知行期定
于廿六日，三娣将带侄儿女搭帮往苏州去，离思怅怅。

十四日　　（8月28日）阴，时有小雨。潘季玉来话。
　　　　　　早饭后看儿辈清包，清理积年外来信札。龙
兰簃学士来话。酉初上供，烧包。后见报，知道州已退出，

*《孟法师碑》由
唐代岑文本撰，
褚遂良书，清代
仅有李宗瀚藏唐
拓本。*

贼匪南去，不知所栖止。晚，开子敬昔年带来酒坛，尚苦新而不和也。自初六日到家举杯后，七日未沾酒。

十五日　（8月29日）晨起，腹泄一次，人好。出至程容伯，一话，归。午间复出，蔡鼎臣、万藕舲俱未晤。谢公祠小憩，好闲敞明亮屋子也。回家，邓厚甫、朱建卿来话。午后人倦甚。晚饭后复泄，晚至晨起七次。

十六日　（8月30日）晴。服子愚药遍数少些，人仍倦。申初下园，途中走动一次，却不泄。酉正到根云寓吐两次。未晚餐即睡。夜忍渴，未沾水米。卯初起，饮小米粥和红糖，服药一次。

十七日　（8月31日）卯初二刻行，卯正到内，候至辰正引见于勤政殿。庶子沈桂芬得讲官，初次叩见今上，恨近视不能瞻见也。足软，尚能支。出至根云寓，客来不绝。早饭后略话，根云识议大长进，不相见七年矣。午正由园回，未正到家即泻，困极，着床早睡，未晚饭。服药。夜间未起，烦渴不安眠耳。

十八日　（9月1日）五鼓起，泻一次，不是水泄，盖将愈矣。子愚看脉仍是凝滞，湿结未化，仍用通利之品，竟日未得大解。困甚，着床懒起，时时睡着，夜未饭。

十九日　（9月2日）早解一次，积秽欲下矣。今日
为二娣做五十岁生日，内外略有客，有清音。
李九、吴婿盘桓竟日。蒋婿早面后去。余忌口，不酒不面，
足比昨更软。刻得"庐黄游人"印，不为此戏将三十年矣。

廿日　（9月3日）桂儿生日，卅二岁矣。余病已
清愈，止苦倦耳。吴婿来，同早晚饭。

廿一日　（9月4日）桂儿赴监录科。天阴，时有雨。
清出明刻《通典》付装。午间，邵蕙西来话，
知昨日旨下，袁午桥劾奏定郡王及恒春、书元各款得实，
定、恒、书俱严议。《息肩图题咏》各员俱议处。初意午
桥众为危之也。此事快人意，言路不至阻塞。

廿二日　（9月5日）阴雨数阵，始服党参、熟地，
尚相安也。会馆拜曾文恪公生日，令桂儿去。
杨敬士来，问知龙石老兄近状如前。晚雨颇大。

廿三日　（9月6日）晴冷。题《麓山寺碑》阴，琐
琐有趣。《通典》清出，付装。万藕舲来话。
午后，袁午桥来话。子愚文昌馆去，晚归。吴婿来，课以
南岳开云诗，甚佳。

廿四日　（9月7日）晴冷。会程容伯、李晴川两客。
人渐健适，脉将复元。蔡鼎臣送到奏折片，
为保举事奉朱谕：何绍基着于二十六日伺候召见。

袁甲三，字午桥，河南项城人，为人刚毅，敢言直谏。咸丰二年（1852），列款奏劾定郡王载铨"卖弄横势，擅作威福"，又弹劾刑部侍郎书元"贪鄙险诈，诌事载铨"。咸丰帝亲自接见袁甲三，下令核实，最终载铨等人受处罚，震惊朝野。

廿五日 （9月8日）早预备折片及绿头牌。剃发。

午饭后赴园，到根云处话，留晚餐后，至内阁朝房借住，屋小而静，好睡。

以上藏于国家图书馆，题名《东洲草堂日记》

廿五日 （9月8日）昨日由蔡鼎臣处送到折片，为保举事，奉朱谕：何绍基著于二十六日伺候召见。今日早预备折片及绿头牌，向来只有折片，绿头牌系此次明保，奉旨预备，以免错误。剃发。午饭后，赴园，至根云处话，留晚餐，后至内阁朝房借住，小而静，好睡。

翁心存，字二铭，江苏常熟人，素有文望，学问渊博。

廿六日 （9月9日）丑正二刻起。寅初一刻，宫门开，入内，至朝房递折匣，恰好寅初二刻，即出至寓处假寐。寅正三刻饭。卯初入，与翁二铭前辈、万藕舲话，旋至军机朝房处，与邓厚甫太守、程容伯话，入奏事门，至内朝房，与祁春翁、邵又翁诸君谈。辰正二刻，召对于勤政殿之东间。

蒙问：尔是那一月到京的？

对：臣是本月初六日到京的。

尔是江西人？

臣是湖南人。

是那一府？

是永州府道州。

永州是直隶州么？

是府名，道州乃其属州。

尔家乡被贼蹂躏是怎样光景了？

家乡尚无来信，实在情形，尚不晓得。

尔起身时，家乡怎样？

臣起身时，家乡尚安堵无恙。

尔到那里才听见被贼的信呢？

臣行过湖北才听见全州、道州失守的。

尔想是久在京城的？

臣从小跟着父亲在京城。

尔是京师生长的，是湖南生长的？

臣是湖南生长的。

尔父亲是做过尚书么？

臣父亲做到户部尚书。

是那年过去的？

是庚子年过去的。

是道光那年？

是道光二十年。

尔于今有几个兄弟？

臣今尚有两个兄弟。

自然都做官的了？

一个在江苏候补同知，一个现在京城。

当什么差呢？

也是个举人，现当着国史馆誊录。

尔还有兄弟么？

臣有弟二个兄弟，早已过去了。

尔的学问是经史都讲究的？

臣不过爱看书，功夫甚浅薄，不能有成就。

尔是那一科进士？

臣是丙申科进士。

是道光那年？

是道光十六年。

尔中进士是第一名么？

臣中进士是第一百名。

尔乡试是中第一名？

是。臣乡试是中的第一名。

那回主考是谁？

是现任礼部侍郎吴钟骏，前任江南藩司王庭兰。

尔出过几回试差？

臣出过三回差，福建、贵州、广东。

自然都是正主考了？

福建是正主考，贵州、广东都是副考官。

曾放过学政未有？

不曾放过学政。

尔回去这三年又用些甚么功夫呢？

家中坟墓事完，又有祠堂义学、族谱零碎等事，多年不回，不得不料理，这两三年，倒荒废了。

这个自然。中进士是二甲、是三甲？

是二甲。

二十七年大考曾考未？

考的。

考在二等、三等？

考在二等四十名。

祁寯藻至湖南时，尔曾考未？

不曾与考。

尔自然是当秀才，何以未考？

那时臣已当优贡，所以未与考。

尔今年多少岁数？

臣今年五十四岁。

尔是大字、小字都会写的？

大字、小字都学着写。

上俯躬。臣起立出。足软几不能起。奏对不甚多，然将三刻矣。出至朝房少憩，即出至翰林院花园，拜书房诸君子，遍拜祁、穆、彭、麟四枢臣，蕴大处一候，根云处午初饭。饭后，过邵又翁处，与鄢耕南一话。由土路入德胜门吊钟秀峰丈。入后门，出城回家，已申刻。祐曾孙儿周晬，同点心于上房院。吴婿来，又同晚饭，课诗。

廿七日　（9月10日）早，出门谢客。梁子恭处少憩，余俱未下车。归午饭后，复出。归。晚出至赵少言、文小岚两处吊。归已昏黑。

廿八日　（9月11日）早入城，到杜家吊。与云棠话。姚伯印丈处吊。陈寿卿处晤话，知北海《灵岩寺碑》由寿卿于前年从寺后洞中寻出，拓得百本，不为奇物矣。吴子苾《长沙帖》二本携归，子景留此属题也。穆中堂处，见尚健甚。卓相丈处晤鹤溪，遇庄卫生，同话出城。归饭。少憩仍出，见潘师一话，精采尚好。遇邵又翁，遂共谈出。顺路过树南、午桥各处，黄琴隖处话。归已暮矣。

廿九日　（9月12日）早出谢客。止与罗椒生一话，谈写字法。归饭。写大字一阵，到家来第一次也。复出谢客。止与吕鹤田一话，归已申正。即往谢公祠，张振之、陈杏江同请陪邓厚甫，酉正后散。三姊、六侄，收拾行李书箱已清楚，别怀殊悒悒也。

卅日　（9月13日）晨，静未出。游庶常来见，早饭后出。晤苗仙露，老与如昔。陈颂南、黎月乔偶晤话。一路谢客归，点心后复出。至棉花胡同一带，遇雨归，竟夜廉纤。

初一日　　（9月14日）早入城。汤协揆丈处话，病后不复能出门，见于上房，谭字尚有兴。廖玉夫师未值。至顺天府署，王鹤汀上库去，晤乃郎及门生庆勋同饭，时天雨，署门车拥挤，乡闱投卷，又直隶来闱中委员，来候见监临也。冒雨出城，少憩，文昌馆拜张海门慈寿，无站处，上下车极拥塞耽阁，回已晚。今日为联侄饯行，明日已不能行，雨未住也，改初八行。

初二日　　（9月15日）早出，送誉侯亲家行，泥泞怎样走也。遇杨临川、刘裕轩话，归。饭，小雨未甚住。午间出，至有余兴斋，不甚适，即归。阅文诗数卷，且歇，是晚程容伯、王僧山同请在容伯处，前对烟雨佳甚，惜已暮耳。见邸钞：广西关提督荣福联遣戍，以其骄也，殊为惋惋。

初三日　　（9月16日）晚间寅初起，走动后，汗出，心作难，甚不适。子愚弟起为看脉，数且伏，吃沙仁开水渐定。寅正后，复睡着。卯正方起，脉胜昨，而人倦剧，竟日未出。见数客，陈杏江、庄卫生来话，阴寒，着棉人颇多。

初四日 （9月17日）晴，晨静，阅诗卷。早饭后，王鹤汀来，复设饭，同子愚三人小酌罢，时将未初矣。出至文昌馆，万藕舲请晡饭归。夜适，看诗文片，至子初方睡。

初五日 （9月18日）晨，访冯小亭未晤。归饭。午初出拜誉侯亲家生日，食面一盂，所有请邓厚甫太守之席，移至蒋家园，因往约月乔，又寻厚甫，两次方定。至厂肆同文馆，携《法书赞》归，上有覃溪题记也。晚与子愚至誉翁处，邓厚甫、黎月乔、邹云阶共六人。后至者，宋小墅、陆东娱，则誉侯之客也。桂花盛开，子正方归睡。

初六日 （9月19日）早，仍着人听宣，辰初归。考官麟梅谷、朱桐孙、吕鹤田，同考中，同乡止孙芝房。早饭后，出至厂肆，先由大街一路拜客，子愚着仆送信家中，报四川学政，由园中章京友人送信来。余仍至栗春坪处，遇丧归。知初六日内阁奉上谕：四川学政，着何绍基去，钦此。家中先道喜，今日尚不见上报，因军机散甚迟也。晚间人不甚适，倦甚。

初七日 （9月20日）起折底，吴婿写得甚妥。始见钞旨，留任者三省，由考官放学政者三人。

惟吴晴舫师由浙调闽，闽浙皆两任，共为学政将十二年，止此两省，一奇事也。 排日递谢折，四川在初九日出到万藕舲处，看其折底。回复出，至张振之处，遇龙兰稌一话，主人未回。陈杏江处，吊其祖母承重之丧，遇陶凫卿丈一话。到王世兄处，未值归。晚试服附子散相安。根云来话。

初八日 （9月21日）早，桂儿入场去。巳初，三姊携侄儿女往通州，鼎侄送往，好生凄痛也。剃发。午饭后，同子愚入城，先至贤良寺，看龙兰稌，话。亦同至根云处，子愚已先到。晚饭前后，余腹中不甚适，有廉颇之疾。夜，风雨大。冷，却得睡。

初九日 （9月22日）丑初起，丑正，根云、子愚俱送我。入东华门、景运门，即递谢折，接事。才丑正二刻，比园中早半个时辰。卯正即宣入，至乾清宫丹墀下板室内，恭亲王丁祭复命，次孙云溪、次沈经笙、次军机、次乃及臣。

辰正三刻入，召对于乾清宫之西书房。

上问：尔到京这些日子看些甚么书？
臣到京来因零碎事多，又有应酬，虽不断看书，却不成片段。
尔回去这三年，每日还有半天功夫看书不有？
臣回家后，坟墓、祠堂并修族谱，少得闲功夫用功。
尔于经、史看些什么书呢？

《十三经注疏》及本朝钦定、御纂等书都看。

注疏是那一家最好？

三礼最好。其余亦各有好处，在乎个人取裁。

尔于经、史两样，那边的功夫深些？

看经书的功夫多些。

史学自然是看《通鉴》，也还看各朝史书否？

《通鉴》是归总的，若《史记》《汉书》《三国志》等，也都看的。

尔于字学也曾用功未？（臣未及对。）

于《说文》也曾看过未？

《说文》是曾用过功的。

尔自然篆字、隶字都会写的？

篆字、隶字，都学着写。

隶字是学什么帖好？

臣只是学汉碑。

尔家眷都已来京城未？

家眷都已来了。

尔家里有些甚么人？

现在同住的有一个兄弟，又二兄弟过去后，有弟婳妇及侄儿女等。

尔的妻子呢？

臣妻室已过去了。

尔有几个儿子？

臣止一个儿子。

有了孙子未？

有两个孙子。

尔有妾未有？

有一个妾。

尔是几岁上读书的？

臣是八岁读书的。

讲身心性命的书也都看过未？

小时节父亲就教看《近思录》及宋儒各书，以后才看注疏等书的。

于朱子性理及小学等自然都看过的？

都曾看过，总之，古人的书都是说身心性命，止是得力不得力，在乎各人。

尔家乡被贼蹂躏，到底怎样了？有确信否？

现在尚无信来，总之，盘踞两个多月，糟蹋总不小了。

道州来京，走那些地方？

走湖南、湖北、河南是正路。水路则由湖北走江西、江南。

衡州、长沙都走得着不走？

是必由之路。

尔到衡州，进了城未？

臣不曾进城。

那时候程矞采在衡州未？

那时程矞采正在衡州。

程矞采到底怎样？

总是不得劲。

是那些不得劲儿？

别的不管，止如贼到永州，程矞采就从衡州回长沙，此真不可解。致省城人心都摇动，多半搬徙去了。

这自然人都害怕了。

岂止湖南省城，就是湖北省城，也都惊动了。

他后来又回衡州去呢？

后来他回衡州去，人家又搬回些来的。

程裔采是怎样回长沙的？

外间谣言却多。

他是坐小船回长沙的么？

这些闲话也不一，惟有他离开衡州时，官民苦留不住是真的。

他既然这样无用，为甚么要留他呢？

他是个总督，在衡州住了年多，自然想留住他，有所倚靠。

长沙城里，尔从前到过未？

臣每回应乡试，总要到省城的。

省城有多大？

不算狠大，南门到北门，约有七八里。

城里住底人，想来不狠多？

是个省城，民居是多的。

城外居民怎样？

北门、东门外民居还少，西门、南门外都狠多的。

现在办团练否？

听见现在办团练。

省城的团练，还好办不好办？

这却全在官，官好的得士心、民心，一线穿成，团练自然好办。若官不得民心，便不好办了，省城也狠有些尚义的人，止要官好就好了。

尔从前到过四川未？

不曾到过。

尔这回往四川去，走那些地方？

走山西、陕西。

由山西过去就是陕西么？

由山西过去，过了黄河，就是陕西。陕西过去，就是四川。

四川文风，尔知道如何？

四川古来才人多出，才藻是好的。

经史学问呢？

经、史根柢，想不如词章，自必也有些，不能狠多就是了。

学政自然要请幕友。

幕友是要请的。

家中也要有亲人帮着。

臣的兄弟及儿子、侄儿们，都可以帮得。

吏胥差役，却要管得严。

是。

不要光是诚心待人，倒要受他们的害。

是。

尔出过几回试差？

出过三回差。

不曾放过学政？

是。

尔们家乡，供的甚么佛？

南边供佛的少。

难道不供甚么菩萨的？

本地各供有雨王、雷神及文昌、关帝。

怎样供法？

书房中因取科名，多供文昌。大地方才有关帝庙，关帝不
敢随便供的。

家里祠堂，供些甚么菩萨？

祠堂止供祖先，不供别的神。

也供至圣先师不供？

是书房都有孔夫子的牌位的。

湖南会匪是那些地方多？

永州、衡州、宝庆都是有的，就是长沙外县，也间或有。

会匪为何立许多名目？

名目虽多，止由太平日久，穷百姓贪几个钱就入会，会不必就是匪。

广西来的贼，自然与土匪是联络一气了。

也有联络的，也有不相干，也有受他逼迫从他的，起先想未必是一气，所以尽管闹贼，还不至甚多。

湖南各州县的城池还可靠不可靠？

外州县城墙多是好的。池是近河才算有。太平日久，贼又东走西窜，猜不着他往那一方，防兵又太少，守是不容易的。

贼到底利害不利害？

从广西过来，原是釜底游魂，全靠皇上洪福，早些荡平，原算不得甚么，若拦他不住，自然就利害了。

尔于今还做诗赋不做？

臣这几年不曾做诗赋，不过偶然替学生子弟们看看。

别的文章、诗呢？

散文章同古风诗，间或儿做做。

上俯躬。臣叩首称：谨领圣训。出巳初三刻后矣。前后语次第，记不甚清，且有闲语，记不得者。幸足软不狠，尚支得起，出宫门，仍至朝房小憩。倪海槎世兄相扶掖，出景运门，缓步出东华门，同至根云处，与子愚四人同饭。赓卿甫归，子愚先回。余亦随即出城，过厂肆市，携八大册归。睡不着，蒋婿来话。吴婿与丁祭归，同晚饭，酌数盏，好睡。

初十日　（9月23日）早入城。至何愿船处话，知石州遗书《北魏地形志》已将补成，可慰可慰。出城拜数客，归饭。饭后，谒潘师，得见一话。出赵家作吊。过王子怀侍御，久话。至松筠庵，心泉上人出示恽册、王卷、华秋岳卷均佳。唐人写经剧佳。归午饭，已申初后矣。略写大字。晚有月，同先生及儿侄与孙酌。桂儿未正后出场，尚妥。子愚弟同吴婿往通州送行去。

十一日　（9月24日）晨静作书，寄杨墨林，并联扁去。

获训早传芳，忆春晖园内，嘉树成林，截发留眉多古意。萱龄方曼祉，怆介子山头，慈云失荫，编彤纪行待新文。义方允著。

早饭后，入城，卓师未在家，晤王小崖世兄谈。访左景斋舍人，已南行，为家乡被贼也。廉琴舫处话，出城拜客，顺路归。饭，写大字一阵，臂尚软，奈何。晚赴黄琴隖席，未沾酒，亥初乘月归。子愚申刻回，知三娣船已开行。桂儿入二场，鼎儿送场，午初已入龙门。

十二日　（9月25日）晨，至报国寺，戒公已出，与恒德、恒亮、葆光三上人话方丈屋后。壁改窗，前后通明，假山已成，景况迥异前矣。出过圣安寺，晤杨敬士一话，归饭。饭后写大字，共三次，精神较长，可慰可慰。黄琴隖来话，程容伯来话。见京钞：长沙被围，光景可虑之至。天时人事，奈何奈何！饭不下咽矣。

十三日　（9月26日）早，至徐五兄处，并与乃侄寿蘅话。问四川路，久话。到四川会馆回拜曾、周两君，不遇归。饭后，写大字多，颇静倦。桂儿申初出场回家。晚赴吕星垣席，先过蔡小石、邓厚甫、蒋誉侯，俱未晤。至庄卫生门首，遇送潘季玉，因呼入，写对二付，殊别致。

十四日　（9月27日）早，同桂儿饭后出，过厂市，送场，至举场，西门入，遇陈颂南、杨宝林，遂入御史寓话。又遇宋莲叔、蔡八丈、周黼廷诸君话。午正送桂儿入场。出拜客，延在庵丈处久谈。此外俱未下车。出城，仍由厂市归，酌数盏，睡困早寝，虚却好月。

中秋节　（9月28日）早，神堂各处叩节，家庭贺节。早饭后出，晤曾同年吟村，行三。过厂市，携《唐会要》归。温明叔前辈话。但云湖前辈尚不出京。黄树斋前辈未晤。徐杏香久候而出，止得登车行，回家已申正。检《宝真斋法书赞》。晚约黄倩园来过节，李载翁、吴子儁同酌，虽未醉，已沾酒矣，子初睡。

十六日　　（9月29日）儿妇生日。晨剃发，早饭后，桂儿出三场，妥帖为慰。出谢客。汪艮山前辈处话。袁午桥处索茶，主人未回也。林树南未晤，仍过厂肆，至铁厂西河沿，一路归，已申初。梁子恭同年来，久话。知昨日常南陔调山西抚，罗苏溪抚湖北，张小浦署江西抚。子敬书来，将往南京，当内收掌。

十七日　　（9月30日）竟日静未出。写大字两次，黄正斋来话，翁二铭前辈来话。黄家喜事，二娣及两媳先后往。祐曾发热，旋曾随母出至李家。略清书目，作书寄子敬。

十八日　　（10月1日）早出，至周朗山处话。过厂肆松竹斋，订红格本。博古看邢子廉册，小有致耳。当日盛名，据我平生所见，亦时有之，不甚可解也，尚不如南阜。归饭，检文稿箱。午后出，邓厚甫处话。黄家道喜，与三乃郎侄话。越乔处话。见南方信。归饭后静，根云来话，伊定初一日行。竟日阴凉，人颇倦，夜食贯线糖，遂泄腹，三起，可怪可怪。

十九日　　（10月2日）早大晴，精神却好，清旧文字半日，作书寄慧秋谷河帅处，杨敬士去。又作书寄张诗舲陕抚、吴子苾方伯，托其留心幕友也。题程兰川子仲钟携往建卿处出示各铜器拓本。遇廉琴舫来同话。往厂肆，装池先外舅晋人先生志，季寿叔岳所撰者。携山谷画象归。翁钱据墨林题，为李晞古画涪翁象，实无确据。门人杨留人来，同晚饭。今日伯母黄夫人忌辰，怆怆，忽已八年矣。子敬今春修墓，不知如何？晚闻彤侄女不适，同子愚往看，已平复，止吃花生一顿而回。

廿日　　（10月3日）晨静，清杂纸字件。得湖南信，言贼势及程制军遁回长沙事颇详，然事已上闻矣。祐曾渐好，裕曾点牛痘。桂儿到厂肆，止寻得《五代会要》而回。午间出谢客，未晤一人。吴家名人年谱书板，今早送回去，未刻。同子愚往谢公祠，贵州门人十四人，请万藕舲同坐，食而不饮，苦饱甚。晚酌数盏，便消化，受用多了。然烛。

廿一日　　（10月4日）早，仍清书一阵，早饭后静，午刻出文昌馆己亥团拜。又鄂松斋前辈请吃。上朝后，同子愚至才盛馆，赴梁子恭、黄莼园之约。风雹暗昧一阵，旋开朗，一饭回。子愚晚看刘五峰，今日来也。

廿二日　　（10月5日）早，五峰来，为诊脉开方，用肉桂，留早饭去。自前日起，桂儿同吴婿督同林堃、马和，清查藏书，以便交代接管人，不知何时可竣事也？黄寿臣到浙抚任，折弁带信来，与子愚结姻，尚未议过庚，余作书寄之。晚，陈颂南、何愿船、叶润臣、杨缃云公请在陈寓，有苗仙露。润臣得《李忠定全集》百余卷，写本。因钞得补宋广平《梅花赋》回。亭林先生象卷，今日交与颂南、愿船接收。

廿三日　（10 月 6 日）昨服五峰药似燥矣。然今日精神还好。子愚送赵姻伯母殡出城。午间请门生福建六人，贵州十一人，未刻上席，散时申正矣。德州汪竹千刺史寄三唐碑来，复书中带信与联儿、祥儿去。晚出赴湖广会馆，徐云渠、刘佩泉请同辈者黎越乔、杨临川、袁漱六。漱六目录之学颇详。归。龙兰簃在子愚处话。《宋会要》在陆东禹处。赵蓉舫前辈差人送勘令来。

廿四日　（10 月 7 日）晨，过五峰处话，为诊脉，言大佳矣。这两三天精神颇长，惟足力未复，头眩仍时有之也。归。饭后略清书。午刻，请广东门人四席，客廿四，未正未及终席。余出赴潘玉泉、顺之兄弟席，散，复过文昌馆，拜高家寿，归少憩。晚饭后，灯下写对二十付。桂儿、鼎侄同吴婿清书已完。清字画仍至夜分。见钞：向提军仍带兵至衡州赴援。赛相分剿郴州、永兴贼，及赴援长沙似有条理，而徐仲翁不见报到，亦奇。

潘曾玮，字宝臣，号玉泉，江苏吴县（今苏州）人。

廿五日　（10 月 8 日）先公冥寿。去年今日，尚在道州祠堂上供也。午初入城，由顺承门内一路走前门谢客，先晤徐世兄桐，知梅桥制军将于九月入都。嗣晤刘燕庭丈，谈蜀中碑，有知之而未及拓得者，皆《隶释》所有。又有灌县一碑，的系东京物，而不知为何物，《华山碑》许携归题记，可喜也。杨简侯一话。赶城出，至文琳书坊，携《两京会要》《唐会要》归。晚服药，有桑寄生，而忽腹泄二次，岂黄酒为病耶？

廿六日　（10 月 9 日）晨，服药后，仍水泻一次。而精神却不碍。令陈芝钩《华山碑》起手，早饭后，装得书箱四个。午后，出至才盛馆，辛巳荫生同年团拜。请值年恩锡、何恩荣、高铎、吴集禧。坐久，未设筵，遂行。至文昌馆，乙未世兄团拜，请七席，人才二十余，中外贵盛矣。晚餐未毕而出，回寓且憩。吴婿来，同饭。子愚赴刘五峰寓。

廿七日　（10 月 10 日）早，至厂肆文英堂，携回《石渠宝笈》草本、《方舆胜览》钞本。早饭后，看装书箱，每箱止准在百斤内，因过西安后，须上驮也。林树南请天和馆一饭，归仍晚饭。

廿八日　（10 月 11 日）早，雅集斋送画来看，无佳者。出至厂肆，携得《东都事略》。早饭后入城拜客，孔府与绣山话。遇高丽使臣李石帆尚书，为书一横幅。至顺天府，鹤汀不在家，与乃郎话，吃点心。王曼生处，久候不出，遂行。一路谢客，出前门，由厂肆英宝斋，《王鹿公册》《文英堂书》二部携归，少憩。至湖广馆，易问斋、陈宜亭、黄正斋、张□□、杨临川、夏阶平公请，归已亥初后。

廿九日　（10 月 12 日）晨起，忽发眩，不记事，请五峰来诊脉，无恙。盖连日烧酒为祟也。服元参一剂。同五峰早饭后，子愚进城，余渐适，写大字一阵。午初出，至东麟堂，福建门生公请，未竟席。陶凫乡丈处午饭，八十五岁人，健步好客，至暮未散，余先行回家。略憩，龙兰簃、望如请晚酌，子愚同去，同席止梁子恭，颇适意。子初回，小醉矣，近日所未有也。午间过张剑潭处话。

初一日 （10 月 13 日）早，过藕舲话，托带六舟上人信物。归饭后，看收拾书箱、衣箱，何时是可也。午刻，松筠庵粤士公请，申初散。文昌馆拜周家寿（道治）。即归。晚，辛卯浙世兄公请，宋莲叔、周莲士、邵蕙西、樊子安四人到，在子安处。晚归。丑初方睡。

初二日 （10 月 14 日）早，请五峰来，仍前方。为祐孙看。苗仙露来，同早饭去，受冷颇倦。午后出，顾蔼高请文昌馆一饭。出拜客，晤沈经笙，知其十三日方行。由山下斜街回至边瘦石处，遇邵蕙西，又与伊遇龚晤，静穆学者也。遇五峰，邀归同晚酌，客去倦甚，早睡。

初三日 （10 月 15 日）晨，略静，早饭后，至顾祠秋祭，同人羞为余饯，共到十人。已正后，另祭，仪节过繁，不谓然也。集者陈颂南、苗仙露、潘季玉、王子怀、孔绣山、何愿船、冯鲁川、杨细芸，何寥寥也。石州配祀于右方，哭之一恸。席散已未初，与戒师一话，出，至家少憩。同乡周道源做寿，在文昌馆，一转，至才盛馆，赵星梅同年请，一饭归。

初四日　　（10 月 16 日）晨起检帖、画，至午后方静。师逸斋、丁饴伯两门人请谢公祠，陪客徐寿蘅，皆教习庶常。饴伯散馆，改户部，有家学，可惜也。申初，至苗仙露处话。陈颂南处话。为《村谷论心图卷》，至汇元堂矣。请饭出，拜江龙门，未晤。过厂肆归。连夜同子愚谈时事，致不甚可睡。然昨有旨拿问赛督师，停止军功举人、附生，是大好消息。今日要筠堂协办，禧公同之，定王补九门提督矣。

初五日　　（10 月 17 日）伯父光禄公冥寿。晨，检束画卷，渐清石州书箱，全检出。午刻，到文昌馆丙申团拜，不到二十人，何其少也？同子愚往，两顿饭连着吃不下，日来又苦气满，酉初回。吴婿来，同戟安三人共酌，颇畅，气满亦好了。

初六日　　（10 月 18 日）画色俱齐矣，耳目渐清，看书帖有静意。未刻出，曾涤生寓吊其母丧，少坐。至晓春堂，王雁汀、林章甫同请，肴佳。雁汀复来寓话别，晚饮陈酉峰处，颇有茗苹意。

初七日　　（10 月 19 日）早入城，拜郑画庵，甚远，不相值。穆帅处辞行，出城回。江龙门、何愿船同早饭，客去，少憩，觉倦。申刻，乙未值年何伯英、缪心如、高鉴山公请在何宅，半席行。冯鲁川处，先写字，后上席，止酒。惟仙露、子怀与主人饮。

初八日　（10月20日）早，至厂肆，携《金石苑》及《青主楷书》《药师经册》归。早饭后，蔡小石处话，风采犹昔，不觉贫窘也。归写大字，至暮，连夜得对子百零七付。刘五峰来夜饭。今日各处听报子矣。

初九日　（10月21日）桂儿又落第矣。早出至厂肆，昨携回《青主书》《药师经册》颇佳，价太贵，还之。回早饭，入城晤徐稼生同年，问四川学政光景。出城晤吕鹤田一话。归，因兰簃、子恭、酉峰、望如、五峰来集，有清音，风太大，颇冷。晚酌，心中闷闷，无甚味也。月乔、午桥信来话别。

初十日　（10月22日）写陈恪勤手植槐诗卷，作楷，迟迟甚。早饭后，写大字一阵。出至潘师处辞行。蒋家晤熊璧臣一话，又黎月乔处一话。回，候四川提增曾靖臣，问悉一切，蜀中通家信尚不难也。题刘燕庭所藏《华山碑》，陶凫翁小照册。晚饭，吴婿、李先生同酌，殊不甚下咽。且早睡。上房收拾零星，至五鼓方静。

十一日　（10月23日）黎明起，书房清楚，且剃发。何愿船来送，现赋诗题《村谷论心图》，剧佳。王子怀、刘豫川、熊璧臣、蒋婿、福建门人、陈葆清世叔，先后来送，晤话。巳刻早饭，上房检理，午初方行。自己一轿，二娣、儿媳、侄媳、妾、女、三孙，共骡轿三乘，桂、鼎轿车各一，行李大车六，又婢妪轿车二，色马二，骑马五，骑骡一，仆十人，夫头一，厨子一。余出门至报国寺，别顾祠，与戒师一话。出城至天宁寺，广东门人设饯，儿、侄、娣妇辈俱到此看菊，余三酌先行，与子愚别，惘惘十分，匪言可罄。午正出寺，申初到长新店尖，食葱花饼二。行至良乡公馆。酉初二刻，县令薛荣差候，驮轿到时，戌初后矣。上灯许久，幸都平稳，两稚均欢适。惟念子愚，今夜怎生冷清。一席分作两处吃，也散了。

十二日　（10 月 24 日）误将月色为天明，丑正即呼人起，点心后，久等始黎明，次第行，大车先行，次驮轿、轿车，次余轿，后行而先至，人力易施也。三十五里赛店尖，此次向不应差，尖颇久。尖后，四十五里涿州宿。未正后即到。郭忠山刺史办道差去，差人伺应，意殊简略。余住东厢，以便上房。月色好。京中轿夫回去，带信与子愚，因写对，不及多话。留对二付，赠熊璧臣观察，交办差王仆存付。

十三日　（10 月 25 日）未寅初，上房已起。黎明行，四十五里，高碑店尖。新城管，不应差，自做，白菜顿肉好。尖后行三十五里，过白河宿。定兴令周君灏子余，子俨乃弟也，差人伺应。店有土炕，无床，将就开铺。今日风大，沙土甚，早极冷，早后暖。课灯，曾读《蜀道难》诗。

十四日 （10月26日）五鼓起，未天明行，行将十里，方见日出也。三十里，故城铺少憩。又三十里，安肃县城内，古道书院尖。院有古柏三，颇苍秀。署令黄宗敬（熙庭，行二，山东蓬莱人）迎送并来谒。送出城时，适有长沙省初六日亥时六百里折子递去，苏溪、石卿各一件，不可解，是何祥也？午正，余先行。二十五里，过曹河，慈航寺茶尖。架松不密，修竹全无矣。与永先上人一话行。又二十五里，至保定西关外槐树店宿，叶香士尉先来见，故门人也。周廉访启运、谭观察廷襄皆来晤，皆庶常前辈。讷近翁制军、陈竹伯方伯俱上陵差去。入城回拜，廉访、谢信斋俱来晤而返。信斋人来，问《瞋瞋斋书画记》，即作一纸寄子愚即寄来。香士题《论心图》诗，并画《秋林惜别小景》，画胜。夜月佳。

十五日 （10月27日）起得不迟，西行不一二里，即天明，骡夫闲话多也。五更不大准，过小吉店、大吉店，至陉阳驿马号尖。尖后，与管号武君（孝感人）谈及满城令陈右臣（廷钧，乙酉举人）系蔼臣同年令弟，蔼臣已于二月作古矣。满城西南八里，有抱阳山，山上有寺，有一亩石，百步栏，水石之胜。又有一亩泉，清甚也。骡轿亦尖此。此外大小车俱尖方顺桥。尖后午热，暮宿望都南关外。县令刘体中，昆明人。过县门口，对句云：地方瘵苦同新乐，差务烦难胜涿州。光景可想。写对子三十付。夜分三店住。有月。

十六日 （10月28日）五鼓行，天明大雾兼沙，路已行二十余里，共三十里，清风店茶尖。十五里过滱水，水不大深，尺余耳。又十五里，定州西关外尖，五峰在京，令侄老六名昌黎来晤，同饭，因留宿此。午后，携儿、侄、孙入城，至众春园韩苏祠，寻雪浪石，焕然一新，非复甲辰光景，乃皆宝梦莲兄前此所修葺也。唐定州刺史段公《祈岳降雨颂》，从前未见，想均拓本。过州署，与五峰乃郎及新中之婿一晤，其婿李子彦昨题诗于壁，佳者也。回公馆，写对子十付，即阁笔，不能遍应矣。文庵仍同晚饭去。灯下作书谢五峰，并昨写寄子愚信俱去。五峰贤簉来，与儿媳叙，本吾家婢，尚老实如昔，可慰。

十七日 （10 月 29 日）行数里，即天明，由上下俱起得不见早。又公馆门，骡轿出得难也。沙路二十五里，明月店，舆夫吃饭。又二十五新乐县南关外尖。县令李登萃，山西人，县考未来。未到县，有羲昌圣里，有庙。尖后，过沙河，颇宽，幸不深耳。四十五里到伏城驿宿。未正二刻到。正定令石元善伺，愚泉先生子也。驮轿申初后到。

十八日 （10 月 30 日）五鼓行，比昨冷些。四十五里，到真定府，石大令来见于风动书院，书院已移置此处作公馆矣。屋甚开敞。城内买不出对子纸，换钱亦价昂。午初后方行，因先剃发也。十里过滹沱河，宽而浅。以后渐入山路，陂陀狭隘。共六十里，至获鹿东关行馆，申正矣。而骡轿到，未酉正，不可谓迟。县令华贵办道去，家人傅姓颇用心，借到县志一看，草草之至。一路南行略带西，今日尖后问，正西矣。获鹿从前未走过，真定府大菩萨，则看见多次，今日儿辈不暇去。

十九日 （10月31日）天明始行，因有山路也。入东川，出西门，渐入山，上坡下坡，上更大，渐走石坡，便□确甚。过东天门，至微水尖。得四十里，无人应差。店院甚宽，骡轿、大小车到俱迟。余尖后，午正二刻始行。过微水，路比上半天好些，三十里，井陉县东关宿。公馆三面都有楼，驮轿来得快，而车至迟迟。县令姚蓝生，行三，名玉田，安徽乙巳即用，颇年老矣。谒话一阵，问县志，云无有。此间数十年未中举，读书人进学后，即做煤窑等生意，瘠苦使然，风气却淳朴。办差家范成，陶书樵旧仆也，不见廿余年，尚相识。大车住隔河远，且晚不便，夜天阴甚。

廿日 （11月1日）昨晚写一信寄子愚，令早交办差人寄去。辰初方行，天阴上路，雨不大而已滑。路边板桥及桃园镇、固关，俱有石关守险处，皆古战场也。固关驻参将，有兵百二十名，属直隶管。其东西皆山西管。过桃镇，即平定州界矣。五十里，槐树坡尖，无差伺者。尖后，三十里，柏井驿宿。山坡不甚斗，而大车难行，桂、鼎俱易车为驴山子，颇轻便。天阴似有雪意。平定州锡麟（见甫），前任正定守降调者。夜冷，大车半夜才到。

廿一日 （11月2日）黎明，行迟迟，辰初一刻，余方行。先十里，不好走，复渐平夷，共五十里，至平定州西关行馆尖。州城中开敞整齐，想见人物之盛，惟吾石舟已化去三年，问办差人，不知其家与墓在何处，怆甚怆甚。儿辈到已午正后，借州志一阅，惜未见涌云楼也。尖后行三十里，颇大，有四十里长。下南天门，并不甚斗，下后，一路沙石平路，时过小溪，皆东北流，益绵蔓，水之所从来，皆入滹沱，方东南去。赛鱼住，上房陶穴，止好住厢屋，墙壁坚且洁，院子宽大，无桌几，西人风气可想。南天门上有嘉庆十七年知州会稽吴安祖题扁曰：文献名邦。联曰：科名焜耀无双地，驿路冲繁第一州。过赛鱼，无应差者，自住，自食，吃鲜肉。

廿二日　（11月3日）五更起，行时亦天明矣，有月。二十里，大侧石驿尖，孟县令康永昭差伺。尖于陶屋中，颇洁，关东暖，燃炭矣。尖后，五十里，有六十里长。寿阳县东关外宿，先到二公馆，甚逼陋，不便，步至大公馆，因移寓。原办差人先给我，说是做喜事，人家可憎也。今日一路山泉多，少适，间有树色，局面渐开，多土路矣。申初到住处，申正后方定居，饭后，写得寄京信，为第五次。中有寄子敬苏州信。为《洛神赋》。

绐，欺骗。

廿三日　（11月4日）寅正起，卯初行，十里天明，然阴无月。过水多次，遇两典试袁雪舟、曾艻西于途，一话，索闱墨一本而别。五十里，太安驿尖，仍寿阳管。午正后方行，又三十五里，什铁驿宿，榆次管。县主李崇蟠差伺。此处距县四十五里，距太原省八十里，省在西北，县在西。早间，将家信交旧仆毛玉（现随袁雪舟），申初到，宿住。酉初小雨霰（似小雹子）一阵，写对子十付。

廿四日　（11月5日）五鼓行，十余里，天始明，有霜意，冷甚。三十五里王胡尖，仍榆次管。行馆开敞，入晋来甫见此。尖后，又七十里，徐沟县西关外宿。中间过永康镇，颇阗溢。县境阔大。贾棣堂大令来晤。（联芳，甲午）程春亭大令（震佑）回介休过此，来晤。知郑浣翁在其署中，因劝我明日半站住祁县，骡轿要换骡子，亦求明日半站也。

廿五日　（11月6日）天大明方行，入城回拜棣堂，未晤。城内却芜寂。文庙新修焕然。三十里，罗庄尖，草草，无米饭吃。又四十里，祁县，宿西关外行馆。曹静生同年（芳溢，江夏，乙未）迎谒，请入署晚饭，入西门即到署，先过贾令镇，颇热闹，传是贾辛为祁大夫处。借志书看，无甚古迹，夜酌后，为静生写对数付。

廿六日　（11月7日）天大明行，风沙如昨，五更霜后奇冷。三十里，红山铺小憩。又二十里，平遥县西关内行馆宿。入东门，时方修城楼，城内甚大，周围十余里。万雨农大令（逢时）来晤，言东关内有尹吉甫祠墓，此间尹姓人颇多，尚有奉祀生。此外有古陶胜境，亭阁在大路上。申初才算吃早饭，饭后，至东关谒尹祠，关外看尹墓，无古碑，将台在城上高庙，其实尹吉甫时，何所谓将台也。借阅县志：有傅青主撰书《柘真庵记》《永济桥碑》。问大令，不知也。入县署回拜，菊花尚好，少憩即出。见王翰城画，殊怆忆。归寓饭，酒好而少，夜风大，不冷。写对子并为雨农大令书三件。

廿七日 （11月8日）天明行，雨农来晤送，风沙大，不甚冷。三十五里，张兰镇尖，介休管。尖后行。距城五里，过槐抱椿，槐相传京东物。入郭林祠，并谒其墓。谷口青主所写两碑均在，东京石不知所往。余家有拓本，不知何时物矣。青主书法妙，堂扁佳。其子眉书联云：

> 尚气节底少年，多落在史云一畔。
> 受陶熔底学者，还荐入孟敏前边。

又茶马使许之渐诗，有"仙舟不可即，折角自纷纷"句，尚可。问祠人，此处尚有介子推、文潞公祠，俱未去。入东关，出西关行馆，程春麓来见，请入署，看字画，少佳者。得与郑浣芗同酌话，一洗渴思，为畅也。归写《为春鹿题春海师手稿册》，并《红蕉馆印谱》，子正方睡。

廿八日 （11月9日）早，天大明方行，浣翁兼同春麓来送。浣翁并同我前往两渡口尖。尖后，至灵石公馆，米尧峰大令煐来迎，并谒见，伯韩堂侄也。又有王向荣莅任朝邑令，丁忧归，起复矣，来谒余。俟家中人到，即出城，十里往杨家，而墨林已骑马来迎，住张家庄杨氏家。子言及墨林乃郎俱出见，又何老五，俱同席。余忽患腹痛，泄，饮烧酒，少好些。席竟后，写大字，看帖、画。屋大颇冷，睡时丑初矣。

廿九日 （11 月 10 日）夜间腹泄两次，方自在。天明起，作书寄子愚，又寄许印林，为桂《说文》事，俱交墨林。看帖，有《心香阁集》《晋唐小楷》各种，精甚。其《破邪论传》，云本尤妙，可与南陔藏本抗也。他迹佳者尚多。写大字甚多，方早饭，巳正后方行，与浣翁别。墨林、子言送我同行，过韩侯岭，甚苦，庙中憩。墨林出属墨，索书多件。兼谒淮阴墓。儿辈因车须换轴，后行六十里，余到霍州，巳亥初，以后陆续来，儿辈丑正方到。墨林又有令堂侄缋臣来，盖有他事。夜睡，草草甚，行李车太迟来，山沟路大难走也。

卅日 （11 月 11 日）早，天大明方起，骡轿行后，余为墨林写大字一阵，又看石鼓文钩本，甚旧，疑宋拓也。与墨、言弟兄作别，甚恋恋。一路仍山沟，土大，申初方尖于赵城，尖后速行，渐平坦。酉正后到洪洞县，县令郑翰，及赵城令李世琦，并昨夜霍州张映南俱未来。何晓枫太守差人来接，晚餐看盛，而无少味，讨厌之至。

初一日　（11 月 12 日）天大明始行，一路无山沟，又无风，路也不大。三十五里，天井小憩。又二十五里，至平阳府北关外击壤基，晓枫太守宗兄同临汾令周雯楼（春阳，湖北人）来迎晤。旋入北门，住试院，两君复来话去。家中人都到，才未初，大小车亦来得早。饭后，作书寄子愚，第七次。并致花思白书，为桂《说文》事，封子愚信内，带交晓枫，交骡行即发出。回县令拜，至太守署，剃发，看字画，无佳者。晚酌，话畅。

初二日　（11 月 13 日）晓枫复招饮，不复往。早行，过尧庙，甚荒陋。四十里，赵曲小憩。又三十里，史村尖，属太平县。县令章东生澍来谒，留帆之侄，本说住此，因天太早，复行。家中人往高县去，余独往曲沃。县尊王菉友，戌正方到，不见将十年，尚不觉老。谈《说文》更熟。夜大风，尚迎我于郭外也。同酌，俱薄醉矣，仍差人至高县料理。

初三日　（11 月 14 日）同菉翁谈酌。巳初方别，由东而西三十里，至侯马驿尖。则家中人已尖后行矣。仍一饭即行。至隘口，过山坳，颇斗，土大风大，飞尘涨天。至董镇，一路无村落树木，过董镇后，略润，共得一百一十里。至闻喜，戌正，周六逸大令均来迎谒，二十年前相识者，七十一，尚健甚也。骡轿、大小车，俱先我到。

初四日　（11月15日）早冷，有霜意，天明行。六逸来送。过涑水桥四十里，水头驿尖，夏县地，县令朱春帆（德沄）同年，镜堂之胞兄，属写扇，因作书。属拓坡公书《温公碑》，皇统间重刻者，不知尚在否也？尖后，大风沙，无味之至。又五十里颇大。过一庙，有数层，张村西南也。晚至北相宿，安邑管。此县中举人多，文风向来好，惜离县三十里，无志书看。县令徐澜。舆中看隶友《文字蒙求》，亦有趣，略嫌分得琐碎。

初五日　（11月16日）子刻，大北风，怕卷篷去。早起，反清爽，行少尘土。三十里，牛杜镇尖，无应差者。茅店荒苦，地属猗氏，猗顿之富何用也。又四十里，樊桥镇宿，属临晋。署令胡杰，安徽人。此处离县十五里，自介休来，直向南走。从昨日、今日，复西南行矣。今日望中条山，在左手，盖临晋正南方也，王官谷不知在何处？公馆正屋向北，后侧屋向南，有亭院树木，可以眺远。写对三十余付，办差家人李升，持张爽斋书，要随我行，真奇想。爽斋者，名维垲，己卯相习于凤台署，酒量奇大，数月一饮，八十小杯，二十碗，四海碗，略有酒意而已，今约七十余，尚求我荐书启馆，可怜可怜。

初六日　（11月17日）天黎明行，甚冷，足趾不可耐。

三十里，白堡头尖，店无屋无门，饮烧酒于初阳下取暖，妇孺辈在屋棚内，尖后行。至前十里，有预备公馆，未入，先无人探迎，若无差伺，则更不如白堡头也。尖后，四十里，寺坡底宿，永济县管。公馆大，望见普救寺塔，不知崔张好缘何在？此尘土中，想见古河东蒲，中原华整大地，今则数十里无好村落，余行路五十年，未见此两日之荒陋者。同儿侄辈往普救寺，在土山上，可眺四远，有方塔，前明修，十三层，甚高。四面嵌石，刻有显德、嘉祐、淳化各年号，皆经也。正殿有至元时宣差阿解达鲁花赤及河解总管官徐芳为月公长老刻疏，古柏尚可看。沈桂樵大令林，河南甲午。

初七日　（11月18日）早，风阴，却不大冷，草树俱青，尚未霜也。五十里，行碱地多，地归河东盐务管，匼河尖，仍永济地。尖后，十五里，过黄河，溜急，水不宽耳。过河上岸，即潼关，山夹河，西起皆土壁，无石，真雄伟。朱莲夫观察前辈（庆祺）、孙琴泉司马（治）与协台文祥，并巡检孙家惠迎于郭外，有执事，入城，拜道厅，仍各来行馆晤话。余到行馆，申初，家中人到，酉初后矣。琴泉，成都人，陶问云丁酉门生。夜索书，送《华岳志》，及《潼关厅治》。

初八日　（11月19日）天大明后行，司马送于郭外。风大，而不甚冷。向西行，背风也。过杨伯起墓，入谒。乃杨氏多坟，古碑无一存者。寿卿所藏《三杨碑》，意从前皆在此也。前建四知坊，享堂前扁：关西夫子。沙土大，三十五里，至华岳庙。华阴令倪府东（印垣，四川人），鹤田门人。认世谊，甚恭，先来见。午尖后，携儿辈，十五里至玉泉院，无甚趣。止无忧树二株，有古气。无忧亭尚敞朗。换兜几上山，石路为水冲坏，无容足处，勉强至焦仙洞，上约里许，无可恋而回。与儿侄集玉泉院少憩。行过古云台观，上荒落甚。回庙，遍游前后殿，至万寿阁，可眺远，惜阴雾，不见山河。各代祭告碑，少佳作。崇祯壬申《梦游西岳文》，上乃题"太祖高皇帝御制"，真不可解！唐开元题名，多未拓得。庙祝送《鲁公题名》及卢敏肃《新翻东京碑》。柏树上有周秦以下各木牌，可靠否？府东复来话，方回城去。晚餐后，为作书一阵。

初九日 （11月20日）天微明行。五里，至华阴县，回拜府东，则已出西关相送。途间，树渐茂密，时有山水。三十里，敷水尖。新修石桥，已破于水矣。尖后，四十里，华州宿。本拟住赤水，而刺史叶芥舟（椿龄）以彼处无公馆，坚请宿此。路遇徐梅桥制军，精采如昔也。芥舟来谒话，闽人，曾同席于林岵詹处。郭汾阳故里碑，在道旁。寇莱公亦此间人。沈经笙学使住间壁，来话，因同至彼，即同饭。所请友五人，赵云根、张秦孙、洪丽生，同酌，明日即别。学使署在三原，从渭南分路也。寒甚，似欲雪。夜乃有雨声，可宝之至。

初十日 （11月21日）黎明行，雨止，尚无泥泞，而风沙少静。二十七里，赤水茶尖，公馆尚可，不审昨日叶君何以坚谓此处不便也？街市亦热闹。又二十余里，走山窝小路，不大好行。路又大，共算五十里，到渭南县尖。金石舫大令（玉麟，四川戊子）迎于郭外，来谒于行馆。馆扁云是华清署象峰书院山长陈彦吾（本淦），尧农堂弟，来晤，并问儿妇，因令见面。尖后，回拜彦吾，见长沙信，知九月初，川兵到后，连获胜仗，向提军欲一鼓歼除也。出城四十里，风土复甚。临口住，行馆不大，又向北，有冷意。

十一日　（11 月 22 日）天黎明行，颇冷，有霜兼雾。

近古帝王州，乃一无所睹。过新丰，张诗舲中丞差弁持信来迎。过鸿门坂，看信中，有子愚十七、廿日两书，甚慰。湖南九日大捷，殆将平乎？共四十里，甚大，临潼县城外古华清宫址尖。浴于汤泉，泉热屋冷。汤泉凡有五六处，有气味，不如昌平及黄山之佳也。刘述舫大令（良驷）迎谒，星房前辈胞弟。尖后，三十里，至灞桥，桥甚长，道光十四年，杨宗峰中丞所修，有碑记，真壮观。水光树色夹两岸。过桥，茶尖少憩，复行。过浐桥，又二十里，到东关，首府蒋申甫与张、熊两明府出郭迎，司道以下俱差迎。入城已昏黑，至中丞处晤话，即留便酌。酌后，仍过吴子苾方伯处话，得零件金石奇异者数件。城门早闭，中丞屡差弁到将军处讨门钥，甫得入，到时子初矣。月色大佳，子正睡。蒋子潇同年来话。

十二日　（11 月 23 日）早起，客来不歇，又早饭不得出，县中人无用，自家现起火也。陈余山学者为首令。瞿木夫乃郎在此当巡捕。子苾方伯、文晴庵盐道、陈弼夫粮道俱晤话，余不悉记也。傅提塘来谒，问知雇轿骡等事，甚费钱，而路之险可知。早饭后出门，晤周筱山前辈于关中书院，须白矣。到首府蒋申甫处赴席，客气甚，无大味。仍过徐松龛前辈话，使蜀出闱裰职，在此作归计也。归饭后，子潇来，久话去。

十三日　　（11月24日）早，略静，旋出拜客，晤双、常两都统。归饭，写大字一阵。满城占东北一隅，甚空旷也。双龙园，浙江，驻防，略有文理。倪明府复来。晤张百笏世兄，从陶子奇处来。诗龛中丞来话。未正后出，晤蒋子潇及彭梦九，子潇高足也。陈弼夫观察处话。至方伯处赴席，看字画及钟鼎册数件，壁间石溪、复堂画佳。《魏公先庙碑》在廊壁间。席间尚磊落，王杏农、何保如、蒋申甫三太守相陪，不拘苦。徐松龛前来话。

十四日　　（11月25日）早，早饭，等子潇久不来。巳初，方同起。梦九来，即携儿侄同出南门，约八里余，至慈恩寺雁塔下，唐题名无一字，宋题名无一字，惟明题名，尚有数石，而历科乡荐，皆有题名。石室今未废，亦佳事也。褚河南写数石，尚完好。余宋人游憩题名尚多，有王晋卿题，尤佳。茶憩于佛堂，复往南，西过韦曲，无古迹。又二里，即至牛头山寺眺远，极远，而少陵原、何将军山林、皇子陂等处，俱在旷野中，子潇指

判戶部事上柱國賜紫金魚袋魏公先廟石紀井亭國博陵縣開國子

《魏公先廟碑》（局部）柳公权

公府折衝無左

駕衛長上原州

遷扶州別

本土除左威衛

州刺史

点说说而已。揖子美祠，茶于横屋，有龙爪槐几树。乾符经幢在院中。阴甚欲雪，即归。将到南门，小雪飘洒，回寓少憩。出拜客，王保山前辈处话，略问蜀学使情形。回拜臬使、盐道、长安县，均未值。归饮申甫所赠酒，佳。子潇来夜话。今日同游者，尚有马星四，亦子潇好门生也。

十五日　（11月26日）早出门，至关中书院，拜吴、张两君，同住张宅。师、边、傅三君。与筱村一话而已。回拜数客，归饭，文静涵观察来谈，颇有心地，七十人，健如壮年也。乃郎德林，多艺善书。蒋申甫来话，去，写对子一阵。午后出，晤何保如话。到子苾处，同看《郭家庙碑》。先过诗舲中丞，将折底交与也。同子苾至陈弼夫处饮，王宝珊前辈与余俱醉，醉后作书，不记忆，次日家人说知。

十六日　（11月27日）早，吴子苾来话，见客数人。然有朱克敏者，持祁张石刻来见，不见也。早饭后，忽困甚，午睡少顷，不眠仍起。出拜长晴峰臬使，赴中丞席，看画册二，已暮阴黑。同席者，松龛、宝珊两前辈及双都统、长廉访也。观剧，酉正入席，子正散，有雪意。

十七日　（11月28日）早，子潇来谈，雨雪交至，不大，而路湿矣。候松龛久不至，早饭后来，同酌别去，殊难为别也。师小山、边锦川两先生移来。看收拾行李驮子，竟日未出。林门生芳蔼来写折，小雨，大风。

十八日　（11 月 29 日）风雨住矣。行李驮子二十五骡，陈芝、马和、刘瑞三人押去。一早起行，甚爽快。早饭后，余谢客，便出西门，至金圣寺，即崇圣寺，昔名崇仁寺。中有景教唐碑，及宋、明人东朝碑，后有睡佛殿，五百应真殿，东方有园屋，花柳极幽雅。西方有毕秋帆祠像，诗龛题名刻石。有马真子安者在此，画松，朝邑人，颇有气势。入城，至子潇处送行，一话。到府学，入碑林，看《开成石经》《颜家庙多宝塔》《元秘塔》《和尚碑》《淳化帖》各多石，不能尽记。《智永千文》及《庙堂碑》《九成宫》在府学内也。桂儿写折将完。

十九日　（11 月 30 日）移住左厢，因住处太冷也。就向南屋，而阴不见日，又奈何。折子写毕，过中丞处商量一切，小酌出。过方伯处话，看蓬心《潇湘八景册》。回拜周介夫观察，未遇，旋来回看，八十有四，尚健甚也。晡时，中丞处封折人来，名王兰，沘宁人，许久封完，已昏暮矣。写程玉樵方伯《墓志铭》，起。晚，吴寿恬先生来同饮，饭后，子潇来别，明日准归去。

廿日　（12 月 1 日）早，拜折后，亲奉至中丞处，并咨奏事处文，俱面交。请带折人十二金，与陕甘学使同早酒点取暖。回，介翁来晤。写程《志》完。题子苾钟鼎册、蓬心册、南初《研山图》《蕉林书屋图》十三幅，即昔年所见廿四者，书旧作于上。题陈弼夫《荆阴话旧图》、文研香画《应真》、瞿木翁《集古官印考证》。晡，出拜宝山看帖，不值。筱村处话。聂雨帆处话。遇周节翁之侄，号春舫。段果山，不值。汪安斋话，初从苏州来，往永宁道任。程玉翁灵前吊，归寓已暮。饭后，为介翁作大字，字债全光，可为快事。寄子愚弟八次信，王杏农夜来话。

廿一日　（12月2日）早起收拾，至辰正三刻方成行。吴子芯适来拜，同瞿京之送我行，陈弼夫遇于途，自中丞以下，均不知我行也。惟何保如到城外送。二十里，三桥茶憩，家中人先行后到，甚冷。又三十里，过沣河及渭河，俱有桥，渭河甚广，十月作桥。又三十里，咸阳公馆住，才未初耳。马桂山大令同年（晓林，辛卯），吴莲生世兄由鄂来，俱晤，莲生甫于初十到任。南去五十里，此间周文、武、成、康各陵，汉高、景陵，皆有春秋祀，各县分祭耳。到县署回拜，看顺陵碑，余四块，百三十余字。道光戊申始从渭滨移嵌于署内。又二石，无意思。有桍花馆，桍柳一根，两干鬖鬖然，殆百年前物也。回寓久憩，晚约两君同酌，酒佳，省城所未有。

廿二日　（12月3日）早，冷甚，辰正一刻起身，大风沙，无味。二十五里，马跑泉，水清澈，在道右。入兴平界。又二十五里，兴平西关住。武兰浦大令（祈麟，山西，己亥）迎谒，大挑署事，孙兰检门人也。公馆左右皆竹，佳好，惜风太大，不能细赏。先生住二公馆。边锦川从家来，其母无恙，仍可同去。吴莲生送来皮靴，甚合式。蒋申甫、段果山俱着人送至此。作书寄张小浦，由诗舲信中去。借来《县志》甚好，窗前蜡梅苞多未开也。张子青（廷选）乃郎景龄捐小官入京，过此来见，知乃弟遐龄、椿龄今年俱中举，可喜之至。

廿三日 （12月4日）五更起，卯正二刻行，甫黎明，尚然灯也，有月。舆夫快走，风冷甚。三十里，至杨妃墓，茶憩，兰浦送至此。又十五里，扶风镇尖，武功县管，且得酒解寒。尖后，风小些，午暖。四十五里，过漆水桥，即到武功城内宿，时方未正。县令任恩培，贵州辛巳，甲辰大挑，公出。（湛轩，行五）

> 绮丽香山长恨歌，儿童都说马嵬坡。
> 何如乐府蓝田石，颜段千秋正气多。

廿四日 （12月5日）黎明行，奇冷，风大。三十里，杏林铺茶尖，入扶风界。又三十里，到扶风，才午初耳。钟企山世兄泰，迎谒，留住，同早饭去。余因写大字一阵，已暮矣。晚到县署同酌，见赠东坡飞凤山诗刻，又明皇朱书大碑，杨国忠之文也，亦在此处。主人意甚恳挚，赠我皮甬，并边锦川皮袍，亥初归寓，今日路不过四十里。

廿五日 （12月6日）天未明行，六十里，不甚大，路平，有山坡数处，到岐山县尖。县令萧文光（福建，辛巳）。办差人皆鸦片鬼，殊草草。尖处鸣凤书院斋房，皆逼陋甚。尖后行，五十里，至凤翔行馆，大而阔落。县令黎保东（四川，戊寅）方县考，办差更草草，戌正方有饭吃。烛自买，烧酒自酌，亥正方得睡。问东湖，在东关外，此城奇大，真雄郡也。

廿六日　　（12月7日）早，出东关，到东湖，树古且多，湖宽已冻，烟光雪意，果佳绝也。沿湖一走，至苏祠，前层壁间诗多，因和坡公《忆子由》韵。仍入东关，出南关，始向西南行，路仍平坦，渐有山意，多坡坨，六十里，底店尖，地方逼窄。尖后，过汧水，水边路斗，可悸。又三十里，宝鸡东关外住，宫小楣兄县考，开门后来晤，十余年作令，苍然老矣。总角时交知，如君者已少，久谈去，索书各件。晚饭后，不甚适，边锦川坐车来此。换小轿，添一马、二担，明日好上山也。

廿七日　　（12月8日）早，未明行，渡渭而南，草桥极长，数里后，即入山，尚平坡，十五里，益门镇，又十五里，军阳堡，十里，二里关，渐斗险，上下费力。过小河涧数次，有似吾乡泷河路。十里，观音堂尖，店极窄，草草行，已午正矣。十里半，坡甚高，煎茶坪也。数峰在右手，下坡后，渐平，且有大土路。过东河桥、江龙沟，共又五十里，黄牛铺住。比上半天路小些，申正即到，仍宝鸡地。凤阳令车汝建差人来，知明日路更大。

　　　　振策秦山指蜀山，重经清渭水潺潺。

　　　　寒曦雾破军阳戍，古树秋余大散关。

　　　　峰影转时人面黑，石花飞处马蹄殷。

　　　　曹刘战垒知何处？驿馆还闻鼓角间。

尖后过大散关，盘曲山路，树多红叶，残秋尚在山中，冰痕满地，寒胜城市矣。昨夜梦落十齿，毅弟视之，色如腐栗，是何祥乎？

廿八日　（12月9日）未明行，渐入山栈，五十里，草凉楼尖，甚草草。地僻，山高，屋狭。尖后，过五星台，更斗，可悸。过石门关，逾数山行，后入大路，约平坦十余里，即夏间河道耳。水西行，入嘉陵江去。尖后，六十里，凤县住。车近芝大令（汝建）迎谒，蔡麟洲门人，即用，到省六年，甫署事，此间即用极难补缺也。乃弟汝震，现宰保坻，亦少年进士，藕庚先生所激赏者。早间过一处，铁壁数里，古柳千株，临水成阴，大有风景，土名黑湾，何太不韵？夜同三位先生住，屋陋甚。

廿九日　（12月10日）辰初一刻方行，因昨夜县中不肯给舆夫，久始答应也。一路上山，二十里，到凤岭巅，穿县城过，将到巅，甚斗，曳夫作难，路却不狭，到巅，仅一丈宽地，有匾曰：去天尺五。"万山争地立，千树送人行。"诗舲所题。下岭渐平衍，仍有数斗坡，山势忽变起，峰峦有秀色。先是水皆西流，过岭仍西流。又三十里，三汊口尖，草草行。过庆邱关，山水萦折，此后水皆北流，大约前后水皆西行，合入嘉陵乎？一路多傍崖壁行，时行河心，水涸故也。又三十五里，南星住，昔有巡检署，今裁。留霸厅富明阿差候。

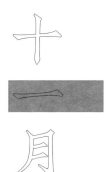

初一日 　（12月11日）天大明行，路好走得很，

四十里，方上柴关岭，亦不甚高险，下岭，

复平坦，共五十里，留侯庙尖。庙颇大，有花厅，水池奇幽，

上有授书楼，供黄石公。石栏曲折而上，庙中题记甚多，

竹树茂异，庙东向，扁曰：紫柏中峰。盖此处是紫柏山也。

尖后，涧水沿路有声，水复南流。又四十余里，留壩厅住，

入北门，出东门住。富镜堂司马迎谒，戊寅，癸未，西安

驻防即用，久于此。回避五百里，官非南山南，即北山北。

将有噶箕贡差来，骡子要二百八十个，所贡有珊瑚、钢刀等。

美恒官此颇久，有贤声。镜堂送湖南探信来，亦得失相半。

索书大字，因快书一阵。夜为舆夫，仍累赘。

初二日 　（12月12日）天大明方行，辰初矣。数里，

过画眉关，至青羊铺，后有褒、斜二谷交接

处石碑，又数里，有古三交城石碑，四十里，尖武关驿。

公馆高敞，向北。尖后，过古武休关，不为斗险。而下半

天路，崎岖厄隘，随水转折，可悸处颇多，不止廿四马鞍

也。三十里，武曲铺，甚平敞。又二十里，仍狭路，过樊

河桥，铁索连之，过来即马道驿住处。襄城令毛守宪差伺，申正到，共一居。有雨意。

初三日 （12月13日）天明行，坡坨沿水为高下。早间四十，不过三十里。过青桥尖。尖后，过观音碥，乱石不好走，以后路亦俱恶劣无少趣。至天心桥，乃徐梅桥川督新修者。过桥后，上七盘岭，高而有石栏，望之可怕，走上却好，曲折缘云。至鸡头关，俯瞰六朝以前石门碑刻，一字不见，不知在何处？古石门非今道矣。上至绝顶，乃白石土地祠。襄城毛令迎来。渐下岭，一望开朗，耳目改观。陈福籽观察着人持书候，入城时，毕春帆太守来迎，旋同毛令见于行馆。尖后，五十里，亦不甚大，但难走耳。春亭来，同晚酌，复陈福籽书。寄吴子苾书，中有寄五弟书，俱交春亭去。

初四日 （12月14日）天明行，阴了多日，尚未晴也。一路平坦，傍沔水西南行，说五十，不过三十余里，便至黄沙驿尖。孔明作木牛流马处也。尖后，二十里，过旧州铺，沙河宽而桥太窄，且软薄可怕。余骑而渡，街颇长。又十里，菜园亦不冷落，又七八里，至孔明祠堂，入谒。有唐贞元碑，元锡书，余皆明后碑。诸葛墓，在沔南十里定军山，他日或能往也。庙中柏树，盖唐宋物。署令柳载庵（坤厚，乙酉大挑）迎谒，凤阳人，言此处尚无志书，然如昨所见《襄城志》上，殊少意味。早间寒，俱送于城外。知郡中有船行，船可直到襄阳、夏镇。县中送来《武侯祠墓记》四本，写对子一阵。彭梦九从家来，住旧州铺，言年底偕马星四同到川也。

初五日　　（12月15日）天明行，山坡多，时升降，
　　　　　　　然仍傍沔西南也。三十里，过沮水木桥，又
十五里，至蔡坝，遇噶箕差，人马多，住却公馆，不能打
尖，买糍饵食之，少憩于野，遂行。过坡，比前更多，
十五里，青羊驿。又二十里，桑叶树湾。又十里，至太安
驿，才申初耳，路不大也。有栈意而无石，尽过土山行，
店逼陋，无公馆，宁羌州管。署州系葭州牧张景藩，差伺。
阴雨，路泥泞。

初六日　　（12月16日）晨，有雨，出村即路干矣。
　　　　　　　沔源百折，时时渡水，由石山行。十里，烈
金坝。又二十里，宽川铺。渡水无次数。又三四里，入关
口，巉险险窄，入口后，仍平土坡坨，但雨滑不便走，约
十里，至五丁关。旁有小庙，无古碑记。下关后，仍土坡，
将出关，又巉险矣。共六十里，滴水铺尖，店窄甚，尖后
速行，路平敞，出山，入平原，三十里，不大，宁羌州北
关外住，申正到。土司差，过去几起，幸不遇于此。张牧
到府去。吏目张嘉猷来见。午后见日，近事所希。办差人
甚可恶，开口总说主人不在家。

初七日　　（12月17日）霜寒，黎明行，城西路坡坨，
　　　　　　　不好走，且冻滑，余步行一阵，觉晨景转佳也。
三十里，过界牌，至洄水铺。五里，过百牢关，又十五里
尖。贡坝驿，遇土司，吵闹甚，尖草草即行。上坡岭，盖

即七盘岭也。岭中间有涧，入四川界，复上山，比东边岭更斗起，然土路无石，今日适大晴，好走得很。至教场坝，有广元县办差人在此，问住与否？因想时已未正，神宣尚有四十里，止好住此。行馆即新开店，甚宽而洁，写对子三十余付。先生们或作画，或洗足，皆一适也。今日共七十里，月小有光。

初八日 （12月18日）黎明行，霜冷一如昨。出村即上岭，不高。过转斗铺，二十里，钟子堡，有"民之父母"牌坊，及"甘棠遗爱"碑，为昔王大令作。问土人，不知其名矣。山势开展，又二十里，神宣驿尖，即筹华驿也。巡检孙裕渭来见，宝庆人，亦不知湖南近耗。尖后，仍上高山，至龙洞背，山脊如龙蜿蜒而西南，舆行脊上，两面视，皆悬空，但土路平稳，登降不甚斗耳。过龙门关后，渐下，共三十里，至朝天镇住，申初到店，甚逼陋，办差人亦不在意。晴整日，午后暖。龙洞买得石燕，甚小，有毛文，翅形亦奇，一钱两个。轿夫们极赌，弹压亦静，甚冷。

初九日 （12月19日）黎明行，冷。出门即上山，忽平忽斗，皆傍水行处多，至望云驿尖。说二十五里，实止二十里。办差家人，常德人。言琦制军、刘方伯在川所戮土匪及嘓匪近万人，故近来安静之至。谓静翁及燕庭也。尖后，尽傍嘉陵江行，有甚斗甚狭处，飞仙岭颇高险，千佛岩，皆宋后字。佛象说是唐都督韦抗所凿，然亦后来陆续刊成。面江石壁，刻此大小多佛，金碧涂饰，殊近儿戏，少古意也。不数里，即到庆元县，县令徐赓昌（乃皋，辛卯优贡同年）、游击塔方阿、两刘广文迎于城外，行馆在西门外，诸君旋来见。又徐刺史懋，少鹤年伯之侄，失官久矣，乃郎世荣，捐未入，想分府保宁也。为乃皋写直条二幅，晚饭后，仍来话。得徐新斋书，即复之。署守王钧、署阆中令李承保、文静涵观察均有信到。并得蒋子潇潼关来书。

初十日　（12 月 20 日）黎明行，入东门，出南门，纤夫不齐，停舆候之。过河，盖白水也。乃皋送至五里外。一路傍江行，有狭斗处，四十余里，过桔柏渡，船后约二里，即到昭化。惠明府（静，伯琴）、周广文应熙（缉斋，甲午）迎谒。缉斋，简州人，言《中兴颂》外，尚有鲁公书石在夜月洞，离州有四十里，前四年甫出者，未见拓本也。尖后，两君复送于郭外。出县即上山，上天雄关，极高峻，山名牛头，石岫奇峙，又过云头山，有秀特气，蜀山从此渐锋露，而路特长。今日九十，有一百。酉初到大木戍住，又名达摩树也。尖次，得胡恕堂署臬书。整日晴，早必霜，大冷，午后便暖甚。昭化有"费敬侯屯兵处"牌坊。

十一日　（12 月 21 日）黎明行，一路渐上山，石壁斗起有奇气。四十里，至剑阁，两崖中，一门登阁，却不能眺远，雄崎极矣。下关后，崖间刻石尚多，无甚古者，即文饶、义山诸诗，亦非其自书也。又五里，剑门驿尖，省署承差等迎至此，无一事也，何苦何苦，令自回去耳。尖毕，已午正，速行，柏树数十里，遇青树子，天然桥直到抄手铺，树渐稀，上下坡岭路亦宽，共又六十五里。到剑州，署州葆符，行七，及广文龙瑞图、傅泰翀迎谒，一话去，天将黑矣。今日日短至，得梓潼县娄大令书。

十二日　（12月22日）黎明行，面少不够，多枵腹行者。出门即上高山，甚峻，约十里后渐平夷，过清凉桥，梁止塘讲书台，古柏苍蔚，如青树子也。共四十里，甚大，柳沟驿尖。驿丞严琇来谒，未见，天已不早，急行三十五里，武侯坡，有李世杰修路，自七盘关至此，四百余里石碑。下山约五里，武连驿住，旧县也，萧条甚，仍剑县管。早行出公馆，出南门东行，至鹤鸣山重阳亭看颜书《中兴颂》，亦自左而右，有费少南八分跋尾，惜不尽可读，盖其记师君刻石事也。又有治平题名及李商隐、康对山各记。竟日晴暖。

十三日　（12月23日）黎明行，过石桥，下即小潼水也，山不高大，有柏树，不甚多。四十里，颇大，上亭驿尖。尖后，路渐平，二十里，至七曲山。至文昌庙，前殿悬睿庙御书"化行考定"扁额。平冉贼时，帝君显圣也。后为桂香殿，东为家庆堂，乃帝君父母，两旁又分塑男女各像，堂下风洞，塑骑马像。后有关帝庙，对面有盘陀石、应梦台，台中一床，说是帝君做梦处。庙坐东向，西有晋柏，已无枝叶，枯而极古。满山大小柏荫遍，僧宗辉云：谢果堂太守于山前后又补种六万株，在道光十八年。僧索书联幅。又行数里，至送险亭，又过剑泉，上有观音小庙，剑关至此，方有此泉，一路山，皆无泉也。又十余里，至梓潼县住。娄晓林大令铠同两广文迎谒。晓林颇有书气。公馆肴酒均精，月色差可。

十四日　（12 月 24 日）半夜起，上房丑正后已喧矣。

五鼓行，一路平坦，二十余里，始天明，过罗渌桥后，上山坡，颇斗，过石牛铺，方平，共六十里。魏城驿驿丞署尖。甚闲敞，本前县署也。丞张吉斋迎谒，尖后，仍多山路，路长，而舆夫健，过涪水，船渡。署绵州晋隽甫同年（晋德步）、正印德惠及广文迎谒，此州局面甚体面，今年中两进士，一入词林。一路山坡，水田相间，有湖湘光景。连日接各处信禀，多是荐家人者，可嫌之至。日间过沈香铺，人烟稠密得紧，竟日阴。

十五日　（12 月 25 日）丑时醒，闻雨声，少解热气。

黎明行，至州署六一堂，院大而少竹石点染。出南门，晋同年及教官送于城外。昨有舅告甥，逾丧入学者，即交隽甫查问，事隔三十年，想是胡说，当惩之也。路经雨，颇滑，上山坡两三处，六十里不小，金山铺尖，罗江管。已未正，尖匆匆即行，三十里甚小，申正即到罗江。县令江受禧、教官唐贤迎谒，公馆向南，极敞大，少有也。东门外桥东玉京山，林木幽茂可爱。江东麓索书数纸，江西余干秀才。月佳。

十六日 （12月26日）天黎明行，大雾不成霜，仍晴。十里，至白马山庞士元祠墓，有春秋祭，少憩行。过小坡后，一路水田夹路，清宽天地也。鹿头关未见。五十里路大，午正尖德阳县行馆，大，有戏台。奇县令，广东人。胡汝开，教官；刘炳勋，内江拔贡，履历是其自写，字佳。福建门人林振禧来见，现在县署阅卷，将入京去。尖后即行，舆夫疾走，申正后即到漋州，又五十里矣。知州郑安仁，闽人，广文廖正笏、王光樗迎谒，将至州城，过和顺桥、石犀桥、金雁桥，俱壮丽。城内亦稠富，然风气近悍，不让路。公馆佳，后有暇景亭，两馆相连，夜月食而阴。

十七日 （12月27日）天大明后方行，路湿，似小雨后，一路水田，而无甚好景。过唐家市，人烟甚密。惜过王稚子关，忽略未睹也。共四十里，至新都，县令饶恒，同广文迎谒。午正后饭，饭后，同出至南城游桂湖，升庵故宅，依南城为园，尽栽桂树，下为大池成湖，楼亭俱在，湖际宽约方一里，有升庵像，又仓颉祠，朱衣夫子像，实不解升庵何以有此大屋？现无嫡支矣。旋出北门，至宝光寺，并到后面紫霞山，乃平坡耳。寺院宏整，多楠树，慈竹成林，即桂湖亦全是竹子也。入北门东行，即至公馆，省中佐杂多来迎，俱不见。刘玉从省来，行李驮子倒三骡，足见此道之难。竟日阴。宝光寺方丈照峰以诗来。公馆亦有竹、木。

十八日 （12月28日）天大亮行，十里，过毘河桥，

字次山皇
忠烈義激
武之貞清

水溜甚迅，从灌县来。至天回镇，入成都县境，过驷马桥，想相如所志，亦不为高也。到武侯祠，制军以下各官迎见于此。府县各官及佐杂均来迎，稍一憩话，即入大安门，东转向南，复东，至皇华馆住。有东西两院，屋宽而冷，署制军以下均来候。未入门，支少鹤学使来，略一话。署臬胡恕堂来话，余方剃发，承送好酒一坛，果然好。检点衣物等，已暮。得子愚十月十四日书，甚慰。

支清彦，字少鹤，浙江海盐人。

十九日 （12月29日）早，苏蕉林同年署藩来话。去后，余即出门拜署制军裕集庵将军瑞、署臬胡恕堂（兴仁），成绵龙茂道马艺林（秀儒），支学使处，皆一话，归饭。见客数人，复出拜都统伊瑹额、盐道清安东、署提督万福，皆晤话，成都府李宗沆、成都县蒋敬采、华阳县杨柄镗俱来晤。盐道处遇周三爷，乃吾父执也，八十三岁尚健极。天气时冷时暖，总不见太阳，好几天了。艺林来灯下话。

廿日 （12月30日）阴寒如昨，会客不歇，殊无甚可谈也。裕将军、支学使俱来晤。申初出，遇蕉林谈，看藩署，花园极敞且大，止是屋子少幽邃耳。至学政署，赴少鹤席，略周视署内，房子窄且敞，费收拾。同席者苏蕉林、胡恕堂、汪安斋。少鹤欲送我轿，用不着，此处都坐绿帷轿，学政、道台皆然，反以我为矫枉，大奇大奇。

廿一日 （12月31日）因佑曾不适，殊焦念。客来未歇，晤陆次山、沈也鲁，尚如昔也。恕堂继慈寿，往祝，将军以下皆在，看戏一出，吃面，一饭而散，可笑之至。祐曾服生地，渐佳。得子愚十月廿三信，内有子敬江南书，可慰可慰。

廿二日 （1853年1月1日）卯刻起，候至辰正，少鹤处始送印来，先谢恩，九叩首，更衣拜印，仪注开九叩，费礼唱三叩，此间书吏无章程如此。上任大吉之外，又有禄位高升条，余不批，付之一笑耳。教官参见，书吏、各役俱贺后，上房供祖宗牌位，早晚上供，大家道喜，此怀惘惘万端。桂儿写奏到任折已完，有请安及元旦贺折同发。各房呈通行告示稿，多有事理胡涂，费改动者，不知前任诸君何以都将就得去也？晚同先生吃酒。

廿三日 （1月2日）早，略见客，旋因封折不见客。下午，略有闲致，看字画，无佳者。问陆次山借去。申正见月可喜。

廿四日 （1月3日）早，大雾，奉两折行九叩后，即出门送交将军处。向来都是借伊处差官代递，每匣一个，费廿四两。此次将军谦让，止收一分。汪安斋、顾幼耕处谈，归早饭，已午初。雾散大晴，真奇事。同三位先生携儿侄及钟曾出南门，至草堂祠、杜公祠。归过二仙祠，吕、韩皆塑像，工部亦塑像也。至武侯祠，柏树好。谒昭烈惠陵，至花院，坐落稍可，亦无邱壑。有大脚莲，颇奇闻，此间饶有之。回城已暮，路来往三十余里。晚酌，兴致好。

廿五日 （1月4日）仍阴，早会数客。请顾幼耕教书，不肯来。早饭后，出拜客，出东门往南，向东南，至薛涛井。苏蕉林署藩请。井无风景，不审何以得名？惟楼上看锦江差胜，昨游路也，远得很。归发京信，交将军。

廿六日 （1月5日）陈稻孙来晤，郭古樵乃郎京铭来，知古樵枢尚未回去也。出谢客，晚约支少鹤学使便饭，胡恕堂、苏蕉林作陪。夜看稿，睡迟。

廿七日 （1月6日）早，会客，看稿。午初出城，至真武庙，将军以下俱集，送少鹤行，未初方来，少谈即别。寄子敬苏州信，并一篓一匣，交少鹤去。入城，至学政署，同蒋少园、杨春樵周视一番，上房改作先生屋，客厅改上房，二堂改客厅，签押房东北，尚可改作小花园也。又看旗杆，向来每更换学政，即换杆，故灌县照例送大木，而木亦无佳者，以其常易也，可笑可笑。归寓，看到任本，并咨各部院文，即看典吏们封本，又看稿，用印，遂至暮。令桂桂、鼎鼎看衙屋去。周执翁花园好，有赵常山洗马池。

廿八日 （1月7日）早，拜本，开门九叩，东北向。早饭后，行升堂放告，问门前并无控告一人。

午后，出拜客，到署与桂、鼎及工役等斟酌，大局更定矣。然换梁柱颇费事，欲初十移入，不知能否也？出署，仍拜客，回公馆。晚饭后，张诗舲着差赍到在陕西所发大钱疏。朱瑜详婉，谓复古不易，着户部将此折存记备采摘。然帑项绌极，臣岂好言复古耶！敬叩领。并得诗舲书及画折。差十日到京，耽阁五日，十日回陕，歇一日，九天即到此。兼得子愚十一月初三日信，知联儿母子于十月十二日到扬州，甚慰意。

廿九日　（1月8日）早，清四川省志，做通行告示及谕书差告示。陆次山来话江源考，自佳也。申刻出谢客，晤伊省斋都统一话，顺路归，今日静时颇多。

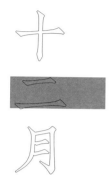

十二月

初一日　　（1月9日）早会客不多。复张诗舲中丞书。
　　　　并寄子愚十一次书，托诗翁去。为换铸关防，
作咨请督院转题，照礼部例也。午后出，晤苏蕉林，因早
间信来，说粤匪由长沙逃散，到益阳、宁乡，兹复破岳州，
抵武昌矣。狂突如此，奈何！又晤胡恕堂两司，方筹防堵
事宜也。到署看工程，归，徐新斋来话，甫到省。陕西折
差回去，明早走。今晚先生开菜单，甚佳。酒后，写大字。

初二日　　（1月10日）黎明，恭谒文庙。朝服九叩首
　　　　礼毕，同府、县学教官一话。庙制朴而壮丽，
古柏参天，康熙二年佟制军始倡修者。归拜樊又斋令弟，
徐新斋同年。回寓，请吴寿恬先生上学，鼎侄、钟曾从受
业。天气晴得狠，不易得也。见数客，拟观风题，收拾通
行稿，可省者皆免行，以省纸墨之烦。恕堂来话去。晚请
高云澜来治嗌症，即留同徐新斋陪先生酌，颇畅。昨日因
关防漫漶，咨到督署代题，系因礼部例也。

初三日　　（1月11日）竟日清文案，并出廿四属观风

题，恕斋、伊省斋都统，马艺林观察先后来话，又顾县丞模，棣园嫡堂兄也。晚赴恕堂约，同新斋去，家乡肉甚佳，眉州鸡好。

初四日　（1月12日）连夜好睡，而起来仍不免呃嗌。今日又阴矣，高云澜来开一方。晡出，至督署话，到署看工程，归，得杨杏农常德十月二十日书。服偏方：用枣三枚，去核，中包姜一片，砂仁一个，纸包煨透，煎水服，效。

初五日　（1月13日）母亲忌日，才三周年，家况时事，变易若此，痛切痛切。竟日不见客，写大字多，又复各处信，得十余封。惟阴寒甚，早晚上供。

初六日　（1月14日）忌辰，不见客，恕堂来话。午后，到署看工程，渐有条理，然初十日是来不及的。将军为关防事，札司详核。学政非藩司属员，此举可云谬甚。因作书问蕉林去。晚，蕉、恕两君来便酌，首府李霭山送席。

初七日　（1月15日）阴寒大雪，雪到地即化，不能积聚，想京师雪景，不可得也。作第十二次书寄子愚，要买纸笔等物，从礼部文书去。午后，将军来话，去。余至署，邀恕堂斟酌门路，同至臬署邀蕉兄，三人同饭。臬署东西间院，树竹甚雅。恕堂两郎出见，皆英俊。闻前月十三日漾阳失守，到那里，破那里，奈何奈何！

回寓路甚湿。

初八日　（1月16日）大晴，见日满东窗，希有事也。
从督署要回铸换关防咨文，自行办题，求人不如求己，徒耽延时日耳。杨春樵来话。又有陈伟观，福建甲午乡榜，乙未教习，世兄，候补令也，同见。又梁三亭、张牟子均晤。郑朗如师之世兄，名士元来晤。今日腊八粥，照京师做法。晚为邀锦川做生日。先不知，到，略添菜耳。张菊潭来话。

初九日　（1月17日）昨午复阴，今如之，竟日未出。
苏蕉林、胡恕堂、马菽林先后来话，为墨池书院事。蕉、恕两兄颇龃龉，公事不必如此也。又见数客，俱匆匆。看蓬州字课卷二十本。申刻封题本，即请换关防事。晚饭蕉翁处，得支少鹤超山来书，言弊窦颇悉。惟于宽待书差，若知我约束之严，为缓颊耳，何也？我又何尝过严耶。

初十日　（1月18日）辰刻发本，九叩首。少停，到署祭旗竿，巳时树旗，府、县教官俱到。至署内，又斟酌一番而回。早饭后，胡恕堂来，知苏蕉林调浙臬，文煜升川臬。请盐道来话，邓藩甫来，为墨池书院事。午间，剃发，写大字一阵。晡出苏蕉林处道喜，兼回拜各客，归暮矣。公馆后唱戏，吵闹之至，致两稚夜哭不眠，早间请高云澜来为二娣诊，第二次矣，感冒，服药好些。

十一日　　（1月19日）忌辰，竟日未出，清《省志》及《经世文编》，写大字，读坡文。天阴寒。二娣大愈矣。任琼甫、翰屏昆玉来，将从此入都也，留便晚饭。邀恕堂，未来，有处吃酒。

十二日　　（1月20日）晨起暖甚，有春意，不甚清爽，而天色大晴，日满窗处。早饭后，恕堂来，邀一话去，同至墨池书院，拜聂蓉峰前学使文祠，与同乡诸君商量追复书院遗址。墨池者，子云墨池也。书院甚开敞，惜经费不足，昔本作省书院，今乃作县书院耳。沿路至衙门看工程，又约邓藩甫选开井地，本先井在白虎方，最不宜也，今移青龙手，俟三春后动工。回寓，办签押，写大字。晚饮恕堂处，看帖、画，有刘从训字卷，及明人国朝人尺牍册佳。酒多些，回寓，同先生们谈，看好月，方睡。

十三日　　（1月21日）复竟日阴寒，未出。高云澜来，同早饭，为二娣及裕曾酌方也。作第十三次书并寄蜀物交伍琼甫弟兄带京交子愚。琼甫借百金，从恕堂转借来，未支养廉，无分寸也。晚约张菊潭、伍琼甫、翰屏、苏蕉林、胡恕堂便酌，看不够，可笑。恕堂送酒殊佳。闻武昌解围，贼窜黄州，不糟蹋雪堂方好。大约要结民心而民不归之，惟抢银米而去。若有劲兵，迫令下海去，非妙着乎？夜暖，难晴。

十四日　　（1月22日）阴寒，收拾书、物。杨春樵来，言贼至黄州，被炮击沉数船，遂遁往九江去，若都似此，将收拾毕矣，殊为可喜。看《澹庐堂帖》，中刻承页千文，即常南陔所秘之本，伪迹无疑也。晡，至署一看。赴周执庵丈席，饮于赵常山洗马池南，八十余叟，饮啖健于吾辈，亦奇。晚，督署送京报来，知琦静翁署豫抚，同郑小山办防堵。安徽、江西俱筹防堵，添兵八千，圣旨严切之至。罗椒生为日月连蚀，疏请修省，得谕旨，皆可庆也。

十五日　（1月23日）早起，收拾一切，辰正早饭。巳初，余先至署，祭仪门及衙神、灶神，皆三叩首。旋迎二姊以下，均平安欢喜入署，先生们俱到，天气晴朗，午初已齐至矣。安神堂道喜。两县送席，胡恕堂来贺，谈及武昌两岸，贼均未入城，东下矣。

十六日　（1月24日）检字画，安波黎，客来不歇，署督、署藩、盐道、署提督、都统俱先后来，成、华两令俱来，提起佾生免府县考事。高云澜来，仍为裕曾看，上半日大晴，午后阴，夜无月。昨夜酒后，同三君子到大堂院看月，茶话近来瑞事也。今夜酒后试奕，复写得京信一纸。王澜浦前辈回省来晤。得老五十一月十七日书。

十七日　（1月25日）早起，考贡者十一人，点承差卯，见客，得晤凌棣生（树棠）从京师来，捐复知州，到川风采，如十年前。成都守李霭山来，言重庆以下商船已通行，想贼氛已戢，可喜之至。渐清积稿。

发十四次寄子愚书，交督署折便去，明日行也。晚为吴寿翁温居，颇有趣，夜极好睡。两娃娃亦安寝不吵，竟日阴寒。

十八日　　（1月26日）阴，而不甚寒，早验看芦山教官考。阁署书吏应考者六十二人，有甚通文理有书卷者。取定一等二十二人，二等十六，三等十七，皆令好好当差。四等十一人，谬甚，斥去。午后，客来，张牟子晤话，陈中铭话。晚赴裕集庵将军席。先拜蕉林夫人寿。

十九日　　（1月27日）寅正起，卯初封印，朝服九叩首。昨日将军说如此也。礼毕久，天始明，甚冷。会数客，看考贡卷十四本，竟日未出。晚拜坡公生日，酌于西夹厅，略醉矣。阴寒。

廿日　　（1月28日）奇冷，如京师寒节也，例稿看完，删去数事。午间出谢客，方伯、提军、兰浦前辈俱晤，恕堂处少坐，即回了。公事一阵，后会颖生观察书。晚出恕堂处便饭，周执翁、清秋浦同席。

廿一日　　（1月29日）冷更甚，人不甚适。月台前换砖动手。午出谢客，晤清秋浦观察、伊省斋都统，冷甚，沿路拜客归。杨春樵来，属连讯承差邹辅廷事，办签押朱墨一阵。裕将军来话，将卸署督事矣。

廿二日　　（1月30日）天晴有趣，人有兴致，案牍全清。

前日支到养廉，连今年同明年一半，作京平一千九百三十四两八钱另五厘一毫，库中止一千六百三十五两二钱，书差等工食京平一百四十一两五钱另三厘，实库平一百三十三两八钱另九厘。作书寄子敬于江苏，由蔚丰厚去，写大字一阵，清书帖，渐有条理。午后仍阴，然不甚冷，陆次山来话。晚饮清秋浦盐道处，花园水竹亦佳，不大耳。

廿三日　（1月31日）晴一阵，仍阴。蒋少园大令来话。午间写大字，竟日瘦茶，似冒寒也，晚酌后佳。

廿四日　（2月1日）略晴仍阴，大雾作冷。剃发，见数客，写字一阵。晚请周执翁丈、胡恕堂、清秋浦。执翁八旬外人，健谈快饮，我不能陪，真奇怪也。作书寄唐印云，恕堂说：有脚子去。小年了。

廿五日　（2月2日）阴寒如昨，恕堂赠冬笋来。贵州门人杨泽浦来，（济泉，辛酉世弟兄）留早饭，发十五次信寄子愚，并竹筷、眼药去。毛州同来，（祥云）晤，写大字一阵。

廿六日　（2月3日）晨晴，午后阴。恕堂来话，午间写大字一阵，清《左传疏》。晚请裕集庵将军、万署提、伊都统、苏署藩饭。作书寄锡鹤亭学使于安徽，中有吴寿恬家信。园中种树起，承差赵得蔺等带信寄少鹤。王梅溪到来。

廿七日　（2月4日）寅刻，立春，不大好睡，各衙门道春喜，有送春人来，一两人跳唱，可笑也。写敬简堂扁字。晚，周执翁处酌，同坐者，恕堂、秋浦，酒极佳。早间，督署处有廷寄到，武昌失守，川省催办防堵，事愈大决裂，奈何！把杯时惟长叹相视而已。阴寒。

廿八日　（2月5日）阴寒，东院开井动工，种竹树渐多，然竹总不佳也。各处送年礼俱不收。此间年事，冷淡可想，亦由时事不妙也。马星四、彭梦九俱到，因为三君子接风，又塾师放学，劳酌，九人同席。

廿九日　（2月6日）阴，不甚寒，公事稿渐清完，竟无了期也。午间，令儿侄陪诸位先生往城南散闷去。余写对二十付，署督有折差来取信，因寄十六次信去。

卅日　（2月7日）半阴晴。午间出，至督、藩、臬、龙茂道四处俱晤。归，颇倦，辞年后，子初睡。

咸豐三年

元旦 （2月8日）丑初起，二刻余，到会府，则将军、都统、提督、藩、臬、道以下，俱已先到。丑正二刻，行九叩首礼，贺天喜后，坐班。起至官厅，久憩，将军往文庙，余至文昌宫拈香，又到关庙，适将军亦到，同行礼。余即归，而将军往文昌宫团拜也。归后，大汗不适，乃因劳乏缺睡致然，遂零星竟日，睡总不着，午后渐好。出拜年，一个时辰归。晚酌后，渐适，与梅溪奕，乃寝。

初二日 （2月9日）请吴医来诊脉，乃大虚，令复高力参、熟地等，颇合。晚酌，未出，然尚有兴致，夜仍汗，却好睡。得子愚腊八日书，中有子敬十一月十六日后书。京师人心慌慌，奈何！

初三日 （2月10日）忌辰，竟日疲困，病退致然，仍服昨方，夜免酒荤，好睡。晴难得。

初四日 （2月11日）比昨稍健，略可看书，仍服昨方，高力参减少耳。师筱山、边锦川两君归陕去，因闻西安办防堵，甚张皇也。因作书与蕉林，想邀陆次山来，蕉林晡未晤。今日看书十余纸，昼寝不着。恕堂拟川省练勇稿，来酌，夜收文书不多。阴竟日，冷，请谢守备看女儿及祐孙。

初五日　（2 月 12 日）仍服昨方，添首乌、川芎。恕堂来话。午后，杨春樵来话，他客俱未能会也。阴竟日，不大冷。夜清积信，交诸位先生。

初六日　（2 月 13 日）天晴难得，却不大暖，昨方加肉桂、菊花。新井自廿八动工，今日做完矣。有驻藏大臣谆龄，今日到省，住皇华馆，照例差接，而未能躬迓。大堂前搭棚，为考试也。夜见新月。

初七日　（2 月 14 日）忌辰，阴竟日，不甚冷。服昨方。由藩、臬两署借好竹子来种些。晚饭后，不适，久始平。见京抄：罗椒生得副宪，潘星斋得阁学，梁矩亭得通参，十一月二十四也。

初八日　（2 月 15 日）阴，略有晴意耳。种竹树尚未完。服昨方，易焦术、洋参最佳。饮后即困倦。吴医云：今日甚冷也。王姬生日，三十四岁矣。晚酌至八杯佳。

初九日　（2 月 16 日）阴竟日。人渐健，欲约次山来署，乃不情愿。仍服昨方，焦术通阳，有效。晚于京报上见吴给谏（廷溥）请开烟禁收税，折子甚畅，想必可唯行矣。夔州办防堵起。武昌失守后，尚无消息，奈何。

初十日　（2月17日）晨起，健，午后困甚。吴医来两次，诊脉仍佳也。辰刻，鼎侄同钟曾上学。天色大晴，种竹树人迟迟，可厌。夜见月。

十一日　（2月18日）忌辰。阴晴相半，而天气冷暖兼之。明日即雨水节矣。发各处复信九十四件，并出示谕生、童。精力渐健，看观风卷四十余本，颇烦闷，少佳作也。藤花架做起。作祭新井文。

十二日　（2月19日）先室陶安人冥生日，怆怆。早堂传齐经制承差茶房，共七十四人，默写四书（为政至不逾矩）。挑二十一人入署住，向来则全行入署，多而无用。房子不够，致占客厅也。仍服昨方，而午、未间惫极，不可解。恕堂来话，知常南陔中丞殉节甚烈，为贼所敬，殡而祭之。申刻，祭新井，开井口，煮水尝之，佳。竟日大晴。

十三日　（2月20日）阴，有雨意。人健适，胜昨多矣。谢土神，用女道士念经咒，从俗也。吴荷亭医士（映川）从臬署稿来，以便早晚诊脉，带一徒弟张姓来。得联侄十一月初九苏州发信。夜小雨，至夜风。

十四日　（2月21日）忌辰，回想庚戌是日，怆痛何如也。时方住报国寺，有雪也。阴雨竟日，易药方服之。恕堂来话一阵。发各处信十七封，中有寄李胥冈亲家信。晚出至恕堂处小酌，兴致好，半月不出矣。得重庆守鄂惠信，说武昌失守，事属子虚，可幸亦可哂也。仲深奏报，因在岳州，得信不实耳。

十五日　（2月22日）上元节，风大雨细，冷不可去，为冬间所未有。服药加炮姜，颇合。脾有积寒也。出，回拜谆藏使（龄），未晤，蕉林处一话，归。

十六日　（2月23日）黎明，出谒文庙后，到明伦堂听读卧碑，后更朝服，讲书，归甚倦。午刻放告，无甚怪呈。点卯，整饬一切，遂至暮。经古卷夜方齐，仍未全到。

十七日　（2月24日）考经古，黎明点名，生、童同场，七百名，扫场甚迟。

十八日　（2月25日）考头棚生员：子谓韶章。寅初二刻起，寅正点名，卯正毕。在璿玑节，金石刻画臣能为，得"平"字。竟日安静，晓寒，午后晴一阵。未正跪接，接印。接奉朱批：地方情形，随时访察具奏。得子愚嘉平二十三日信，甚慌甚慌。点名完。天尔黎明，人不甚适，或系风大也。日出大晴，而冷不解。鼎鼎渐愈，祐曾复感冒。（子曰为命章。左青龙而右白虎。天下几人画古松，得人字。）

十九日　（2月26日）卯时开印，出经古榜，生十二，童十一，提调、巡捕俱谒见，竟日阴。颇得佳卷。观风亦有佳者。昨夜极好睡。鼎侄感首，颇重。

廿日　（2月27日）考第二棚生员……

廿一日　（2月28日）忌辰，覆试经古。早首寒，午大汗。发十七次京信，由咨文报去。恕堂信来，说我胜贼败，不道其详。

廿二日　（3月1日）考崇庆州新津县童生，夹带二名，乱号二名，且从枷号，备废。（官举逸民。羊枣所独也。梦笔生花，得才字。）大晴，甚暖，出头场生员榜。

廿三日　（3月2日）出二场生员榜，搜落，甚费心。

廿四日　（3月3日）考二棚童生，仍有乱号等弊。（温江、金堂。）

廿五日　（3月4日）出童榜。

廿六日　（3月5日）考三棚童生，甚干净。（崇宁、新繁、彭县。）

廿七日　　（3月6日）出童榜。覆头、二棚文生。

廿八日　　（3月7日）考四棚童生，又有查出各弊。（简
　　　　　州、双流。）

廿九日　　（3月8日）出童榜。发文生卷箱。

卅日　　　（3月9日）考五棚童生。（郫、灌。）

初一日　（3月10日）发童榜。覆头、二棚童。发落文生。有资州李植坊，著《周易镜心》，尚是用功人，以《宋元学案》及《大字麻姑》奖之。

初二日　（3月11日）考文棚童生。（瀚州、新都。）

初三日　（3月12日）发童号，秀才誊卷。

初四日　（3月13日）考七棚童生。（成都、什邡。）

初五日　（3月14日）覆四、五棚童生。发七棚童号。先文安公忌辰。

初六日　（3月15日）考八棚童。（华阳）

初七日　（3月16日）覆头、二、三棚文童。发八棚号。

初八日　　（3 月 17 日）考外属诗古。

初九日　　（3 月 18 日）考外属文生。

初十日　　（3 月 19 日）覆诗古。

十一日　　（3 月 20 日）覆六、七、八棚童，发外属文
生号。

十二日　　（3 月 21 日）考资州、井丽、梓潼童生。

十三日　　（3 月 22 日）覆文生试。发童号。

十四日　　（3 月 23 日）考松潘、理番、内江、绵州童。

十五日　　（3 月 24 日）补覆成属文童。

十六日　　（3 月 25 日）考资阳、德阳、绵竹童生。

十七日　　（3 月 26 日）发童号。

十八日　　（3 月 27 日）考仁寿、安县、罗江、茂州、
汶川童。

十九日　　（3 月 28 日）发童号。发落文生。

廿日　　　　（3 月 29 日）覆外属头、二棚童。

廿一日　　　（3 月 30 日）覆外属三、四棚童。

廿二日　　　（3 月 31 日）

廿三日　　　（4 月 1 日）补覆文童。

廿四日　　　（4 月 2 日）补覆文童。大覆内、外属文童。
　　　　　　发内外属文童卷箱。

廿五日　　　（4 月 3 日）发落文童。

廿六日　　　（4 月 4 日）补覆文童。

廿七日　　　（4 月 5 日）下教场，看马箭。

廿八日　　　（4 月 6 日）看马箭。

廿九日　　　（4 月 7 日）看马箭。

初一日　　（4 月 8 日）看马箭。

初二日　　（4 月 9 日）歇教场，在城西北隅，署中到
　　　　　　　彼有十里。天已热，风大，日炎，人渐病。
前吴医令多服温补药，此刻变为湿热之症，饮食不进，小
便如血，甚苦甚苦。

初三日　　（4 月 10 日）看马箭。

初四日　　（4 月 11 日）看马箭完。监箭者，副将。与
　　　　　　　张牟子提调同看。余病愈，少憩时，请牟兄代。
填前册，今日归，更病矣。

初五日　　（4 月 12 日）昨误服江西刘君药，今日不适
　　　　　　　之至。请胡君来诊脉，用枳实、厚朴等，颇合。
刘君者，陈古棠提调所荐也。

初六日至十六日　　（4 月 13 日至 23 日）皆调理少憩，

日见痊可。

以上藏于湖南省社科院图书馆，题名为《西甄日记》

咸豐四年

初八日 （1854年2月5日）早出，有雨。到裕集庵制军处，杨心畬方伯、周执庵通政丈、马艺林观察俱晤。方伯处晤黄琴隝一谈，支少鹤未晤。归，制军、方伯旋来，商办武监生及监照推广事，制军先不允，而旋皆答应，亦因昨日廷寄也。余十一月初七绥定发折，行走殆四十日，十二月十七方奉旨，五百里谕言"知之"，廿七已到督署，学额增加一节更不可缓也。补上新年供，与诸君子谈宴，雪雨竟日，春田润泽。领关防咨文交沙令芹生涧泉带去，明日行。

初九日 （2月6日）早出，万提军、伊都统及俞太守，桂、徐两大令，清秋浦观察，俱未晤。归，伊、清两君旋来话，周执翁亦来。今日暖，晴。

初十日 （2月7日）早，早饭。同吴寿恬、师小山、王梅溪三君子，及儿、侄、孙并汪家姻侄往草堂寺、杜公祠，幽趣胜去年，清气满怀，梅花尚烂漫，竹阴佳妙。奕、饮后，余作书，小山作画。余先回，久憩。

晚饮周执庵丈处，翁健饮啖，余与心畬、秋浦、麟士皆不能及也。秋浦升湖南臬司，道喜。问云升首藩矣。酒新，半夜醒，不睡至天明。

十一日 （2月8日）忌辰，不出。复黄新甫书。沈也鲁来晤。领关防事改委督署差官顾鸿宾。作书寄子愚。俞麟士来话。

十二日 （2月9日）早，见数客，送侄及孙上学。早饭后，出门谢客，晤支少鹤，面色佳于前，有子之乐可知。晚陪吴寿恬先生酒。今日白诗桥、祁叔和、恒容斋、金香谷皆会，音隽甫、朱少江皆会。

祁之镠，字叔和，山西高平人，善画山水，精鉴赏。

十三日 （2月10日）晨静。早饭后，出晤制军，到清秋浦处看水竹，春色明妙，他处所无也。仍顺路拜客，归。李云生太守、钟昌勤大令皆晤。云生由陕西署嘉定守，闻其风雅，想是诗龛一路。同乡清溪令周梅森翁倬来晤，闻工诗画，人却不潇洒，画可知矣。晚饮成都守俞麟士署，同席者即初十日诸君子，酒佳甚，难遇得狠。

十四日 （2月11日）成庙忌辰，竟日不见客，写大字一阵。阴，小雨。

上元日 （2月12日）早饭后出，半个时辰即回，路泥滑甚。有候选训导陈大镛来见，言曾两次上书制军论捐输事。复汪安斋、顾幼耕书。昨日得鹤田讣，为发各处书。

十六日 （2月13日）早，大雾。荣县郑尊仁来见，送《少谷集》，其十一世祖也。早饭后，制军来一话，言南北无佳音，江西有复被围之信，奈何！午后出谢客，至周执翁池亭久话，知十三夜，制军查夜，坐小轿，为营兵出巡者所窘。此间兵横民悍，深可忧虑。回来困甚，略睡。俞麟士来话。晚赴清秋浦酌，仍前客，余疲乏不能饮，大家也就冷淡，又兼念时事故尔。午后大晴，夜阴无月。看放合子，毫无意思。

十七日 （2月14日）晨静。午间晤史书屏、琦要山话，要山者，静庵中堂乃弟，而神气朴质可喜。发各处贺年复信五十封。晚约金香谷、恒容斋、桂小山、徐笛云饭，颇畅。

十八日 （2月15日）静，未出。翁次行来辞行，言明日往嘉定一带议增盐价，蜀中盐下游恣行增价，则国民两便，与两淮事不同也。请刘医来诊脉，黄琴陥来话。辞帖，牙痛喉痛未愈。支少鹤亦苦耳痛闭，皆春气为之耳。又发复信卅件。

十九日 （2月16日）卯初起，开印，礼成后，天甫黎明。早饭后，午间剃发，出至心畲、琴陥处话。看马艺林，未值，明日往嘉定办盐价事也。回拜数客，归。晚约朱小江、钟湘农、音隽甫、祁叔和、杨春樵酌，最后饮荔枝酒，比前日更和平香美，开坛后，烈气颇解也。闻庐州失守，江岷樵阵亡，甚惨，贼恨之甚也。失此长城，军事如何是好？却闻静海收复，差慰。得子愚嘉平廿五日书，有联儿母子平安语，不知何日得子。喜甚喜甚。盼子敬湘中信矣。

廿日　　（2月17日）为子愚得子贺喜。午间复吴子芯书。与王雁汀陕抚书。晡过万提军话，赴音隽甫与钟湘农、白诗桥、恒客斋、金香谷、祁叔和、桂小山、徐笛云公请席，客有周执翁，看剧，无味。隽甫酒并不佳，不知何以得名。

廿一日　　（2月18日）忌辰。天阴，午间晴。恒客斋来久话，无他客。早作札与杨心畬，为隽甫事。连日装订《全唐文》。闻南江案全获，竟是谋逆，亦奇。

廿二日　　（2月19日）晨阴，盼雨得狠。早饭后出，与制军一话，闻将出省查团。不惟团难于查，不必查，且时事方殷，督、藩不宜两处也，阻之，未甚允。到南门拜客，归。晚请周执翁、杨心畬、清秋浦饭，颇畅。支少鹤、俞麟士皆辞。午后仍晴。

廿三日　　（2月20日）忌辰。孔璞斋未入，（继钰）来话，句庸人，能篆书，言有嘉兴钱无定，号岱雨，前为府经令，闲居，画水墨，年七十余。午后写对廿二对。晡时，熊懋龄大令同年来晤，闻子立近状佳。又得十一月半间家信，山东地方安静。

廿四日 （2 月 21 日）晨静。早饭后，周执翁请到教场看练勇，鸟枪、抬枪、刀、矛各技，俱有可观，然大约以火器为先。抬枪准头两人，难得齐心，颇觉无用。午间同面，两首县先去，三、九两世兄与各首事同席。又看一回，未初散。归，晴日，热。杨小海侍卫来拜，海梁丈之子，袭忠武公侯爵，年才廿三耳。

彭崧毓，字于蕃，湖北江夏（今武汉）人。

廿五日 （2 月 22 日）静。得彭于蕃永昌守书，孙芝云带到，说芝云善画，胜杨紫卿，未必未必。发长沙守仓小坪书，中有寄子敬信，久不得安排，实深悬念。晡赴杨心畬方伯席，先与琴隝话，因执翁、秋翁后来也，谈饮畅，醉怀矣。回署已子正。尚有拦舆告状者二人，当时一讯，丑初方睡。子敬遣老鲁来，得其腊初湘潭乡中书，及李家两亲家书，甚慰。老三又得一女，何苦。

廿六日 （2 月 23 日）竟日静。雨寒人倦，惜雨廉纤甚，无济田功也。晚请孙芝云、沈也鲁、周子容等酌。芝云送画，果非超雅。子容说钱□言画佳，且等领教再说。

廿七日 （2 月 24 日）雨后冷甚，晨静。早饭后，回拜杨小海，不遇。晚请刘小云谈画，未来。俞麟士来一话。老鲁试做菜，风味果又不同。

廿八日 （2月25日）晨静，渐清书帖，写大字两次，寄子敬书。 晚拜客，饮执翁处，秋浦、心畬俱不到，补请白诗桥、老翁及三、九两兄同坐，颇有清致，看钱岱雨画梅，尚好。菊兰嫌芜。酒后赠本地鹿尾四支，每支一钱余，冷水浸三四日，去毛，网油包蒸，切片食，闻亦似京师也。滇中寄来蕈，味亦极鲜，胜鸡枞。写寄李太母八十寿对。

廿九日 （2月26日）忌辰。甚静，检画，写大字多，人疲苶。晡时，刘小云来作画，果然熟而气清，人亦爽快，郑县人也，留同晚餐。钟湘农送酒，佳甚。

初一日 （2月27日）晴而寒，不见客，桂小山来一晤耳。写赏对廿余，人乏，且恶寒。昨夜洗足冒冷矣。晡出拜刘小云、支少鹤一谈。晚仍上供，先公忌日，数日来无夜不梦矣。金香谷、音隽甫俱送食物。写寄子愚信。闻制军处日内有折。

初二日 （2月28日）卯初三刻醒炮后起，一饭，卯正二刻行。五十里，新店尖，巳正二刻矣，先餐，两先生及桂儿后至，亦颇快。午初一刻行，一路风沙，似北道上光景。申初一刻后，至赵家渡，先廿里，郑春溥同年大令迎于姚家渡，方祈雨，实在干得狠了，省垣中尚无悯雨意，奈何！清秋浦差人送于城外，此外各街俱未及知余行，尖后，次弟有人来送耳。

初三日 （3月1日）黎明行，四十里，有五十里大，兴隆场庙内尖，中江管矣。又六十里，至中江，先到县署拜王雨楼。回住考棚，人乏极，昏闷不可支，久始渐佳。看酒俱精，与两先生畅饮得睡矣。一路旱，甚于省城。

初四日　（3月2日）出东门，与雨楼别。山坡多，
　　　　六十里尖，三台章令来迎，未见。又六十里，
潼川府，先拜太守阮七兄，登署后来衮堂，在北城上，烟
景到目，甚佳。东院亦宽雅，有亭宇。回住考棚，公馆阴
暗。绥定所拜折回来，奉朱批：另有旨。得子愚书，其得
子乃腊月初十，五娣所生也，喜甚。得程容伯、方少穆、
吴婿各书。静海贼即将肃清，扬州收复，南京亦有好消息，
曾涤生练勇将东下，与吴甄甫全力灭江西之寇。

初五日　（3月3日）先公忌辰。行路匆匆，悲怆而已。
　　　　黎明行，约卯初三刻，出东门，过潼河而东
北行，忽西北，忽又东又北，山坡回曲，荒且旱，路亦枯
窄，六十里，秋林驿公馆尖，三台管。尖后卅里，入盐亭
界，又卅里，至盐亭县公馆住。县令邓云生清淦迎谒，本
岳州人，寄籍长安。已亥，丁未教官陶泽来见，言捐输告
示，颇有感动者。

初六日　（3月4日）起略迟，然卯初三刻亦行矣。
　　　　三十里，出三台，入南部界，山坡间差润泽，
共六十里。到巡检署住西院春晓亭，时方巳正二刻，仍午
尖。巡检邵维桢来见，交到朱帖舫信。屋亮且静，半日清
闲，不易得也。时见梨杏，花媚春风。

初七日　（3月5日）忌辰。卯初二刻行，山坡渐平些。

十里，至花牌楼，昔有张桓侯祠像。三十里，金峰寺。又卅里，柳边驿尖。尖后卅里，大桥场小公馆住。三巡捕周、胡、徐迎谒一话，令先回府城去。知一路俱望雨。

初八日　（3月6日）黎明行，北多东少，山坡多大，侯垭甚高，又小侯垭等，五十里，天宫院尖。佛寺称天宫，不解所谓。又五十里略大，阆中令范恕（谦庵）迎于廿里外，玉陶唐太守钧迎于十五里外。过嘉陵江，浮桥颇长，江由西而东。过南津关，向西北行，入东门，至试院，未正矣。守令及十学教官先后见，未到时，告状者甚多，有似疯颠人，持蓝布旗，上写奉旨钦命巫明盛，极不可解。交阆中令审去。晚餐前，彭梦九到来，同酌鸭。马星四、何伯石俱未来，星四尊人小恙也。

初九日　（3月7日）卯正方起，夜眠佳。府县祭社稷坛。辰初谒文庙，下学讲书，善人教民七年一章。早饭后，顾棣园署川北道来晤，昨晡始到，亥刻任事，午初放告，无甚刁诈之呈。王梅溪之仆举发打杂人李世春与说卖秀□□，当时讯出阆中廪生黎观美与勾通作弊情事，传到讯实，俱枷出。廪生不自爱，亦至如此，可叹可叹。县中派入杂差廿余人，挑用十人，乃俱欲出去，亦奇事，请范谦庵来申饬，始留院，此种人情之戾如此。

初十日　（3月8日）考古，生童共八百余人。《高堂生传士礼赋》，以高堂所传是谓今文为韵。《遍雨天下赋》，以不崇朝而遍雨天下为韵。公羊齐学，榖梁鲁学论。主帅须有亲兵论。拟渊明饮酒诗五首，以"田父有好怀"为韵。望雨切极，苦晴，奈何！晚阴可盼，夜有细雨。

十一日　（3月9日）岁试文生一千六百人，大雨，五更点名拥挤，辰正始毕，门口太浅，甬路亦窄，无如何也。"子禽问于子贡曰"一章。淑问如皋陶，在泮献囚，赋得以道猎众智，得"多"字。雨住。胡恕堂不入京，本月底即到省接印。

十二日　（3月10日）雨住，尚阴，覆试古学。阆中生范遇荣赋，似用过仪礼功夫，问之茫然，不可解。《嘉陵江赋》，以源流藻记敷陈大略为韵。勤雨，悯雨喜雨论。春寒七律四首。百花生日五言十二韵。范谦庵来，商添甬道席棚及墙上添高席垣，即留同早饭。

十三日　（3月11日）考巴州文童一千二百余人。"睊而视之"两句。舍馆未定。山花向我笑，得"春"字。童生安静，点名时因礼房办卷误公，笞责锁交提调。府学生何超伟父丧未满应试，斥革，学书杖责，教官记过。

十四日　（3月12日）考南部、剑州文童。五谷不分，四体不勤。履大小同，则贾相若。红燕，得"红"字。午正后出文生榜，二等与三等前三同一等出榜，为四川向来所无，怀寒士也。得省信，鼎侄初七生女。晡出巴州童榜，尽有佳卷。到晚复得省信，子愚于腊月廿九复得子，名成官，孟氏出，可喜得极。正月初四信，静海事尚未毕也。

十五日 （3月13日）覆试文童。"惟圣人然后可以践形。"长江万里情，得"长"字，七言十二韵。顾棣园来信，欲至省，余未答应。晚睡后，范令来，仍为此事，可叹可叹。川省看考试太不要紧，惟知以上省巴结为能，耻之可也。出南部、剑州童榜。剑卷无一佳者。

十六日 （3月14日）考苍溪、广元、通江童生。"知礼不知礼，孰不知礼。"五更点名，忽冷热不适，退堂后，脱衣略睡始适。"知穆公之可与有行也而相之。"摘我园中蔬，得"蔬"字。得省信，中有正月十九日子愚信，知陈如松等到京有优叙恩旨，余交户部速议。静海贼窜任邱，僧、达两帅前往，与胜克斋夹击。京师至淮上千余里大雪，可喜。

十七日 （3月15日）考阆中、昭化、南江文童。裨谌、世叔、行人三段。"古者易子而教之。"臣以直为忠，得"臣"字。昭化顶冒一人，查出枷号。得子愚书，张小浦、翁二铭俱补职，皆旧书房，皆因公也，殊为可叹。灯下草数纸寄子愚。发文生卷箱。

十八日 （3月16日）文生卷到甚迟，辰正后发落，极冷。等覆试，无到者，止好拉倒。

十九日 （3月17日）下教场，看阆中、苍溪、南部马箭，共一千八百童。晚间马星四同何伯石到来，伯石系辛酉世弟兄，襄城秀才。适县中送席，同酌，伯石人极静，知医，可喜。

廿日　　　（3月18日）看巴州马射，一千六百童。

廿一日　　（3月19日）看广元、通江马射，共一千三百童。连日回来，递呈人多，而我疲乏甚，骤难料理。伯石为诊脉开方，言脾肾两部极佳，肝肺经受风，昨夜忽大汗，自解矣。今日止加清解服之，夜适。

廿二日　　（3月20日）看昭化、南江、剑州马射，共一千三百童，后散与昨日同。武童大致安静。监射游击顺福，自大得狠，真讨厌。今日颇申饬之，将咨督提两署，更换潼川监射武员。剃发，小快。

廿三日　　（3月21日）春分节，大晴，可喜。覆文童，"周公之过不亦宜乎"。读书声，得听字。

廿四日　　（3月22日）看巴州步箭，一千一百名，从卯至酉，惫不可言。此事真无法，一年复一年，将来蜀学如何做法？与诸君子一酌后，夜眠一身痛困。查出枪手二人，皆臆揣而获。

廿五日　　（3月23日）看巴州技勇，四百另八名，有八人不至。又查出枪手两名，未正出榜，武童却安静之至。

廿六日 （3月24日）看通江步箭、技勇，申初毕。夜大汗两次，亦因天气燥闷耳。体中竟夜不适。

廿七日 （3月25日）看广元、昭化步箭技勇，止四百余人，未正毕，可以歇息。服伯石清解方，所苦已愈。晡补覆文童五十余人。"徐行后长者谓之弟。"灯前细雨，得甘字。查出请枪者二人，笞枷出。折差陈如松、夏仲林回，得子愚信，以后信俱到矣。

廿八日 （3月26日）武生内场，迟至午刻。范君看外场，两日方毕，认真得可笑也。夜雨达旦，凉甚，诗题之准如此。作书寄子愚，从部文去。因奉礼部由兵部火票递到二月初八日札：奉旨，嗣后宣宗庙讳第二字，悉改写作"宁"，即日通行。又领到坐名敕书，亦须通行誊黄，向来因有所属道府等误，止因司道府不行道，可叹之至。写"遍雨堂""晞秦阁"匾。出遍雨天下赋题，次日千里雨。此处距秦近，友人皆秦人，故有此两题。又书"敬""静"二字为诸生助。

廿九日 （3月27日）看苍溪、剑州步箭，因苍溪技勇好些，致费事，申正方出榜，乏极。天大冷，各屋燃炭。

卅日 （3月28日）看南江步箭，申初出榜。剃发。

三月

初一日　（3月29日）覆试文童且歇息一日。写对子廿余付。题目：未成一篑，赋得柳线。

初二日　（3月30日）看阆中、南部步箭千余人，竟日疲乏之至。胸中无甚重病，止困得不可耐。

初三日　（3月31日）看阆、南技勇，未刻毕，即出榜，真爽快。考事遂毕，未免痛酌几杯。

初四日　（4月1日）早，发落武生，大覆文童。发起马牌。早饭后，出南门，过浮桥，登锦屏山寺，眺嘉陵江，三面环郡城，好看，只局面不大耳。回城，拜范大令，及新太守鲍□，早间来见过，与吾同庚，而出老多矣。县署晤杨晋三，午后来与诸君子话，遂留晚饭。发文章卷箱。午间到桓侯祠墓，即郡守东间壁。

初五日　（4月2日）发落文童，此次始给花红，然惟阆中有银封，余俱无也。早饭后，徐瀼泉来晤，言乃翁名承庆，丙午乡榜，与芸台师同年，著有《说文注匡谬》。旋送书来阅，甚精，不可不刻也。瀼泉乃郎士荣，现充巡捕。余出东门内看铁塔，真古气可喜，惜拓不出原底字，盖由范铸出，故止余底锋，细拙非原神也。出东门，至观音寺，颇开敞。方丈法转和尚，衡阳人，颇可谈，言对面宝塔下有状元洞，尚佳。北门外滕王阁遗址可看也。寺有牡丹一丛盛开。过碧霞宫，即陕西会馆，无是处。到锦屏书院，在水坑中，现无水，风景索然，规模太小，又去城远。山长未来，生童颇抱怨，此事大抵然也。回院覆试武童，写大字。晚赴道署，棣园、善之、顺福公请，酒佳，肴劣，薄有醉意，今日热。

初六日 （4月3日）补覆武童及文童零碎毕。顾棣园、范谦庵先后来话。写大字多，收拾行李俱清。人不甚适，伯石诊脉云：有虚火。

初七日 （4月4日）昨夜汗多，今晨却能起。卯初三刻起身，署道、署游击送于桥北，诸生及教官送于桥南。至，前守次之，鲍范又次之，昨皆嘱不必远送也。五十里颇大，天宫院尖。又四十里，大桥宿。天气大热，夜不得睡，五更前，雷雨大至，快甚。

初八日 （4月5日）大雨住，小雨未歇，路滑，泞甚，却尚可行。卅里，柳边驿尖。又六十里不小，宪城驿宿，巡检署也。先过花牌楼，见碑刻，相传张桓侯屯兵处，有庙像。今日山路陂陀多。晚，雨住，天冷好睡。

初九日　（4月6日）五更后起，黎明后行，巡检邵
维桢见，此处止入文童一名耳。一路雨后田
谷青茂，塘水方生，清气妙绝。六十里，盐亭城内书院尖，
邓令迎谒一话。行又六十里，秋林驿宿。未正到三台，章
令迎谒，巡捕梁丞见，老矣。知此次阮七兄真当提调，可
慰也。得万提军咨，潼川监射改张照，亦可厌，比顺福安
顿些。未得制军覆咨，亦奇。竟日晴又暖。闻南北二三千
里均得雨两次矣。

初十日　（4月7日）黎明行，仍一路山坡，由东而西，
巳正后到潼川府，过潼河，入东门，阮太守
兄自当提调，真蜀中破天荒事。监射换张照来，有提军咨，
无制军咨，亦可笑也。满洲人总是自大耳。各官次第迎谒。
午刻谒文庙，讲书，回，"人有不为也"一章。未刻放告，
呈子比保宁多多了。得省信，平安。得吴莲芬书，甚悲惨。
甄翁殉难岂真乎？世事可虑之至，何日是了。得莲芬书后，
示禁胸中，一格苍矣。王治平从省来。

十一日　（4月8日）忌辰。考古，童一千有零，生
百五十余人。《凤凰来仪赋》《周礼仪礼相
为本末说》《星有好风好雨解》，喜雨五古五首，大钱议。
卯初点名，天明不久，卯正后毕。今年籍田礼，明日举行
也。竟日阴，有冷意。

十二日　（4月9日）考文生一千一百余人，晨雨，
尚不碍点名。莫不有文武之道焉。夫子焉不

学而亦何常师之有。君子听鼓鼙之声则思将帅之臣。赋得乡校论执政，得"师"字。已刻后，雨歇，阴寒去。夜复大雨，出古榜，生十九，童三十，颇觉可观。

十三日　（4月10日）覆试经古。《读书声赋》《郑康成所著书总论》《朱子所著书总论》《治蜀尚严论》，七律四首，子陵钓台、渊明栗里、少陵茅屋、东坡雪堂。酉时，省署承差赍到新换关防，当即望阙九叩，祗领。传铜匠磨去四角，比旧关防重五两（三十），边宽而字较窄矣。得子愚书，南京无好信。

十四日　（4月11日）考中江、遂宁文童。君君臣臣父父子子。师旷之聪。赋得恒言不称老。遂宁枪犯一名，枷示。又乱号二人，笞责逐出。出文生榜。

十五日　（4月12日）考射洪、监亭、蓬溪文童。亦有所不知焉，亦有所不能焉。人犹有所憾。居移气。赋得结绳而治。出昨日榜。中江文理字迹均清，因多拨一人，遂宁减却一名。教官送来《船山诗补遗》两本。

十六日　（4月13日）覆试文生。苟能充之四句。赋得心正则笔正，得"忠"字，七言十二韵。交卷至二更方毕，七个时辰，做一文一诗，可谓奇缓。发昨童榜。晡得子愚正月廿八信，知因优叙，给六品顶带，随带加三级。王梅溪、彭梦九俱出贡，加按照衔。师小山出贡。马星四以副榜加按照衔。俱以教官底，八品也，而加九品衔，户部颠倒如此，尚云鼓励乎？

十七日 （4月14日）考三台、安岳、乐至文童。民所得而称焉，民到于今称之，民到于今受其赐。他日至，陈子以时子之言告孟子。赋得随山刊木。查出枪犯，三人同一廪生，可恶之至，俱笞枷，革。出示剀谕而已，奈何奈何！

十八日 （4月15日）出昨童榜，三台、安岳均有佳卷。今日本系覆试，殆不成矣。

十九日 （4月16日）阴雨，旋住。出东门北转，即至教场，看马射，一千七百童，申初回。阮太守兄来提调，张照监射更恭敬。并请章晋洲同饭，人乏甚，受卿太守送菜，佳甚。

廿日 （4月17日）早，雨，迟出，令巡捕打听，雨住路净，始出。午间略晴干，不碍马射也。今日止七百余，午正后毕。接部文：赏六品顶带，余俱如前信。部议止及议叙，而于推广捐输，一语不及，信乎进言之难也。

廿一日 （4月18日）看中江、射洪步箭，未正发案。与恕堂廉访书。

廿二日 （4月19日）看遂宁、乐至步箭，申初发案。

上号者多也，其实技勇平常之至，开十力弓者廖廖数人耳。不甚适，服伯石药，用升麻、苏叶，夜大汗三次。覆文童四十人。

廿三日　（4月20日）汗后，人却自在。看蓬溪、安岳步箭，未正发案。退后，人疲乏。覆文童五十余。君子不以其所以养人者害人。谷雨采茶时，得"茶"字。昨日，其文则史。思乐泮水，得"芹"字。收拾谢折，写好，有夹片。午素食，夜酌好。

廿四日　（4月21日）早封折子，早饭后拜折，换六品顶戴，金顶子。四十年一旦因此舍去，殊为怅怅。并寄子愚信，又带四数去。陈如松、范凤喈去。昨新定以后，经制出缺，止淮曾出折差者顶补去。折费余不复给，即以补经制为奖赏，各承差皆欣然也。昨日得根云正月廿九信，言镇江贼势已衰，二月可了。杨城余匪尚未净。止南京尚无好消息。李淦、陈鸿家俱未出城，致殁于城内。李淦家存子及妇。陈鸿家存一弱弟，其母与妻均殁。然皆非被戮，可惨之至，亦尚可幸耳。旋见广元探信，又子愚京信，畿甸业已肃清。湖南岳州陷后，曾涤生败贼于长沙，大有散意。皖有午桥，豫有仲绅，山东张石卿已带兵出省，大约好事近矣。

廿五日　（4月22日）看三台、盐亭步箭，内场申初发案。大南风吹倒人，困不可言。阮七兄来一谈，客去更疲下去。晚间多饮几杯，乃就健复，仍与小

山围棋方睡。晚覆文童，第三次，各欲正已也。夜气，得
清字。

廿六日 （4月23日）武生内场大覆。文童昨覆，童
仍扣二名。此间枪弊颇多，不能悉究矣。巳刻，
出北门，三里余，到琴泉寺，本是慧义寺，山半有泉出，
甚清。岩畔为佛占却，可惜。寺东向，轩开得景，树色田
趣俱佳，惜江远，不到眼，南边有岩，养水于池，即从此
琴泉过去的。吴自华题为少商泉。阮太守、章大令约酌于
轩中，甚诚恳。同志诸君子咸在。晚为梅溪饯。

廿七日 （4月24日）送王梅溪归兴安，李淦同行回
扬州去，可怜之至。细雨竟夜，晨未住。发
落武生、文童。李淦带去徐新斋、郑小山两信。

廿八日 （4月25日）候武童覆试，不至者尚廿七人，
教官之可恶，至此郡极矣。晚赴府县席，设
府署，到来衮堂，已暮。受卿兄出文达师八念诗册及王椒
畦画《文选楼图》，又壁间悬浙江十六景画幅，天台、雁
宕等各一小方也，皆师视学时所游历处。张叔未所刻眉寿
图，则余固有之，受之所刻也。饮颇畅，两主人俱不饮。
归，仍结案一起。

廿九日 （4月26日）将行，守、令俱来留，因公私
俱未了也。未正方补覆，申正发落。今日雨
才住，时见日，昨日换凉帽，尚服裘，天道不可解。今日

作书寄何根云、黄寿臣、叶昆臣、赵静山、潘德畲、蔡小石、顾幼耕、朱啸鸥。昨得朱帖舫书，各处探报甚详，畿甸似了未了。皖、豫不见佳。楚事略好些。山东济宁可虑。六安州一带多从贼，蓄发改服制，钱粮纳半。江南封邱、陕西沔县俱因钱粮毁署辱官。西安官票、大钱均滞行，且纷纷迁徙，奈何奈何！

初一日 （4月27日）黎明起，卯初一刻行，阮七兄送于城外。西北行，尽平地田亩，依潼江行，五十里颇大，巳初一刻，刘家营庙尖，章令送谒，嘱即归去。尖后行四十里，不过三十余里，午正一刻到胡卢溪住，以店为公馆。县丞施楷迎谒，会稽人，大兴籍，琴泉前辈本家也。晴暖，申复阴。竟日无大山坡，尽田稼，然仅得半收，雨过迟耳。子刻细雨一阵。

初二日 （4月28日）卯初后行，一路西北平田，路窄。卅五里，丰谷井尖，绵州管。州判李从简，署内谒，甘肃人易臣，附贡捐发，甫署事，尚有书气。盐井二百二十口，每年出盐廿二万斤，交课六百两，时价廿八文一斤，约计交课外，存二千四百两，工食、家火并支应衙门，不为敷余也。尖后看盐井，深六十余丈，竹筒曳水出，尝之咸而浑，每一斤水得盐自二两至六两不等，有极酽者，见火即清，即以其火煮其水，得盐尤多。又卅五里，绵州，入南门，西北行，至公馆住。前年十一月即住此，后有树石，彼时枯洁，今则荣蔚，别一气象矣。杨滇亭直牧玉堂迎谒，寿光，戊寅孝廉，在川廿年，年六十三，此间好官，果然是好，议论有根本。范、张两教官见。范子厚送少海丈诗集。今日署黔藩炳纲方过去。不日有南国差事来，从未曾走此，因各处路梗，蜀中添出许多差事，而此番条粮津贴第二次，民间无异言，民情厚矣。沔县，宁羌抗官滋事，俱已了结。

初三日 （4月29日）五更起，黎明行。出北门，两教官送。一路雨来风大，冷。过一长荒山，草树不生。下大石坎，即入彰明县界。又十五里尖青莲镇，共七十里，走了三个时辰，午初后矣。彰明令张邦佐迎谒，尧仙前辈之兄。公馆新修。赠所刻《揭氏兵经》，并乐山石拓数种。尖后行，田水迂曲，雨滑亦甚，路又远，未正后始到中坝场，地方极闹热，街长四五里，中隔河桥，东南属彰明，西北属江油。江油令孟云樵，乙未世兄毓勋，此次当提调，来此迎谒，即促令与两巡捕先归。巡检乔建庸见，问知星农之侄。星农告病，于上年九月回闻喜，闻丧并未被贼也。绵州出麦冬，岁出二百来斤内外，春深便收苗，如细韭，每百斤十七八千文。彰明出附子，三伏天收，岁七八十万斤，二两一百斤。平武出厚朴。中坝之盛，药材多也。龙安府李清隽丁忧，署事李子蔚未到。夜雨达旦。

初四日 （4月30日）黎明方起，卯初二刻方行，雨少住而路烂极。四十里不小，巳初抵江油，进东门，至考棚，孟云樵先见，各学教官见。午初下学，

《揭氏兵经》，明代揭暄所著兵书。揭暄，字子宣，号半斋，明末江西广昌人，曾举兵抗清。

归。未刻放告，止杂呈三席耳，可想风俗之淳。因上层离大堂太远，移住前层，以布帷隔出堂屋上层，先生们住。后开门得园，竹木清佳。前有四松树，吴自华题为"四松轩"。风来涛起，想起泰安府七柏一松轩，忽忽卅余年不见矣。此县东南北三面俱通水路。

初五日　（5月1日）考古。童二百卅人，生三十余人耳。洪范九畴赋。迎夏南郊赋。分秧词，五古五首。拟东坡石鼓诗。童生颇有秀气者，比秀才好些。收拾甬道棚及围墙，至暮方毕。

初六日　（5月2日）考文生。"君子和而不同"两句。"自我不见，于今三年。"采花蜂酿蜜，得"成"字。共六百余人。寅正二炮后起，黎明方点名。出古榜，生六，童十八。

初七日　（5月3日）覆古学。诵诗读书赋。试院古松歌。文王称王说。拟昌黎《谏迎佛骨表解》。说、表俱无做者。

初八日　（5月4日）考石泉、彰明文童。不处也不去也，我不贯与小人乘。赋得匡山读书处，得"来"字。出文生榜，无佳卷。教官说："取古文童彰明徐深培，少孤为僧，师父延师教之。"此次送来考，甫十三岁耳，乃粗明润字，庄重有讲究，亦奇。考古童，有府县考无名者。廪生滥保，可恶之至。

初九日 （5月5日）覆一等文生。"五霸假之也。"惟古文词必己出。昨雷同全篇者七人，俱打手心四十，令覆试看。出昨童榜。石泉难得狠。七人诗多失粘，止吴焜文章较适，俱置三等末。晚雨。

初十日 （5月6日）竟夜大风撼屋，可怕。五更后得雨，风定矣。考平武、江油文童。"其蔽也荡，其蔽也愚"，则不敢以宴。骤雨旋风声满堂，得"书"字。两县各查获枪手一名。昨夜得省署信，内有王芷庭、陈能超信。周执翁托寄汪菊士信。今日得向筠舫二月十八日从苏州来信，彼间仍安堵，将升太仓州。复乐将军书。

十一日 （5月7日）阴而小雨。早，发落一等文生。传训两次，冀有感悟也。出昨童榜，江油不如彰明远矣，平武不必论。为曾淳事，请孟芸樵来一话。

十二日 （5月8日）考石泉、彰明科童。仁者乐山，智者乐水。求三年之艾也。赋得麦秋宜煮饼，得"香"字。又查出枪手二人，枷出。晚间，江油、彰明岁试童，各有检举，皆廪生保枪耳。此间多弊，不可解也。同人作试院古松歌，余亦从作。见京报，曾涤生以杨刚亭丈乃孙捐银二万，奏请刚丈入乡贤，被严旨斥责。而南北军情无一字，想涤生带兵未东下也，时事亦不得了矣。剃发。

十三日 （5月9日）晴热。脱棉，复闷，雨矣。出昨童榜。

十四日　　（5 月 10 日）考平武、江油科童。"爱其所
　　　　　亲，敬其所尊，天吏也。"赋得学不躐等。
查出枪手二人，又卖枪买枪各一人，俱枷查出。风气如此，
奈何！

十五日　　（5 月 11 日）出昨童榜。总覆岁取文童。查
　　　　　出枪取一人，又文理不符一人。又覆试不到，
共扣四人，蔽贤者当之。

十六日　　（5 月 12 日）科考文生约三百人。恶莠恐其
　　　　　乱苗也。策问全蜀碑版。赋得经天纬地，得
"文"字。月食，亥初三刻初亏，亥正三食甚，子初三复
圆。率教官在大堂行三次九叩首礼。与京师太常寺救护轮
班长跪者异。其实云蔽月亏，复俱不见也。

十七日　　（5 月 13 日）忌辰。出科文生榜。见京报：
　　　　　克复黄陂，湖督台涌小胜耳。此外南北无消息。

十八日　　（5 月 14 日）下教场，看武童马箭。一千八百
　　　　　余，实不过一千四五，申正后始毕。监射穆
雅珲，署溪游击，在松潘，言彼间瘠苦，无稻麦田，止高
粱青稞耳。健锐营出身，颇朴谨。今晨出东门，绕南门，
至西郭外，与考院止隔城墙耳。归，仍绕道入东门。向来
学政俱如此走，真不可解。天暖而无日，人不甚疲苶。

十九日　　（5 月 15 日）覆试文生与科取文童。"先立

乎其大者，则其小者不能夺也，此为大人而已矣。"赋得增广生员，得"唐"字。查出童枪一人，即令本童同差捉枪手，未到，明日再捉。

廿日　（5 月 16 日）看平武、石泉步箭。三百六十余人，午正后毕事，放榜甫未初也。昨覆童，文理不通者二人，俱扣换。夜得子愚信：此事未了。山东临清、巨鹿俱破。镇江获胜仗。曾涤生收复岳州，得失盖相半也。孙兰检以告假省亲，被斥责。省署十六日信，一切照常。清秋浦往重庆，有退志。

廿一日　（5 月 17 日）看彰明步箭。三百廿余人，午正后出榜发落。张超三请枪一案，耽延两日，枪手罗玉堂仍逸去矣。

廿二日　（5 月 18 日）看江油步箭。四百六十余人，未正后出榜，爽快之至。

廿三日　（5 月 19 日）武生内场大覆。文童发落。科取文生，令和古松诗。余稿赐彰明廪生吴琼。

廿四日　（5 月 20 日）早，早饭后，出东门北，东行，过油江，水清澈。共十五里，至窦圌山，路斗狭，到山上，有树，至云岩寺，望天际双峰，如玉箸然。客堂小憩，坐小轿上去，过一线天，两石壁相倚，中仅通人，路上仍合也。有归宗岩光景。又上石径，树阴略幽异盘曲，过东岳庙，仍往上，渐至顶，两玉箸，乃三峰角立，中通铁索，有僧渡之，传是窦真人名圌修道处，与太白相文之窦主簿也，真可一笑。山有树不大，仍无泉，少润泽故。余先下，至客堂，老方丈本禅，字青松，邵阳廪生陈之谟之子，两岁出家来川，今六十矣。传与徒弟达空为方丈，才廿五岁，幼时割股疗亲者。余题二语云：说法最难逢孝子，看山何必问其人。下山回使院，仍过李灼三太守，吊其母丧。孟芸樵大令迎署守未归。写对廿余付，零星呈子，审审遂暮。马星四、师小山、彭梦九、桂儿俱游山，惟何伯石腰痛未去。今日芸樵本请圌山宴集，俱辞帖。

廿五日　（5月21日）早，发落武生，又发落新文生，出示痛诫各生童。午间，李子蔚署守来话，闻德安失守之信，又说湖北探报多参差，靠不住。赵迪斋解铜，说七月可到京，又似好消息也。覆武童毕，封祝万寿折子，写信寄子愚，又寄潘师及季玉比部信，遣承差夏仲林、蔡鸿德去。

廿六日　（5月22日）早，拜折后，发落武童。又传见和古松诗十二人，取六人，不取六人，与论作诗之法。其取者令写诗，将来附图卷后。小山已作一图也。子蔚接印后来话去。昨晚酒后写对廿付，今日又写一阵。晡时出至登龙书院，回拜子蔚，芸樵晚来话。夜得省信：子敬于正月廿二日得子，取名念祖，大可喜慰也，并子愚所得三雄矣。湖南贼已东窜。

廿七日 （5月23日）卯正后行，仍出东门，各官次第送。诸生童分几班，远近送，甚依依，可念也。一路山明水秀，田中麦收，秧插。回首望园山在烟雾中，得日乃露出。卅余里，中堪场尖，子蔚送至此，与乔巡检同见即行。张大令来迎，因过河至彰明县署一憩，即出南门，走山脚沙坡，十里，至罗翰洞，无大意味。又四里，青莲场住，署中饮茶，腹痛切，适乔尉送附盐，试尝啜之，即腹愈矣，少睡颇适。有秀才洪锡画等请立太白春秋祀典，因面谕以太白非蜀人，读《蜀道难》可知矣，仍牌示知悉。惟旧祠重建求匾，乃许为题"垂辉千古"四字，用太白诗语也。

廿八日 （5月24日）早起，因办马差人迟误，吃去钱，笞责后，借钱发偿，启行已卯正三刻矣。东南行，二里余，过河，即石泉河也。一路细雨不住，田景屈曲，秧针出水，比来时大佳。七十里，未初到绵州，杨振亭同教官迎于郭外。振亭来谒，言湖南曾涤生败战，退守长沙。湖北州县多破。江西复破一县。惟胜克斋有丰县六百里来文，昨晚过去。或者临清解围，驱贼南遁耶？午面后，到州署六一堂话，庐陵曾为此处推官也。昨夜见京抄：王子怀侍郎为钞法事受申饬，建言良不易易。雨。

廿九日 （5月25日）忌辰。昨大雨竟夜，可喜。晨起，得省信，中有四月初六日子与愚信，临清收复，贼大受创，往西南去，胜帅逐之，冠县尚被踞，与阜城俱不甚棘手。涤生因闻长沙复来土匪，故回援之，岳州自必去侦了。京师米少，浙漕海运已开洋，可慰。银一两换钱三千，京官半俸银，尚未发也。出大西门，向西行略南耳，幸路大，雨后尚无阻。六十里，金山铺尖，罗江管，午初一刻到，路颇大。尖后卅里，路小，罗江公馆住。未初三刻，东门大桥东，玉景山上景乐宫，供文昌，庙宇无甚趣，但东院树木多，从外望之，葱葱郁郁。有乾隆三十几年碑刻："浙江学政鈇奏，各寺庙中檀越山主之田，有自魏晋唐宋元明传至今者，既属荒谬，甚任争讼，请令行革除，以本朝田契为凭，各归寺管，永断檀越山主之名，亦免将庙产变卖，奉旨通行刻碑也。"然则此寺亦久矣。萧世兄鹿苹署令迎谒，张教官同见。酒尚不能饮，烧刀咽坏，菜索然。

萧鹿苹，直隶静海（今天津静海区）人，拔贡出身。

卅日　（5月26日）卯初一刻行，西南行，县署一看，西院有废厅，题"因树"匾，庚申年建，将圮矣。门者说："不敢修，动手则出怪案，以后有古树甚巨。"此语可信邪？出西关大路，五十里，至德阳，已将午初。胡令世开同刘教官迎谒。有瀚州廪生王日中诉呈。公馆甚闳敞，酒极旧，惜早餐不能多酌。尖后四十里亦大，申初至瀚州，郑小轩刺史同廖教官迎谒。有舒生员控捐输短解事。小轩出示少谷先生诗卷墨迹，伊系十一世孙也。公馆后座，有亭子佳。天气热。

郑善夫，字继之，号少谷，明代诗人、学者。

初一日 （5月27日）桂儿押行李及各项人役回省署。

余与师、何、马、彭四君子往灌县，余亦改坐小轿，甚轻便。先过州署，颇雅洁，有字画。出西门，牧、学各送十里。桥与省分路，向西行，路亦宽，阴凉，四十里，濛阳场江西会馆尖。濛阳，古县也。彭县令、吴应连同徐广文迎谒。吴号禹门，江西，辛巳，腊底由湖北解饷四川，得同知衔。尖后，巳正二刻行，渐带南行，四十里又大，比早间小些，未正到彭县，住县署西院。苍筤小憩，宇院幽旷，树石俱清，外更有菜圃甚广，院壁有道光庚寅前令毓庆修又一亭记石刻。有一石如鼓，坚细可刻字，诸君子住后栋，与客厅远。禹门及崇宁新令何小棠谒见后，广文同典史崔纶见。余剃发，看县志。古来无名人，有王子安九陇县《夫子庙碑》及《龙怀寺碑》，陆放翁《彭州牡丹谱》可看。九峰山距县太远，百六十里，闻极深妙。书院名九峰。省中新兵出省前滋事伤人，当铺四十余家歇业，现尚未开。

初二日 （5月28日）晨，饭后，与禹门别。出西门皆水田也。约四十里，金马场尖于湖广会馆。又卅余里，至灌县。县令上省未回，典史、教官迎于郭外，张式夫大令钺旋至，即振之堂侄。毕少尉庭璜，乃雪佣之子，雪佣昔年黔闱共事，今春由黔告归，就养此间也。少憩，申初出西门，拜李太守祠，揖二郎王。班马书止有李冰凿离堆，分江水。后世沿小说家言，乃有二郎。闻《风神演义》，止有杨二郎斩逆龙，今改为李二郎斩逆龙，派做李冰之子，而此清江神庙正殿祀二郎，谓之二王，李冰乃在后殿，如启圣祠之例，咄咄怪事，当极正之。又西渡绳桥，舆夫脚步将四百步，摇摇悬空，可悸。俯见鱼嘴沙，即内外江分支处，内江又分作两股，共为三支，遂下灌，灌二十余州县。回入西门，舟出东门，南去西转，看离堆分水处，涛汹壁狭，声如百雷霆。绕至亭间少坐，出伏龙庵东行，看走马河分支处，即分江再分处也。上年走马河淤塞，致下游田失水，烦重办堰工。入城拜县令一话，至典史署拜雪翁，年才六十二，酒量精神如昔，但足力差耳，酌数盏归。写对子数付，与四君子同饭。

都江堰有鱼嘴分水堤、飞沙堰泄洪道、宝瓶口引水口三大主体工程。

初三日　（5月29日）晨餐后，同出西门，过绳桥，大风摇荡甚，舆人失色。循外江南行，廿里，始转而西行水田间，又十余里，至青城山足，树色泉声，渐入佳境。入山深处，殊有斗曲者，至牌坊处，题"洞天福地"匾。少憩以后，入深处，约三里余，至山寺，憩于南堂，庙堂西向东也。陟级层，步至天师洞，看开元敕刻，下，复东行，至降魔石处，今题三岛石，上有泉源，颇清洌。山虽深而无奇奥处，惟天师洞下，古桂一株奇大，道人云：花开时，满山俱香矣。又殿门外西隅，大银杏奇古，孙枝巨发，倒垂枝多，数百年物。同令、尉一饭，午正二刻下山，舆夫疾走，过桥后，上镇夷关楼一眺，道光二十年李子蔚所修，已多损坏。过水利同知署看拓《泠风碑》，八分书，因有"泠风"二字，余以名其碑。无年月姓名。从前刘宴亭初得一纸，余从索得，许以到蜀访拓。昨闻毕尉言，仿佛相应，今果是矣。得字可数十，乃作亭记耳，非两京物矣。拓工云：昔在宝瓶口，沈司马移至此，碑脚尚在原处也。回到陕西公寓，热，倦甚。

初四日 （5月30日）起不甚早，毕雪佣、张式夫次第来话去。早饭后，巳初出北门，渐上山坡，得十里，到灵岩寺，嘉庆辛未前后，方丈圆隽、县令邵良重修建，甚闳整。有李銮宣碑文，佳，属后生拓之。东至孽母池，即白龙池，池水静谧幽深，指探之冰冷，上年省中祷雨，到此请水极灵。其北有大风洞，从前每有烟气见，则大风出，伤田稼。后以石琢大钱压胜，复肖佛镇之，而闭其洞门，然洞顶尚时有烟，出时，仍风损禾谷，但不至大为害。东北上，行至千佛塔，小石佛一千，环绕而上，上坐大佛。地方可眺远，望东南一带，惜目力不济。下至殿东小憩，谈。回城，北门乃东向，东门则南出矣。又到新建考棚，与大令、广文、少尉一话，归。有新繁人开铜矿者来呈，诉督、藩驳案之冤，且将铜片带省中去。晚同诸君赴雪佣约，小院中百花俱备，有趣之至。故人聚首，不免小醉，酒后作书，兼作诗一首。次早竟忘却曾写对子，可笑可笑。

李銮宣，字伯宣，号石农，山西静乐人，清代诗人。

初五日　（5 月 31 日）卯正后行，出东门，走长街，过观凤台，一路水田畅目。三十里，崇庆场一茶，式夫大令送至此，又过崇宁境办茶尖，未下舆。又四十里，入郫县西关，郑令霖溥迎谒（沛云，行八）。公馆甚大，小雨未住，尖后好走了，未正行，说到省西关四十里，其实五十还不止。鄂容庵太守，恒、郑两大令来迎入满城，到署酉正矣，一家都好，疲乏甚。各拜节后，且与诸君一酌。

初六日　（6 月 1 日）昨夜大雨奇畅，疑是白龙池一拜带来也。暂不出，而自制军、将军以下均次第来话，遂至暮矣。惟胡恕堂久别渴想，得晤为快，又因擢粤西藩，指日将行，深为怅怅耳。乐彦亭将军爽快明白，是蜀中福乎！

初七日　（6 月 2 日）早，连日文童坌集，寓目烦琐。早饭后出拜万提军、乐将军、伊都统。将军署园亭敞雅，坐落亦多，从前未得见也。提军署东院荷池亦佳。首府县均未面。归与王海楼一话，《诗经注》成功，求与阅定也。午饭后复出，拜制军、方伯、廉访，俱晤。因闻宜昌失守，蜀门户防堵紧要，欲留恕堂廉访了此，再往粤藩任，乃与制军不水乳已久，此言未必能从矣。方伯雄出守临江过此，特往访一话，因将汪侄儒兴托伊伴往滇，汪欲去寻史蕉圃方伯也。

王劼，字子任，又字海楼，巴县（今重庆）人，治《毛诗》功至深。

初八日　（6 月 3 日）早剃发，饭后，晤王亮庭、孙雪屏，又恕堂及提军来话，恕堂大约不能留矣。午刻放告，饭后出拜李西瓯前辈，未值。马艺林处，周执翁处皆晤话。支少鹤托病不见客，特入看之，乃出，实无病也。与史蕉圃书，交汪妇带去。夜饭半，伯雄来同酌，颇畅话。京师景况萧然甚。

初九日 （6月4日）竟日未出，而客来不歇。巳刻送汪侄行，同伯雄往滇去，殊为凄然，以其年少未老成，作此远游也。孙芝云来。高云澜带到彭县宋嘉祐彭州堋口镇塔碑，甚伟观。陈年侄显楫来。伊都统来。李西瓯前辈精神佳，耳略重听。

初十日 （6月5日）为墨池书院扁未挂出，檄府县查覆。早饭后出，至恕堂处，知已定留办堵，因商委员各章程，久话。过王海楼、吴莲芬处谈，一路拜客，归。灌县《泠风碑》送到，吾亭有石矣。夜与诸君子酌于碑畔。

十一日 （6月6日）伯父忌辰，转眼十九年矣。周执翁丈来话。郑大令来禀，墨池书院扁已自往悬挂。恕堂来话。毕雪佣由灌县来，孙芝云要从恕堂去。罗锦章见，誉侯之甥。今日见客多。晚，恕堂处便饭，畅商一切。坐席间，有娄新桥同话。冒雨归，万提军来。

十二日 （6月7日）早，周执翁来话，郑成都令来禀墨池书院匾已亲往悬挂。恕堂来话。早饭后，往万提军处，未晤。李西瓯前辈处久话，至将军处话，归。杜姬雪琴至。申初出东门，送万、胡两君行，制军以下俱集，耗神，无味之至。晚约毕雪佣及乃郎后生饭，诸友同席。

十三日　　（6月8日）早，到湖广会馆叩关帝诞辰，同城官则照中祀礼行，如春秋二祀。此事余疑之，何以八月廿七无文庙祀耶？到方伯处，见礼部文有此一节，盖部误矣。要得监照十张归，欲于放告时抬捐面给也。午刻后放告，未正携酒出城，至雷神庙饯恕堂，久话。西院即薛涛井也，改酌于舟中，两郎同坐，畅叙而别。

薛涛，字洪度，唐代蜀中乐伎，居于成都，能诗善文。

十四日　　（6月9日）早出，晤雪佣父子，拜数客归。午间，乐将军来会。作小字竟日，送恕堂团扇并点心。陈懿欲回湘，令附舟去。雪佣、乔梓来便饭，邀胡锦泉，不至。

十五日　　（6月10日）早饭后，同诸友到叔堂寺，师小山，吴寿恬、何伯石、马星四、彭梦九、鼎侄、钟孙俱往。客有雪佣、乔梓，又锦泉后至。晓色殊佳，邱壑仍旧，作画、作书，盘桓樽俎，午正方散。余先归矣，颇乏。陈懿又回来。

十六日　　（6月11日）天闷，人同闷，见客烦。俞麟士来晤，昨日回省的。鼎侄生日。毕后生来，知与乃翁明日归去。

十七日 （6月12日）未出。有童庶常械来拜，西桥丈之子也。晚约王海楼、吴莲芬酌，海楼先至，久谈，阅古数件。

十八日 （6月13日）桂、鼎、钟陪吴师往灌县去看江源，有毕氏父子作东道主人也。午刻放告，有捐监人来，当面给照去。胡锦泉来，南江伊令来谈郑怀江谋叛之案，真委屈，不可解。郑小轩送信笺，似佳。

十九日 （6月14日）阴，小雨，未见客。午间出谢客，晤俞麟士、周执翁。雨，未归。恤吏、二郎两折稿俱清出。

廿日 （6月15日）晨，考试本署承差，默写"食不厌精"至"再拜而送之"。取一等十二，二等十五，留着当差。余三等卅二，误卯六人，俱扣除，仍准出缺考补。制经制六名，承差二十四人，永为定数。辛斌持匡鹤泉书来见。吴湛溪来，有服，未请进。桂儿、鼎侄、钟孙同先生由灌县回。得雪佣书。祖父冥寿。

廿一日 （6月16日）早饭后，回拜湛溪，未晤。乃住藩署，与吾不入署本意不符矣。赵铁珊（锦）崇庆州，乃鹿泉先生之孙，由盐大使捐升者。昨日名山县送蒙顶仙茶，每通五瓣，索然无味。

廿二日　（6 月 17 日）杨必畬来话，巳刻谢折回，夹片。奉朱批：户部查照奏阅。范凤喈回，而陈如松患足，在西安未回也。得子愚廿五日书：京师光景胜前，贼事殆将了矣。

廿三日　（6 月 18 日）忌辰。晨访湛溪，得晤话。过马艺林，不遇归。连日收拾折底。晨晤海楼。

廿四日　（6 月 19 日）热得奇怪，后院搭棚，昨日完。重门洞开，大是轩豁。艺林来话。伊令来谒，问悉南江案事。

廿五日　（6 月 20 日）昨夜骤雷，雨虽不大，颇解热意，今日清气可喜。两折俱封起，一学政事六条，一二郎神为一通。一陋规，又南江夹片为一通。写信寄子愚。又李晴川、梁子恭、梁矩亭各一信。晚借盐道署竹荷厅子请客，周执翁、吴湛溪、王海楼、马艺林，天凉客畅，亦沾醉矣。派书差钞海楼《毛诗读》，今日起。

廿六日　（6 月 21 日）早起拜折，派祝国安、廖秉钧去。今日清爽殊常，为近日所稀，天亦不大热，看海楼书起，昨日已得一本。书吏十人，承差十一人，众擎易举也。申刻海楼来话。酉刻过执翁处，看酒佳，艺、海同坐。

廿七日　（6 月 22 日）寅时夏至节。昨晚大雨，妙极。

晨晴，早饭后出，裕制军不会客，说有小恙。四五客拜归，同乡饶景昶来，仍谈墨池书院事。晡时，勤儒、升儒两堂弟自道州来，慰悉一切。前年贼破州城，占据吾家，未伤一人，先期俱避匿乡间亲戚处。然启暲叔与守先侄在家未出，贼亦善处之也。走四十日即到此，徒步历长途，可谓健矣，夜与同酌。

廿八日 （6月23日）昨夜雨，后园种竹，且从盐道衙门移来十余窠。李仪斋太守庄来见，复笔帖成，署理番厅回，言彼中荒苦安静，由灌县西去，距省五日。朱小汇同年来话。两弟说：鹤鸣轩门口两大桂树，为贼所砍，可叹可叹，数百年物也。夜雨大，我竹好运气。

廿九日 （6月24日）早过南门，至古梓潼庙访海楼新移居，到后，大竹园中，妙极，茶话。海楼欲得一亭，志谈《毛诗》处。昨已看完头本矣。归饭后，午间出至方伯处，并晤湛溪。回拜李太守，归。胡锦泉来，同晚饭，见示虢季盘拓本。种竹已青青矣，好在竟日阴也。两日发午节复信百件。李西瓯前辈来话。

初一日　　（6月25日）到藩署借竹去，不多，以其西园中皆慈竹，此刻只种得苦竹也。草堂寺竹皆慈而不苦。今日人不甚适，昨夜睡太迟耳。任后送南掌国赏品，从毕节回。

初二日　　（6月26日）阴不雨，觅竹处渐少，且寻梧桐、分芭蕉看。乐彦亭将军来谈关外事颇悉，大约奢富之处，尽可省却中原剂饷。得子愚五月初九日书，直隶连镇之贼尚未清，伊于四月廿八移寓芝麻街矣。徐问山《说文注匡谬》，今日抄起。略雨不畅，忽凉忽热，患腹病者多多。

初三日　　（6月27日）种竹人不至，可恼。同乡袁凤修、周道源、岳兴南、蔡立石先后来见。得长沙李家四月廿二日书，知太夫人得病就愈。有信脚往天门去，桂儿写信与蒋婿。夜透雨。

初四日　　（6月28日）裕制军来话，病愈矣。写信，寄子敬信，有长沙脚子今日去。早饭后，拜乐将军，谈字颇有意思。携其关外奏稿回。满城中雨后风景更佳，荷竹清修，地广水洁，与本城迥殊也。俞麟士来话，赠我大蒲葵扇。今日传刘光廷、傅昌澧，舅甥互控，拟令赔礼结案。刘光廷不到。令傅教官作文一篇，无道理。今日又有竹子来。

初五日 （6月29日）傅昌澧来，令当面与刘光庭叩头赔礼，仍打手心廿示警，并出示。此间士习难说，孝廉做教官尚如此。支少鹤来话，右掌肿可虑。竹子小且贵矣。

初六日 （6月30日）早，启镐、启敦两族叔，绍伊弟，士模侄，螺海老表先后来。问知同来者十七人，又挑夫二人，因邀请来署，不肯，因人太多，止好听之。出至俞麟士、周执翁处，已都知吾家来十七人，昨晚已上店薄，才到须查明也。枭署并晤娄星桥。到糠市口张店看各叔弟，止四人在店耳。伍琼甫来晚饭。郑仰山生日。

初七日 （7月1日）母亲生日，怆思何极。郑仰山来晤。午间两席家宴，而到者止七人，令桂、鼎、钟俱同坐。晚供后，同诸先生酌。昨日麟士送兰花两盆。出回拜琼甫未值。

初八日 （7月2日）雅安县粟穗见，言查墨池书院事。恒容斋来话。借乐将军奏底看毕送还。仍致札，为郫县单刀会冤枉事。

初九日 （7月3日）丑初二刻起，到会府，丑正三刻，拜万寿，九叩首后，坐班，听演三剧始散，天黎明耳，何太早也？陈鸿病。杨心畬、俞麟士请晚饭，在臬署，厅屋极开敞，盛设而少味。客止余与执翁两人。尝西瓜新。夜雨。

初十日 （7月4日）早，到文殊院看竹，果然大观，惜乎太远，又尽慈竹也。问寺僧桂芳，言叶可薪，干可作什物，僧众百卅余人，即恃此生活。寺五层，亦不小。归请胡医看陈鸿病，伤寒，在太阳经，尚浅，一药已见效，差慰。周道源署大邑来晤。方酉山发贵州道员，过此快晤，精神胜前，述及召对时，问及山东运司任内，不受陋规，或官运有转机乎？夜同叔弟侄数人酌别，为写联十余付。

十一日 （7月5日）早，仍写字一阵。早饭后，启镐、启敦、启坚三叔，绍傅、绍伊、绍英、绍扬、绍振、绍兴、绍琮、绍球、绍学、绍勉、绍猷诸弟，士范、士模、士森三侄俱行，惟望一路平安也。午间，士楷赶到，因病由重庆雇轿才至，即为开轿钱，仍赶帮前去，今日不过五十里耳。出，回拜方酉山不值。归写大字一阵。晚与诸君酌于后园厅中，待雨不至。为乐将军书幅，因索梅子数十枚至。

青神，今四川眉
山有青神县。

十二日 （7月6日）亡室陶安人忌辰，忽忽六年满矣。

鄂容斋太守来，言常德失守，景星垣殉难，土匪横行至此。黔楚之间可虑，或者湖北可渐就清乎？赵迪斋铅船凿漏沉江，贼未抢去，将来仍需打捞，迪斋仍回夔州住。可慰可慰。此急智亦不可不知。俞麟士送绵州桃子六十一枚，甚甘。又送青神荔支八百颗。昔不知青神有此，味甘，胜嘉州。适方又山在此便酌，得分啖之。又山饮略醉。士楷病，复回。

十三日 （7月7日）早，送又山行，一话。至执翁处谈，外间瘟疫方行，正打醮也。马艺林送荔支，想亦青神物，何学政处独无耶？昨夜，悬荔支井口，今日更凉而芳。昨夜雨大，今日仍阴雨时作。慎、孟两世兄来见，祁叔和来见。特旨升武定守，不解何故。想念及其先公也。麟士又送来嘉定荔支六篓，更香美，磊磊无位置处，奈何。晡后雨，晚酌时更大。极凉，着棉。

十四日 （7月8日）凉雨，见数客，阅送岁试文童卷毕。为麟士题课诗图、抱璞图。得子敬四月初九日兜子潭书，一切平安，在湘潭围解之后，从伍云青处来，云青信中有武陵、辰州一带平安无事之语。然则常德失守，何仓卒也？乐山令送荔支来，迟了，已吃够了。

十五日 （7月9日）凉雨相属，却无大雨，惜问华阳丞借竹不即至也。傅令有霖来，言青余已由广元走重庆一路回黔，不从成都转。贾酒廿斤，将吃不完荔支泡起。竟日少闲，为试卷及海楼书忙也。

十六日 （7月10日）如昨。午间，出晒海楼，畅话。归，看书，写大字一阵。绵州送桃子二百个，比前大佳，散与抄书之书差及家人等俱遍，连西瓜也。荔支尚可啖，但好者少耳。夜大雨，竹喜。

十七日 （7月11日）阴雨，翻卷子两阵。午间，具榼邀诸君子往盐道署看荷竹，寿恬、伯石、星四及鼎侄、钟孙先往，盘桓久之。衙屋甚深，酒半，小山、梦九出游赶到，小雨一次，余先归。写大字一阵。夜略酌罢，仍雨，旋住。拓碑人李姓携数种本地拓来，高颂碑不得佳者。半夜，起看月，无光，何也？

十八日 （7月12日）晴热竟日，从盐道署又移来竹数十枝，此后更无处寻苦竹矣。放告时，尚有告津贴钱粮多征少解者，蜀中此事殆无了期。写大字一阵，看海楼书第三本毕。晚酌于二堂过厅赏竹。五更，雷声颇远，极热。

十九日 （7月13日）晨少凉，早饭后，出与将军一谈。过鄂客斋太守话，言常德贼已窜出，或往辰州，或往荆州，尚无确信。得恕堂初五、十二两次书，郁郁甚，奈何奈何！夜大雷雨，可怕。丑初起，至天大亮未已。

廿日 （7月14日）雨住，雷静，然夜间无人能睡者。阴竟日，时复涓滴。定远令袁凤修来见，前建昌道怡昌来晤。贵州孙濂大令由打箭炉回，为金镀事销差，人颇勤干。俞麟士又送荔支二篓，补来才到者，亦优佳也。夜酌于明镜斋。夜雨。

廿一日 （7月15日）阴，亦时雨。午间出，回拜怡道，祁武定俱晤，心畲前辈未晤。麟士处久谈，旋送来小竹数竿及西瓜。王海楼来久话，留晚饭，与诸先生同酌，主人颇醉，不想海翁也把太白算做蜀人。夜雨雷。

廿二日 （7月16日）人倦，午后渐适。海楼书来，为余删削其《毛诗》，读不甚惬，足见割爱之难。杨心畲、俞麟士先后来。晚间，麟士处便饭，执翁、海楼、莲芬、恒容斋同坐。先到制军处一话，言万提军书来，有常德并未失守之说，亦奇。

廿三日 （7月17日）竟日无客，甚静，看书写字不少。复恕堂书，又谢音隽甫同年送眉州荔支，鲜香较青神、嘉定更胜。来书云：蟆颐观中树也。时有小雨，午间略见日，夜雨。

廿四日 （7月18日）晨静。午间，乐将军来话。恒容斋送来竹子十余支，太小，又无根，姑种之，未必能活。酉初出，到执翁处，鄂容斋、郑仰山、恒容斋一府两县公请也，麟士以病先去，客止心畲、执翁与余三人。天奇热，肴酒均无佳处，甚寡味。夜仍雨大。

廿五日　（7月19日）热极，果然廿三入伏后不同些。琦要山来，知须往泸州审案，乃汪安斋被控也，以州讯道事，太新鲜了。诸先生游薛井，乘船来往，小酌楼上，说得略有味。晚酌于荷池边，少凉。五更大雨，甚透，从事再来，恐将成潦矣。剃发。

廿六日　（7月20日）竟日阴，时有细雨，甚凉。制军来少憩。新选梁山曾化南教习，云年底报满，去年二月即选出，想见京师报供人少矣。池中莲花开了，难得之至。兰花二盆，将有五十箭，尤佳。不惟凉，而且冷矣。

廿七日　（7月21日）昨夜伯石兄泄腹，竟夜卅起，服药已愈矣。马艺林来久话，饶景昶晤。孙云屏来，意在请渊明入文庙，公谷改称先贤。晚出至清秋浦处话，归即饭矣。

廿八日　（7月22日）早往盐道署，又移来竹子数十支，几时才种得满眼乎？承差等演戏酬马王，余晨往拈香，诸君子俱至大门口观剧，胡锦泉来同看，即共晚饭。饭间，万寿折差回来，夏仲林、蔡鸿德，廿三天走到京，六月初二方递折，即领出。走到广元、昭化，阻山水耽阁五日，故迟迟耳。得子愚五月底信，京师气象如前，且喜浙漕海运已到五十万，又说连镇、高唐州俱算不得甚么，然何以久不决也？京师已得透雨。米四十一斤，面二十一斤，不为昂得很。吴鼎立来。陆长生补成都丞来见，诉苦可厌。作书与鄂容斋，为墨池书院事。

廿九日　（7 月 23 日）接演舒颐部于上房院，尽有佳作。诸友咸在，惟吴塾师独出游。毕老三廷琮来，因同坐竟日。孙濂来接审墨池书院事。晚酌即以三笑为酒令。

卅日　（7 月 24 日）热甚，早剃发。午间出，麟士患疖，未晤。心畬处竹风极妙，久谈。支少鹤假病不见客，闯入一谈，并见其两郎归。晚作书与子愚，制军处明日折弁行也。恒容斋来早饭。

初一日　　（7 月 25 日）昨夜热极，去年所无，今日似
　　　　　更甚，京师无此气候也。五六日未见京抄，
今日始见五月廿五六报，依然故我。程雨琴同年来，颇畅谈。
苏世兄积崧候补未入，鲁山年伯之子，言常德并无贼到，
川省实用不着防堵，扰扰可笑，然此话亦正难说。夜热甚。

程祖润，字雨琴，
江苏扬州人，诗
书造诣颇高。

初二日　　（7 月 26 日）早热矣。俞麟士、支少鹤先
　　　　　后来，麟士在此早酌，看兰花也，开得太烂漫，
难于经久。客去，竟日闷冗，无处可逭暑，诸君子亦俱
苦苦。

初三日　　（7 月 27 日）早出，制军夫人生日，拜贺。
　　　　　出城至关帝衣冠墓祠，有康熙年间能、岳两
军重修碑文，今年制军率属重修整丽，尚未毕工。至武侯
祠久坐，颇凉。恒容斋说请早饭，而影响毫无，止好归饭。
杨心畬来谈。午间放告，呈子更多，亦知余将出省矣。孙
濂来，知墨池书院事可定矣。诸君子同鼎侄、钟孙俱赴容
斋武侯祠之席，晡始归，亦不甚凉也，今日本比昨日热得

轻些。

初四日　（7 月 28 日）早尚凉，午后热极，夜尤甚，都说多年来所无也。腰自前日闪着，今略好些。渐收拾书箱，并清字债。

初五日　（7 月 29 日）早出，拜麟士慈寿，不进去。回拜程雨琴。入满城，晤伊都统、乐将军。先晤马艺林，将出满城，到关庙旁看荷花，亦热，归写大字多，坐花中略可憩。晚供后酌，有毕葵生至，同坐，正苦热，明日如何行邪？惟有催蚤而已。

蚤，通"早"。

初六日　（7 月 30 日）子丑之间，雷雨酣畅，救活我竹子也，却遂不得睡。寅初起来收拾，上房一夜未睡。早饭后，寅正一刻，见明即行，凉甚。与昨日如二天矣。出城至武侯祠，鄂太守及郑、恒两首县俱在，谈久始别。荷花被夜雨打尽，而蚊子极多，一路阴凉，间有行潦。四十里甚大，双流县尖，杨观曜大令迎谒，草草一尖，行。午正后，极闷热，金花桥茶尖，饱啖梨藕，少解渴。共五十里，至新津，过两次河，又数里，始到城，余子方琎迎谒，言士习民风，安静可喜。公馆有后园树木，蝉声甚噪。晡热甚，夜凉。

初七日　（7 月 31 日）五鼓，行十余里方天明。卅里，斜江尖，路有四十里大，尖后，卯正三刻行，五十里，有六十里大，到邛州试院午正矣。金香谷迎于卅里外，同茶尖于十五里店中，故人聚首，又一番情味也。试院新而敞，后有小楼，奉鹤山神主，考棚东偏即鹤山祠，看道光廿五年碑，乃因修祠而建考棚。东院友人住处，有紫薇盛开，大榴花尚存数大朵。厅宽敞，晡热甚，晚极凉。香谷及诸教官俱来见。

魏了翁，字华父，号鹤山，邛州蒲江（今四川蒲江）人，南宋理学家。

初八日　（8月1日）早起，谒文庙，下学讲书，为君子儒章。归饭后，放告，呈子不多。改搭东院天棚，至暮色毕，比昨不大热矣。夜大雨，睡中喜甚。五鼓更凉，天明转热。

初九日　（8月2日）考古。童五百，生六十余耳。《司马相如略定西南夷赋》《井养不穷赋》《周公召公作棠棣诗辨》《参和为仁解》。试院苦热得雨七古诗。蒲江廪生曹宪章在大堂递与童生诗稿，真怪事，当即斥革，并出示。闻此间士习不甚静，大邑最甚，今日点名却好。

初十日　（8月3日）忌辰。考生员，岁试共四百一十六人。寅初点名，点毕天未明也。"雅颂各得其所。""为大夫累之，士蒉之，庶人龁之。"赋得秋来入诗律，得"来"字。午后甚热，诸生亦迟迟，未初放头牌，才五十卷耳。晡后渐凉，出古榜，生取十七，童十四。生第一，大邑汪濊，笔下颇老。

十一日　（8月4日）复试取古生童。《陶渊明闻田水声赋》，以此水过吾师丈人矣为韵。《封建郡县得失论》。销夏七律四首，弹琴、作画、看竹、品泉。昨夜大雨，天气忽秋矣。竟日看书不少。而诸君看老生卷，不得出手，仍若热也。

十二日 （8月5日）考大邑、蒲江童生。子曰晏平仲两章。子曰臧武仲两章。孔子之仕于鲁也，鲁人猎较。赋得秋学礼。丑正二刻起出题，未天明，亦过早些。扫场才酉初后，天好在不热，无枪冒等事。童生极安静，可慰。昨得顾幼耕书，想来我处，不知安斋案何如矣？行文陕甘学政，为襄校诸君捐输予贡，应出廪增各缺也。 西瓜不能吃矣。出生榜。

十三日 （8月6日）复试一等文生卅七人。孟子曰"博学而详说之，将以反说约也"。为诸生讲，不可不情详之，故神理合在"将"字，竟有能发其旨者。《辟佛论》亦有佳作。三年笛里关山月，得"年"字，七言八韵。晚得省署信：士楷侄于初八日巳刻病逝，竟不可救，可伤之至。出昨童榜。

十四日 （8月7日）考邛州文童。子曰射不主皮两章。天不甚热。查出顶冒一人，枷出。"五就汤，五就桀者，伊尹也。"赋得东有启明，得"晨"字。 阅覆文生卷，多用心之作。

十五日 （8月8日）卯刻立秋。天不甚热，颇燥闷耳。

然秋气早至矣。出昨童榜。此次两童榜仍照前出混场榜，而头棚题中错字，如"棁"作"枳、祝、竹、筑"等，"谲"作"橘、诀、厥、蹂"等，太不可解，出示晓谕书坊及教学生人。金香谷来晤，言外间安静知畏惧，可慰。

十六日　（8月9日）丑初大雨奇突，到寅初未住。迟至寅初三刻方点名，考大邑、蒲江科童。寅正三刻后点完。以混场榜童俱不投卷，两县仅一千人也。诗云"瞻彼淇澳"二句。诗云"桃之夭夭"二句。"拔一毛而利天下不为也。"静胜热，得"凉"字。竟日雨，不大住。同教官饭于小楼下，谈帖。

十七日　（8月10日）发落岁考文生，出昨童榜。覆试无到者，可恨。半夜，大雨如昨，雷甚。

十八日　（8月11日）考邛州科童。"迅雷风烈必变。""亲之过大而不怨"至"亦不孝也"。买鱼勿论钱，得"钱"字。共一千零共廿五人。枪手查出四起，想未查出者尚多，风气如此，昨日严切告示，仍是如此，奈何奈何！得省署信，并王海楼诗信。

十九日　（8月12日）早饭后，香谷来话，未刻出昨童榜，文章无佳者，磨得我苦，乏甚不可耐。覆岁取童。其次致曲。蝉不知雪。文理未通扣除者，邛州大邑各一人，均即另补。今日凉甚，可着棉，昨晚睡已去席矣。

廿日 （8月13日）寅正方起，考科生，人不多也，共二百四十余，而此处学中备卷满的，致不得者有一半，真可厌。不以人废言。问历代名将优劣。赋得咨才为诹，得"诹"字。星四同桂儿生日，夜酌仍不敢多也。雨。

廿一日 （8月14日）看秀才卷，至申刻方毕，佳作颇不乏，邛州为最，蒲江下矣。邛州新近枪案迭出，廪生何事止知作弊耳？阴竟日，凉甚。

廿二日 （8月15日）本拟下教场，雨竟夜，晨不住，改覆文生。为天下得人难。赋得喜我荣日长，得"膏"字。金香谷来，与商东院外作池，借邻竹，因日开板窗，得斯妙境也。昨得子愚六月十六日京师信：时事仍旧，连镇、高唐，均未收复，奈之何哉！许信臣革职，陶问云调苏藩。骆籥门奏湖南地面肃清。官文奏荆州无贼。今早香谷谈，酉阳州秀山有民千余人抢盐店事，未散。晡晴矣。

> 官文，字秀峰，满洲正白旗人。咸丰四年（1854）任荆州将军，次年任湖广总督。

廿三日 （8月16日）大晴，卯初二刻始到教场，每四十牌一歇，未正后毕。一千五百余，实到一千二百余，申初回棚。有布衣徐瀛海呈递战略，皆钞撮古用兵术耳，因令作《练胆论》，平平甚。与诸君子饮酒行令，颇畅。

廿四日 （8月17日）覆科童。

廿五日　（8月18日）看邛州步箭，内场出榜，技勇太好。

廿六日　（8月19日）大邑步箭等不如邛州。

廿七日　（8月20日）蒲江步箭等。昨得省署信，知士林大侄到来。香谷来话。

廿八日　（8月21日）早，武生内场大覆，文童发起马牌，发落科文生。昨夜雨大且久，雷亦久，可怕，今日竟住。出至书院，叶小铹新修，甚敞。东偏花木，小院回廊，开窗，东见稻田荷池。有沈□□题诗，颇清致。出至瓮亭，在荷花池中间。相传卓氏置钱瓮，有古瓮亭圖，有碑，乃钱香士新修。其荷花自眉州苏祠瑞运池移来，然今苏祠有菱无莲，气移旺于此耶？传枪手黄灼、车遇平两秀才来作文。晚香谷移樽至考棚，并邀刘小云、闵慎余同坐，与诸君子宴，两席九人，甚酣洽。慎余量甚大。先是到州署拜客。

廿九日　（8月22日）收拾行李书箱，写大字多。晚饭于州署，仍昨宾主耳。昨得省署信，有裕制军内召之谣。昨晚折差祝国安、廖秉钧到来，前两折俱交部议后，一折留中，不知能启秘耶？子愚六月卅日书，京师窘状更甚。北师无利，而外间有江南收复之谣，不知果否。连日雨多，今日少住。

卅日　　（8 月 23 日）竟日阴而未雨，作书寄子愚，又寄顾又耕书。得蔡小石手书，王梅溪尚未回南郑也。香谷来谈，写大字，字债毕。未正始覆武童。此间武童榜后，以枪顶歧首被控者纷纷，皆敲丁锤耳，风气如此，可恨。酉初方发落。夜仍雨，不大。

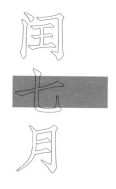

闰七月

初一日 （8月24日）五更起，卯初一刻天大明即行。

出南门，过南桥，极大观，有十六拱，宽长坚厚，似琉璃河桥，及卢沟桥也。香谷与学官、武员并文武生员等，俱次第送于桥之南，已距城五里矣。四十里尖，蒲江令韩一松迎谒，县在此南五十里。韩君字与余同，履卿侄孙。又五十里，百丈场宿，名山管。汪穆堂接至此，未免太远。话间仍有酒气。公馆佳，有后院，荷花池颇不小。推窗雨来，肴酒俱佳，穆堂真酒士也。

初二日 （8月25日）雨住行，尽小石子路。四十里大，至名山县尖，穆堂来话，匆匆话即行。五十里大，至桐子林，张兰台太守、王介堂署令来迎，廿里至雅安河，水流急，渡后坡陀，入东门，至考棚，坐西南，向东北，守、令次第来谒。兰台现署建昌道，肯自充提调，人亦朴雅，可敬，滋阳人也。署雅安王臣福，字介堂，黄惺甫山西门生，上年曾在省相见，余竟忘却。巡捕内外各二，共四人，又太多矣。考棚苦暗，又雨多，急令撤天棚取亮，匆匆已暮矣。夜雨达旦。

初三日 （8月26日）冒雨谒文庙，下学讲书。樊迟请学稼一章。回院，巳刻放告，尚无大刁健者，然不如邛州之简矣。教官八人进见。陈大令立畚谒晤，同乡久宦，年七十，已告休居此。言雅安全靠收税，湖北布、川中药材皆由此。今道路梗后，前可余三四万者，今交课五千及应酬万余，皆须挪借矣。忽晴，忽阴，忽雨，人身俱有霉意。

初四日 （8月27日）考古。童二百余，生卅余，共三百零耳。《孝武置写书官赋》《稼穑作甘赋》《夏时乾坤解》。樊敏、高颐两碑考。山田词，五古五首。《秀才论》。童生还将就，秀才无佳卷。碑考无人解道，经解更不用说。

初五日 （8月28日）夜雨达旦。点名烦甚。考文生六百余人。威仪也。畏此简书。赋得流观山海图，得"经"字。午间略见日。昨晚酒后得一律，诸君子皆和作，今日余复次韵二首。

初六日 （8月29日）覆古。《闰七夕赋》。以虫鸣秋，得"繁"字。加减盐价议。有闵生《化桢赋》，颇有致。

初七日 （8月30日）考名山（迟延）、荣溪、清泠文童一千余人。名山不用顺保填册，致点入迟延，而枪手得混入，当堂经廪生指出两起，场内查出三人，传名山礼房责惩，革去廪生一人。"令尹子文，东里子产，行人子羽。""关市讥而不征。""人贤忘巷陋。"教官说：城中为大漏天，西去卅里为小漏天，名飞仙关，地有小洞极深，通江，呼为禹漏，言禹治水下手处也。荣溪瓦屋山高过峨眉，即坡诗所云"瓦屋寒堆春后雪"者。

初八日 （8月31日）复试文童五十四人。其为气也至大至刚一节。凉风起天末，得"多"字，五言十二韵。阴未雨竟日，昨略见日，大约夜必雨，而不闻雷。发昨童榜。文生覆试，用心人颇多，有佳作。

初九日 （9月1日）考雅安、天全、芦山童。为之犹贤乎已。难与并为仁矣。则哀矜而勿喜。不识有诸。赋得盆桂。今日无犯枪案者，点名亦快，可慰之至。五更雨，未甚住。雅安萧教官游迹颇宽，谈及西湖之游，与六舟、莲衣、法雨诸僧俱相识。拓碑事亦留意，因托其拓樊、高两碑。芦山余自看，与前日清溪同。

初十日 （9月2日）不雨而寒。未初出榜。传昨两童卷中写魔语者，皆谬托仙神欺人，由功名迷人，文理皆混榜耳，各掌嘴四十，仍不怪也。太守及大令先后来话，府县考俱尽心，几乎全取，亦希有事也。

十一日 （9月3日）考名山、荣溪、清溪科童，大约岁混童均不来，才八百人耳。"可以怨，可以群，可以观。"一日暴之。赋得客睡何曾着，得"宵"

字。查出递稿一童，枷出。受递者掌嘴逐出。竟日细雨。萧教官谈字甚有见，因出帖共赏。詹教授年七十六，亦尚健，然无所知。今日余不适，受寒，晚服石翁药，升麻、独活之类。天亦乍冷矣。

十二日　（9月4日）早，人遂适。发落文生，仍令作《威仪定命论》，要援据经传为谈，古人重威仪，不空谈心性，不知能解否。阴冷甚，连日矣，奈何！晡得省署信。作书复王海楼、士大侄。

十三日　（9月5日）科考雅安、芦山、天全童。言语宰我子贡三段。分出于己取之而已矣。日月光天德，得"光"字。因今日大晴，为到此第一日。廪生指出枪手二名，枷出，不料今日还有此。昨见京报：沈翰请郡县管武营，有十便，折子殊佳。见探报：曹艮甫想已殉节，友朋死事多多，都是赐死耳。空城，文官不管一兵，贼到即毁，可叹可惜。晚作书与麟士，为海楼、书院事。

十四日　（9月6日）雨不住，不大。覆试岁童，已暮矣，止得过半，积习之可恶如此，尚皆明白为慰耳。出昨童榜。

十五日　（9月7日）科试文生。驱虎豹犀象而远之。问蜀中古来经学。天清一雁远，得"清"字。共三百九十余人，甚迟出场。半阴晴，见日。晨酌时，靠山墙倒，一奇景也，乐得看山。

十六日　（9月8日）文生卷至暮毕，尚乏困。酉正发榜后，同诸君酌。后仍作字、下棋方寝。

十七日　（9月9日）因夜不得佳眠，晨起，疲困不可耐，勉强至西门外教场看马射。早饭后，大晴见日。又得酒，渐健适。未刻，一千二百童竣事，监射者，仍邛州监射者也。府县俱郑重考事，甚安静。回来渐复元，而辕门外递呈者十余，想不到皆他乡来控者也。得胡恕堂、俞麟士、王海楼书，麟士欲为海楼刻书，可慰之至。不知能成否。一日之晴，诸童之福也。

十八日　（9月10日）覆试科文生。"有弗辨之弗明弗措也。"葭苍露白，得"人"字，五言十二韵。新童补覆者又来卅余人，同题。服石翁药，即适，本无大感冒也。

十九日　（9月11日）考荣溪、芦山、清溪、天全步箭。申初发榜。

廿日　（9月12日）考名山步箭。内场发榜后，补覆文童。"汤之盘。"夕阳红半天，得"红"字。

廿一日　（9月13日）考雅安步箭，内场未初后发榜。府县案首俱不着一箭，矜持太甚也。廪生指出顶冒一名，笞责逐出。此三日中均无弊闹者。太守、大令俱来晤。

廿二日　（9 月 14 日）早，武生内场。大覆文童，发落文生后，出东门，过江，至张家花园，约五里余，路小不好走。楼阁逼仄，小有花草耳。主人出见，说是州同，实武生耳。言行盐，近日窘甚，新进张肇封，其侄也。回来且憩，止过道署看竹荷，尚幽雅，房子做得低闷。

廿三日　（9 月 15 日）发落武生后，发落文童。写大字，无气力，真是受湿，致臂胫俱软耳。早出拜府县，及陈杏农，陈翁处教书人王诏，九溪先生曾孙，因恙未得晤。过雅材书院，乃上南面山始至，与主讲张君一话，耕石师戊寅门生也。回院，候武童覆试，不可得。晚至道署，张兰台基太守，王介堂大令公请，杏翁同坐。道署二堂中间有井，真不是地方，闻近日此署不甚利，或因此。夜归薄醉。

廿四日　（9 月 16 日）昨夜大雷雨，甚热，不安寝。又梦中见杀人惊醒，遂不睡，起来惫乏，服药一剂。府县及杏翁、山长俱来晤。雨不止，奈何！武童申初方覆试，又一起，上灯后始覆。仍二名不至，扣除，此间看功名不要紧也。作省署信，寄回海楼书原本，并致麟士书、海楼书。杏农送席。

廿五日　（9 月 17 日）夜雨达旦不止，止好行。发落武童后起马，已辰初矣。张太守同都司送于郭外。出南门，上山行，渐渐山大水斗，冒雨，溪声如雷，处处阻水，不好过。四十里，巴焦潦尖，介堂送至此，同早饭。行，又五十里甚大，荣溪城内宿。竟日雨中行，过溪河无数，到城，仍过经河。行李半夜方齐，驮子止到五个，又一个，未到者七个，到公馆已酉正。韩署令来一话后，即晚餐。雨半夜止，可慰。遣回署之书吏承差，尚不能今日行也，因阻水故。

廿六日 （9月18日）起略迟，韩令来送，辰初二刻方行。无雨路渐干，溪流亦不多，似黔州路也。五十里，午正，到界牌，即宿。且清楚一日，为昨日歇乏。公馆尚敞，胜昨处。乍有寒意，棉且思衣矣。

廿七日 （9月19日）早行，雨虽不来，路奇斗险。山水错杂，仰上者多，为生平未历之境。有小关大关及二十四盘等险处，谓即王尊叱驭处，岂当日此处能行车乎？足见班史靠不住也。五十里，有六十里大，张老坪，尖于庙内。尖后，复上山，五里余，方下山，共二十里余。斗下，渐开阳。入清溪县北门，周梅森大令迎谒，住县署内。梅翁喜谈画，亦自可。同酌间，为差人殴吾仆吏，甚扫兴。中庭传武侯手植槐，大数抱，果千年物，今夏，风折倒压厅碎，梅叟压屋下不死。因创新是屋，颇雅亮。水声佳，竟日晴。

廿八日 （9月20日）卯正行，出东门，往南行。凡入打箭炉走藏者，则出西门。此间藏差苦烦，驻藏大臣又连病殁，差事更苦，大约此差难得生还矣。

王尊，字子赣，涿郡高阳（今河北高阳）人，曾任益州刺史。前任刺史王阳在巡行时，畏惧山高路险，便叹息说父母给了自己身体，不能冒险登山，于是辞官回乡。王尊却呵斥车夫："他王阳是大孝子，可我王尊却是忠臣！"

三十里平坦，瀚源场关庙尖，地方比县中繁盛，有义学。今年新进文生，县书院得七，瀚源书院得六，他处止占其一耳。尖后，巳初行，路平坦，至富林场后，便高斗如昨。上半日沿山傍江，可悸之至。约十里，渡泸江，俗名大渡河，由西来，东往重庆，会大江，滩多仍不通船，南岸亦斗。又约十里，至大树堡经历署宿。入越巂厅界，都司以下武弁俱出迎，团民几四五百人，经历吴榛，广东嘉应州人，署事。写对子十六付。壁间王元智画笔清妙，提得笔起，乃即宾缺此处经历也。下僚有此，难得之至。

廿九日　（9月21日）早，路上山斗，比大柏岭差不险耳，殊无意味。四十里，河南站尖。尖后廿里，却平正，平夷堡宿。店不亮，又枕涛濑，声汹涌，冷复难耐，虽到得早，殊无聊也。

初一日 （9月22日）卯正二刻行，山水发秀，石壁森起，泉韵亦不恶。三十里，平坎尖。又四十里，海棠场宿。尖后，路亦不恶。此处有都司署，又有土千户、土百户等迎谒。土千户王应元，自云徽州人。据都司马勋裕说：伊等云江南江西者，皆随口说，实则番子中为人所服者，便世充此职耳。未初即到店，店尚新洁，不似昨日之污。见火浣布及蛮布，火浣布闻系石浆丝所为，用作展布，有不洁，则火烧之，油污净则火灭而布如新。买得活野鸡两只。

火浣布，指用石棉纤维纺织的布，不具燃性，在火中能去污垢。

初二日 （9月23日）卯正一刻行，四十里，路有山而不险，蓑叶坪尖。又四十里，利济站宿。路亦好走，惟晨寒午热，日色蒸人。一路兵行，及土千户、百户等均迎护不绝。越嶲厅司马吕君来迎谒。东番西猓，番子渐染教化，惟猓猓尚是夷性。越嶲在其西，屏山在其东北，马边峨边在其南，中间约千里。主为黑骨头，奴为白骨头，别无官长。今年三月，二三万人入越嶲抢掠，杀其百余人，乃帖服散去。有兵器，无枪炮，人极朴陋，故

猓猓，彝族的旧称。

易制也。作省信一纸。有野猪伤死一蛮人，群蛮子复打毙野猪，卖得钱一千，烧酒三斤，乃抬尸归去。

初三日　（9月24日）卯正二刻行，一路山坡，崎岖不好走。到越嶲厅城内，已午初矣，尖于衙内。吕润峰司马乃杨玉生学生，谈及三十年前旧游，润峰甚能事，于此益宜。同城有参将率兵迎。润峰云：文官全靠练勇，兵不归调度也。午正三刻始行，一路山溪，景致殊佳。四十里，申刻到小哨。

初四日　（9月25日）早行，渐上山，即小相岭，斗险处不多，至山顶，说四十，不过卅里，下山四十，登相营尖，亦不过卅里，然合之已六十里矣。尖后五十里，冕山营宿，路景颇佳，观音岩为胜。冕宁宋令迎谒，巡捕亦来，俱令即回郡去。天宫寺前鲸鲵封处，系明刘綎剿夷所立石。

今四川凉山彝族自治州有冕宁县。

初五日　（9月26日）卯正三刻行，多沿河走，路尚不险，过盐井沟处，山阿有奇致。五十里，泸沽尖，地方热闹，宋令同西昌令王小榭来谒，云榭年伯之子也。公馆颇佳，即镇军驻此阅兵处。尖后五十里，溪龙宿。小榭同县丞张焜来谒，途中接土司各呈，为安平康袭贼事，因与小榭谈，略得端倪。客去剃发。

安平康，字尧衢，四川彝族土官。

初六日　（9月27日）早行，廿里不大，古礼州尖于县丞署。张丞焜，号酉山，己酉拔贡，直隶广宗人。有古城街市，不冷落，问古礼州系何时，则不知也。尖后仍南行，卅五里，渐东南行，十五里，至西关外，绕进南门，市店热闹，皆与云南通贸易也。署镇阿尔本、太守德裕（问樵）及县令各教官次第迎接，入考院已未正。署镇来晤，守令与委员吴铭斋见，谈安土司事颇折。沿途拦舆递呈者甚多，先将安氏案批交府县禀复。考院从卅年地震后新修，规模显敞，然苦斜，迤往西南。闻各衙门均同此样子。讲风水人不嫌歪斜，最可厌也。

初七日　　（9 月 28 日）晨谒文朝。为诸生讲知者乐水一章，知仁合一之旨。回院后，府县教官俱见。巳刻放告，无甚多而有紧要者。

初八日　　（9 月 29 日）考古。生卅六人，童二百五十耳。《筹边楼赋》《秋省敛赋》。水碓，七古。《志在春秋行在孝经论》。　东西房推开安窗壁，木匠吵了一天，好在申刻得雨，差快人意。吴铭斋来话。申刻发制军处咨文。出晓谕各夷民告示，总要安安氏安平康早回，令安平康袭职而已。王小榭来话，伊用铭斋家人代办差，向厨房私商规礼，可恶至极。

初九日　　（9 月 30 日）岁考文生六百余人。孔子谓季氏两节。文王不敢盘于游，以田庶邦惟正之供。赋得序宾以贤。雨。出古榜。

初十日　　（10 月 1 日）覆试古学。盐源县文生曹永贤作《筹边楼赋》，极有才思，难得之至，看今日何如。《藏之名山副在京师赋》，以史公书序成一家言为韵，《非学无以广才论》。放鹤、狎鸥、养鱼、驱犊五古四首。试院秋雨排律。王小榭来，谈及钦使信系彭泳莪，还有一人，不记得。安平康已被省中锁押，可谓冒失之至，幸前日告示早出，夷巢得安静。吴铭斋今日行矣。夜雨。

十一日 （10月2日）考盐源、冕宁、会理、越巂童文。其事上也敬，其行己也恭，其养民也惠，其使民也义。是则章子已矣。甘苦齐结实，得成字。寅正点名，卯正毕，天微明耳。盐源枪冒二名，枷责。不解此地亦有此。

十二日 （10月3日）覆试文生。可以托六尺之孤。《经术关系政体风俗论》。山水连滇蜀，得"连"字。冕宁雷同卷五本，皆传到，打手心。取古前三名曹永贤、吴钟麟、颜启华，皆佳士，令另作覆古赋。未刻出昨榜。竟日阴。

十三日 （10月4日）考西昌文童。食之者寡。"蚓而后充其操者也。"山衔好月来，得"来"字。一千五百人，混场者大约有半，何苦来？教官说，温江五在贤有王鲁之弟兄才气，果尔，何一无所闻也？且访之。竟日晴，发省信。月色可，得一律。

十四日 （10月5日）未刻方出昨榜。有文童夏在纶甚佳，因太好，传来覆试，谆谆然命之乎。颇有心思，难得。昨县中送菜，及各书差俱有月饼。今日蔚中送席。今日后阴。中秋节，早晚上供。昨夜梦子毅安席陪客。科考会理、盐源、冕宁、越嶲文童。下袭水土，上律天时。河不出图，凤鸟不至。若不相似然。月似去年今夜好。共八百八十六人耳。点名时小雨，略大者一阵。夜微月。诸君子赏月，梦九独酌至丑时，余亦不成寐。枕上成一律。晨起遂不适，因起两次，感风寒矣。

十六日　（10月7日）早，发落文生，出昨童榜。作诗奖曹生永贤。服药，晚即愈。得省中廿六日信，又得胡恕堂、俞麟士、周黼庭信，前数日华填报今日，余拆以十六当得信，又复果然。与前次馨字拆于廿八日折差回同，俱奇中，可笑。

十七日　（10月8日）考西昌科童。五更雨大，卯正方点名，已天明矣。辰初二刻出题："各于其党"，"所以自为则吾不知也"。赋得宿雁聚圆沙，得"沙"字。共一千二百七十余，堂上翻阅混场者已二百七十余卷，西昌人不知耻，如此可叹。诸生和诗叠至，有辛酉拔贡年伯张以存亦和二首来。夜有给烛者，因早间进场略迟，故准尔尔。有皇甫成倦后交卷，已二更矣，文极佳，误字多，传明日覆试。

十八日　（10月9日）传皇甫生不到，枪手定矣。出昨童榜，复岁童。

十九日　（10月10日）科试文生三百七十余人。清斯、濯缨三句。问历代谏臣。边山产才杰，得"才"字。剃发。

廿日　（10月11日）换戴暖帽。未刻看科生榜。自看西昌百余卷，较易了也。秋阴不解，每夜必雨。德问樵、王小榭俱来话。见探报：两湖说已肃清。高唐贼已剿尽。南京外城已攻破。果如此，真大快事。即和梦九十绝句韵，一挥而就，亦近来希有事。连日酒劣腹泄。今日小榭送来翁次竹同年留赠一坛，甚佳。夜酌奇妙，好睡。问樵送两坛，亦当好。

廿一日　（10月12日）早，到教场，雨不住，夜竟，明未住。马道污泥，不可收拾。与监射游击文升谈一阵而归。小榭来，与商另开马道，后日再往矣。昨日安龙氏着头人回，据省信：伊有家信申斥安平康之妻，令将印交出。小榭问头人，说并无其信，乃用谎计耳。而省中大吏办事之谬，乃至此耶！

廿二日　（10月13日）晴，覆试文生。"止其重器。"魏降和戎，得"戎"字。又覆试科童。"陈其宗器。"地阔天开，得"天"字。传到河东头人齐承察问话，官话明白，乃安平康之跟班，其头人沈良贵、彭福珍均在押未来，并无家信，止令回来探听事情耳。池兆龙之子池光葆乃入西昌学，夷童二人，隽其一，亦奇矣。池兆龙乃安安氏头人，年七十，昔充礼州典史，满后充安安氏字议，遂为头人，凡安安氏诡计，皆其所出。安安氏在省已花八千金。昨夜为会理州文生等呈告该州多征少解，至七千解二千，如何是了？今日传两教官来问，俱为恳恩，且饬该州自将簿据申阅再说。

廿三日 （10月14日）复下教场，大晴，风甚爆。一千四百余，未刻毕。回院，递呈者甚多，陈熊氏、陈映太一案凡数纸，遂传明日自提审讯。

廿四日 （10月15日）看盐源步箭三百八十余人，并技勇，内场未刻出榜。少憩，审陈家案，结矣，有所里具各结，止将胡镕掌嘴耳。副将陈时亨故后，其妾熊氏不回家，依戚胡氏，改称胡姓，冒称命妇。控嫡子武生陈映太为庶子，欺母蔑弟，受胡氏唆串也。三年不结，两边资财，去其半矣。示以恩威，晓以大义，陈映太即日接熊氏归，永不再到胡家，案遂了。

廿五日 （10月16日）看会理、冕宁、越巂步箭，出榜早，人少也。作告示，为陈家事通行晓谕。闻通城俱翕服，良一快事。先公生日，早晚上供，悲甚。

廿六日 （10月17日）看西昌步箭，五百人，甚苦。风太大，日气炎蒸，面热足冷，而头怕风，幸尚无恙。申刻出榜。得省中十七日信，知星使十九入城。制军无回文，不暇及矣。然安家事想不能更易吾计。

廿七日 （10月18日）武生内场，大覆文童，发落文生。文生公递呈，为盐源土匪事，说新有紧报来。余出拜文游击、德太守、王小榭，知盐源周令因云南永北厅来文，有土匪欲抢厂，恐滇中剿赶窜至盐源，预为筹堵耳。回院传诸生安慰，并令归与周令筹经费，周令官声颇好也。即作檄与周令，并捐百金为经费。诸君子游邛海、泸山去。余赴德守王令公请，局在府署，文静轩作陪，酒不佳，未饮。

廿八日 （10月19日）发落武生文生后，出南门，东南二十里，至泸山。先到先福寺少憩，小舆上至王母殿，一路曲屈，树石幽深，至上方眺远楼，邛海在目，果清旷非凡。仍下至光福寺，看前明志草一本，山中东山寺、药师寺等处尚多，最上玉皇阁，则德中无之，乃后来国朝建也。回由水路，小船行苇间，有大明湖意。南岸五里余至北岸，仍陆路，十五里回城。控呈络绎，随手批发，或面讯结，亦苦烦矣。闻阿署镇已回，为盐源事。

廿九日 （10月20日）太守同大令俱来话。余出回拜阿镇，为商盐源事，劝令游击去。拜辛酉张义门年伯，年八十四，尚健，（以存）有子年五十，已出贡，有六孙，家小康也。回来早饭后，阿镇、张丈来拜。武童覆试延至酉刻，可恶，尚有未到者。

卅日 （10月21日）早，同诸君子到邛海，乘船东南行，约十里，至沈家祠。楼大有邱壑，主人有考武者，一童子读书，尚未开讲也。主家酿极佳，县差设肴面，主人亦出四肴，饮略畅，午正始归。风渐大，船上冷。补覆武童七人，共打手心廿板。三廪生降增，示薄惩也。行李检毕，字债全清。"野饮几人偕，快醉山中索郎酒。郊居随处好，又逢湖上沈家楼。"己亥过西溪夜饮，眠沈家楼上，忽忽十六年矣，沈氏送酒来，即携此联去。张年伯诗本，为题一诗。吴生钟麟和坡韵诗送行，甚佳。此间信有佳士，惜传授无人耳。

沈家原籍江苏昆山，明初沈华任建昌卫指挥使，举家迁来，五代孙沈恩买卧云山为沈氏茔地并建祠。后世多有扩建，遂为当地名胜。

初一日　（10月22日）寅正二刻起，天明未即行，舆夫少迟钝。王小榭颇聋，用家人大难也，同问樵来话。卯正二刻始行，出南门西行，阿镇与府县送于武侯祠，诸生分数起送，有依依不舍者。西北行，五十里，礼州尖，张县丞见。又廿里，溪龙住，方未初后。风沙大且寒，与昨两项天气矣，亦奇。诸夷人递呈，求令安平康早归，余想此时已在途矣。亦有一纸，说安安氏无过，归咎安龙氏者。

初二日　（10月23日）卯初三刻始行。昨子正时，隔十余家店起火，大家俱起来，旋即承差等同讯官扑灭，幸无风也。武生过考未回，家尽女，一楼上佛灯炎着所致。早行，五十里，甚平坦，卢沽尖，此水南去，安氏署在河西，隐约可见。冕宁宋令迎谒，尖后，五十里，路不甚平，未正二刻，到冕山高坡公馆住。谭丞迎谒，言广东佛山镇有土匪滋事。接夏憩亭方伯书，内有探报，不惟两湖肃清，河北俱已无事，僧、胜两公俱到江南，止怕靠不住耳。得省署十四信。

夏廷樾，字憩亭，江西新建（今南昌新建区）人。

初三日 （10 月 24 日）夜甚冷，卯初三刻始行。昨阴至今未解。五十里，尚平，渐上坡陀，登相营尖，仍冕邑管。尖后，渐上山，至小相岭，雪候颇盛，路滑天寒，舆行剧苦。下岭，路亦长，五十里大，小哨住。吕润峰迎至此，俱令即回署，时已申初后矣。初然炭盆，用火锅，有雪无风，冷尚可奈。

初四日 （10 月 25 日）寅正二刻起，雨点未住，卯初一刻行，略有山景。观音岩对面香炉山，似永州山也。五十五里不大，辰正二刻至越巂厅署尖。吕润峰同守备、经历迎谒，润峰呈所开官事节略，固有心人。舆夫争添夫价，吵闹不得即行，被润峰扣入卡房，十余人皆更易，未免苛矣。尖后五十里，利济站住，先四十余里尚平，后十里坡斗。午热未寒，复有雪意。按礼部议覆咨：半准、驳，有甚可笑者。得制军安氏覆咨：推在委审人未详院，想是转湾矣。越巂山中出石胆，似空青之类，有兵取十筹献二枚。

初五日 （10 月 26 日）卯初一刻行，细雨不湿路，五十里尚快，簇叶坪尖，时方巳初耳。二刻行，路多坡，又雪化路涩，四十里走了两个半时辰，到海棠将申初矣。风颇冷风，借斗篷，都用得着。连日见京抄，并各处信，军胜大捷，想汤平在即矣。申正接钦差载崇三十日来文，为查案事。即作覆咨，戌刻发出，马都司饬塘兵去。

初六日 （10 月 27 日）卯初一刻行，毛毛雨不歇，路不好走，廿里到煎茶坪，才半个时辰后，卅里，到平坝尖，走了一个半时辰，泥深滑足也。尖后卅里，景致佳，苦雪雨，未正方到平夷堡住。次韵答润峰。办差人复送石胆五枚。水声春枕，比来时好些。

初七日　（10 月 28 日）卯初二刻行，山路不好走。卅里，河南站尖。匆匆行，卅里大，过晒经关，入庙，晒经石颇有古意，大至方丈，万历庚戌，虎林顾汝学题诗石刻：一片晒经石，疑是唐僧留。有谁能说法，应教石点头。又卅里亦大，至大树堡经历署与王愚谷略谈画，酌之，吃面而别。所师扬州王兆祥，字菲子，而甚佩梅森画，不可解。过大渡河，在中渡过，两边俱不上山，路亦不近，约将卅里，河面消歇，尽石路，亦有十里也，富林营宿，入清溪界。钦差廿七入城，廿九封门，闻之宁远府马典史，领铜本四万余两，二成搭钞票，如何用得出去？酉刻酒饮，得省署初三信。前有两信俱未到，可怪。

初八日　（10 月 29 日）行路多平，山沟隔小水处，时有周折。五十里，翰源镇尖，地本繁饶，又值场墟，尤喧闹也。文武诸生来迎，尖后，沿清溪河边行，说三十，有四十，过高山两三处，入东门时，仍高山也。周梅森同何都司、张教官迎谒，住县署，比前次清静多矣。梅翁日夜酌，颇畅。无风，无雨，无日。小世兄七岁，甚聪静。

初九日　（10 月 30 日）早行，出北门，渐上山，即大相岭也。积雪满山未化，是一大观。卅五里，走两时辰，上山难也。过廿四盘后，张乐镇尖，有关庙、武侯祠，岳大将军有诗刻：若无七纵天威重，那有三分鼎峙雄？尖后渐暖，雪多化者。过大关小关，则地下无雪矣。一岭界南北，寒暖顿殊。下山三四里，即至界牌，入荣溪地方公馆住。韩大令迎谒，言县地尚未见雪也。令即回县城去。夜酒不佳。

岳钟琪，字东美，号容斋，清代将领，曾任四川提督、川陕总督。

初十日　（10 月 31 日）行少迟，路近也，五十里，到荣溪已午初矣。一路无大坡，算平坦矣。县署少坐，极朴质，韩令旋来再晤，知制军昨日出省，说往叙永防堵去。天大晴暖，起风。行李到甚迟。

十一日　（11 月 1 日）早行，山坡不好走，且路大，说五十五里，到巴蕉湾尖，走了三个时辰矣。又卅五里亦大，到雅州试院住，阴阴如暮。张兰台、王介堂及游击隆福迎谒，陈杏老、梁三亭来晤，三亭同夜饭，惫疲如故也。肴酒俱不妙，腹泄始安。补覆武童二人。又有江国正递呈，令作画，颇有秀气，令入省重看。

十二日　（11 月 2 日）早行，路平而远，午初，五十里，到名山，先入县署拜汪穆堂，有菊近百盆，有佳品。尖后行四十里，不为甚大，百丈场宿。接钦使十一日酉刻文书，知初五日覆咨尚未到也，仍即刻作覆去。穆堂送至此，同酌去。口占对句云：日煮好茶炊好米，天教名士领名山。香米极佳。萧典史来见，舆车前考一等五名，以吏目单月送用矣。

十三日　（11 月 3 日）早行过洒，五十里甚大，大塘
铺尖。蒲江令韩一松迎谒。又四十里大邛州，
先至州署拜香谷，菊花尚好，苦不多耳。刘小云又病未见。
回试院结两案，一廪生吸鸦片，一妇人无耻。香谷来夜饭，
颇畅。赠张仙弹与小山各一枚。天气甚暖。闻沈也鲁果投
井，亦可惨也，何罪焉？

十四日　（11 月 4 日）卯初方行，阴有雨数点。香谷
送至四十之高桥小憩一话。又十里，斜江河尖，
公馆发极敞。尖后过小河，即斜江也。三十里大些，新津
县住，余子方大令迎谒。前月十三，交界处贼劫驻藏大臣
四骡，皆邛州大邑人也，供十九人，已缉得十一人。子
方说此间民情极好，苦与邛、大接壤为累。治途及到公馆，
红呈多至数十纸。见京报：南京大捷。北事无消息，奈何！

十五日　（11 月 5 日）早行，过河两次，尚快利。
五十里颇大，到双流县尖，桂儿、钟孙、士
大侄均来迎，同饭，问知家中平安，得子敬、子愚两弟信，
甚慰。尖后行，四十里，至武侯祠对门官厅，鄂太守同郑、
恒两首令迎见，问知钦使办事大略，入城至署，已申初矣。
一切如前，惟五姑病久，甫将就愈，服大侄药也。　蒋申
甫来晤，沿途小雨，何不大些下？

十六日　（11 月 6 日）乐将军、杨方伯、伊都统先后
来晤。钦使差巡捕来，即刻带回文去。张候
令播笯由湖北解饷回来，谈及宜昌到荆州一路，已夜不闭

眉州此来此任凤弄专熟尽乘
参知来一面寒迎堂观

来生苦竹晴氏列前荔子辉
烛花相幹溧纱织层仝

昌游注山粗为说惟有三苏
相时之身魂往卿无逡度

此一照而年别三王细看
雲节我肠出折今人有古

人古顾友来指定知参知
友州此枣古别

尝日纱毅竹今日战院术谱重

重横我带辕而有靴印以三
苏文古高声一谱

别後仍乃塈令我墙起懷
顿年苦共俟阁左谓生涯

多乃砚巴荒望丞初志乘今
墙沈长马字宙沒清佳

纷勤计阁期与古贺備古

《重谒三苏祠诗稿》（节选）何绍基

户矣。晚出晤俞麟士,粤东土匪事极猖獗,省城新城已破,
若果尔,则大可虑矣。晤周执翁一话,天已昏黑,归夜饮
颇醉。

十七日　　(11 月 7 日)翁次行来晤,恒容斋久谈。早
　　　　　到将军处,并晤都统话,回拜府县。昨夜雨
不小,泥泞颇甚。晡时,诸君子饯石翁于东园。

十八日　　(11 月 8 日)写大字多,半为伯石作也。阴
　　　　　不雨,出拜杨心畬、马艺林即归。晚饯伯石。
连日收红呈极多,今日告期,多至七十八纸,各府县积案
不结,致上控纷纷,深可悯虑。

十九日　　(11 月 9 日)早送何伯石行,因病归,甚系
　　　　　念也。午间出拜藏使。蒋中甫处兼晤艺林。
李西瓯前辈处话。归,案牍渐清,苦天色阴寒少味。延顾
幼耕来寓,适补石翁之缺,亦有趣也。

廿日　　　(11 月 10 日)阴寒如昨,午间略见日耳。
　　　　　见数客,竟日静。麟士处送来京抄,叶昆臣
剿土匪数千,粤东事或可无虑,然恐或窜至邻省也。瓜洲、
泸州俱获胜仗,湖北则已有杨慰农制军来文说已肃清矣,
心畬云然。

杨霈,字慰农,
铁岭人,曾任湖
广总督。

廿一日　　(11 月 11 日)早饭后,大晴且暖,然早晚
　　　　　转寒也。钦使载鹤峰、崇朴山来,邀入贡院

一话。出拜清秋浦，未晤。翁次行一谈。支少鹤大愈，两郎亦结实，可喜。钦使厅查各件，大致已粗定矣。

廿二日 （11 月 12 日）清出岁试应解部卷，交诸君子过批圈，报考折底清出。沈州判定仪来，问知胡恕堂近况，且知夏憩亭仍须到此办捐监事。如何有济？ 殆借此偷闲耳。

以上藏于湖南省社科院图书馆，题名《使蜀日记》

咸豐八年

廿三日　（1858 年 5 月 6 日）开课泺源书院，病愈未健，请监院帮办李广文（锟）代□□，□日交卷二百零六本，次日卅二本。"虽曰未学"两句。遍雨天下，得"年"字。

廿四日　（5 月 7 日）早，华慎南旋，殊依依也。寄赵静山、王雪轩、何根云、吴平斋、韩履卿及鼎侄信，内有寄杭州信，又上房寄针黹各物，俱交华慎去。小山来诊，改方，略调补。看卷八十五本。

王有龄，字英九，号雪轩，福建侯官（今福州）人，曾任浙江巡抚。

廿五日　（5 月 8 日）看百本。诸事不复能顾矣，精神却好也。

廿六日　（5 月 9 日）余卷看完，写名次，晡时方清。因桂儿有客，写得漫也。阿双生日，早吃面。李种蘅来，晤桂桂话。

廿七日　（5 月 10 日）出案，超等廿六，特等卅六，余俱壹等。又附壹等五名，皆系录旧者，照例扣除。吕秋塍学使、陈弼夫都转先后来话。朱时斋亦晤。

廿八日　　（5月11日）小山来诊，略改方。□监院回，来晤。

廿九日　　（5月12日）连日钩帖。汪佛（生）、□少炳来晤。

四月

崇恩，字雨舲，满洲正红旗人，曾任山东巡抚。何绍基离开四川后北上入奏，然后东下，崇恩邀其主讲济南泺源书院。

初一日 （5月13日）每晨临王《圣教》一阵，生平未曾临过也。早饭后出，拜雨舲中丞生日，便过芰芗□，□笠衫目疾未见客。弼夫处话，栗堂处话。归见鲜笋，急令人买来，夜烹之甚佳，因分饷中丞一碗，又作诗为祝。儿妇去吃面，归颇晚。

初二日 （5月14日）昨日示，令诸生有欲进见者，于逢二、逢七来见。今日前后来者十二人，首取之王世修，乃王氲之监院之子也。有朱廷相副车，年六十六，似读书人，昨呈牟应震（寅同）《毛诗质疑》，因问以牟默人制艺，亦尚说得出。东昌梁竹□秀才来话，所著《大学知目序》，一狂生也。

初三日 （5月15日）卯正点名，到者二百卅七人。出题后为讲题，似有领悟者。"无以言。"东坡得见海市，得"仙"字。午出，晤中丞，谈帖久话。学使、方伯处俱话。余十余客俱片拜。回来已暮矣。得都中□日书，子愚信甚详，兼得杭州消息，津门夷议尚相持，而都中尚安静如常也。芰芗送黄花鱼六尾，虽经盐渍，□□风味。

初四日　（5月16日）看卷百本。除一晤栗堂同年外，未及它事。雨一阵。

初五日　（5月17日）看卷完，超廿八，特卅八，壹百五十七。次日交不阅者四，不列等四。雨有一阵大的。食笋第二回。

初六日　（5月18日）早清名次毕。饭后写案。此间甄别后，正副课不得动，故正课潦草者极多，山长无法也。因示于不列等者扣除，中有正课出缺□□以本课超等，副课叙补。且谕嗣后有交白卷及次日交卷者俱扣除，或可少资鼓励乎？向来交白卷者听之，大不成事。□□春原来话，徐、兖一带土匪颇恣。余芰芗来，说兖州防堵，峄县现在无事。王幼石来，甫由宁海州调东平也。晡不甚适，□凉着耶？

初七日　（5月19日）晨静。午后诸生来见者八人。请小山来诊脉，略用黄芪，不审能受否也。弟三次买得笋□大五斤，适芰芗送豆豉及酱菜，晚间分一碗去。

初八日　（5月20日）覆试两课超等诸生，到者卅六人，不到者六人。辰初二刻方齐，完场酉正后矣，其实佳文仍在早交卷中也。吴小亭大令（树声）晨来晤，谈碑有趣。彭雪楣晡来话。诸生当面交卷，即为面指瑕瑜，亦觉困乏矣。"不顺乎亲，不信乎朋友矣。"新松恨不高千尺，得"新"字。

初九日 （5月21日）夜来腹泄，盖酒不佳所致，然精神无损也。□□圃太守来话，似闻天津夷务仍已讲和，惟浙匪由衢州冲往龙游，未即扑灭，大可虑！晚酌换苦酒，果然腹愈。王幼石饷□□。

初十日 （5月22日）晨静。午王侣樵来话（国均），无甚谈的。出拜十余客。晤王春舫、嵇春源、余荿芗，它俱未晤。发□□信。

十一日 （5月23日）出覆试案，上取廿，次取十六。朱时斋、张师舟、郭石臣、许云生、孙翰卿先后来。见武定探报，天津□初八日开炮，击坏夷船四只，然得失未卜也。

十二日 （5月24日）见诸生十余人。有高万选持杨润轩书来，问知润轩老惫状。牛仲远来话，天津炮台已被夷人占却，失利可知，督藩俱退步，不知都中如何震动也。陈弼夫来，言廷寄飞谕，登莱沿海防堵，南艘且寻妥处泊。札致荿芗，为首县借修书院为名，令外属帮办经费。又札致吕秋塍学使，交还《□□金石志》，孟雨山托作叙者，体例失宜，故还之耳。《杨叔恭碑》石在邹县马家。晚酌后写信四封。

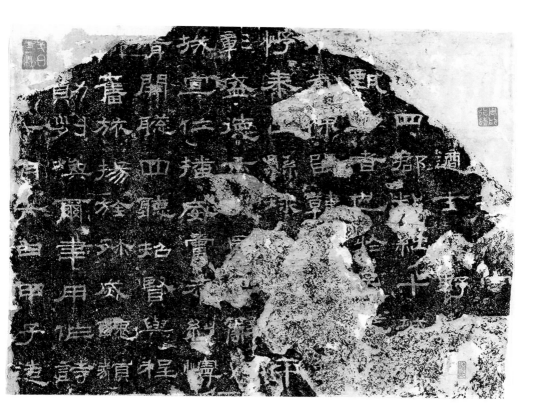

清拓《杨叔恭残碑》，故宫博物院藏

十三日 （5月25日）卯初后即起，因吴□□方伯课期也。派张紫峰太守来点名，已将巳初矣。紫峰来一谈，屠小芸来，崇翰臣□汪孟慈之次郎仲恪来。今日写扇十一□，□未钩帖。上房收拾厢房，因桂儿、韶儿东西互移也。午后多阴，似有雨意。同蓟门酌于新厅。

十四日 （5月26日）祖父忌辰，□饭上供。朱伯韩来，初头出都，尚不知津门初八事也。得子愚初八信，尚如常，语夷人要求各事，至欲留一大臣在京办事，各省俱立天主堂，江河听其行走，无状至此，奈何奈何！浙省开化、遂昌俱已失陷。尚未至钱唐江，或犹可挡回耶？竟日热且烦闷，写大字三次，无聊之极。得芰芗处际庭覆信，据帮项尚不够所费，惟原信内有"山长眷口众多"等语，真可恶，八口之家可□□多耶？且上房何曾添屋耶？黄伯初早来话。

十五日 （5月27日）闷甚，无南北探报。芰芗来，知天津兵勇散后，城中移徙□□视派托、僧两公带京兵来津，未定主意若何。李仲衡来话。

十六日 （5月28日）热，上房院搭棚。□监院来晤，伯韩来话。未刻出，回候伯韩，拜竹如夫人生日。到中丞处看帖数十件，有山谷《伏波祠诗》《圣教序》及□□大寇牍藁，俱佳。吴小亭大令同席，谈碑及古韵，俱有条理。

十七日 （5月29日）棚搭完，据云此间风大，不能太高，理或然也。王子梅来话。陈石邻由濮州范县办赈归，在箕山镇，地居两邑之间，始知查户口之难，而劣绅包办之弊，最易听受也。诸生来见数人。晡出，由西关至太平寺后载门宝古斋少坐，过院墙后出按察司街，至陈栗堂处话。得酉峰十二日家书，都中尚照常，探报天津□城搬空，夷船已靠东关矣。饮陈弼夫处，伯韩、时斋、春源、煦甫同坐。

十八日 （5月30日）新厅搭棚毕，天果热矣。吴铁琴来，老甚，年少于余五岁□。朱伯韩来，久话去。有县丞孙曜祖从□州来，得知印林病渐愈，然偏重能全愈□，旋付一信去。陶子立信来，即复之。得□□初九日书，说金、衢、严、处四郡俱被贼，但郡城俱未动，和、滁失陷后，德帅援剿已得胜仗，此间未闻也。

十九日 （5月31日）热颇甚，写大字多。许云生来久坐，无聊之至。阴雨竟夜，真好。

廿日 （6月1日）晨阴午晴，爽朗。写大字亦不少，皆江南债也。芝彡来，因余辞中丞帖，坚请定廿六日为山长上学耶。见探报，知天津夷船入北河浅阁，适僧王师至，欲攻之，上命桂香岩相国、花松岑尚书至，令通宵议和，人心□□，夷人甚情愿，此事可解矣。金乡有贼无贼，尚无确音也。桂儿、钟孙俱有人请小酌去。伯韩夜来话。晚凉。

英桂，字香岩，满洲正蓝旗人。花沙纳，字毓仲，号松岑，蒙古正黄旗人。

廿一日　（6 月 2 日）晨起甚凉。步至东西各斋一看，处处有书声，大约皆读文章。至杜惺堂处一坐，屋宇洁而不潮，案头乔树斋《玉茗斋集》及两大橱书，皆书院存书也。午后舒自安来话，中丞来同话，携吾《晋唐四种》去。到新厅看《郭有道碑》。苏炳臣从齐东来，曹子固乃郎（鉌）来。题智永《智永千文》并诗廿韵。

廿二日　（6 月 3 日）见诸生。晡时王春舫来。晚陈达斋来，为盛曾看看，留同晚饭。桂儿府县请，未去。

廿三日　（6 月 4 日）课期，卯正点名，共二百五十七名。"而尽力乎沟洫。"太白酒楼，得"高"字。庄小裴、汤东生来话。

廿四日　（6 月 5 日）早发吴门信，寄赵静山信中有蔡小渔、薛觐堂并子敬、鼎侄信，由抚署官封□。看卷百廿。弼夫晡来话。桂儿赴陈石邻席。弼夫说和夷未即定。

廿五日　（6 月 6 日）阅卷至晚毕。彭雪眉、朱伯韩先后来谈。

廿六日　（6 月 7 日）晨凉，取定超等廿六，特四十一，不列等七。早饭后出门，候客十处，止黄立山处一话。雨意来，遂返。大风雨一阵。晡赴雨舲中丞席，同坐者嵇春原及芰艻、际庭耳。盛设饱餐，看帖看棋，回家将子初矣。饮次，风雨大，凉□。桂儿周东寅请。

廿七日　（6月8日）晴，仍凉。午出，晤伯韩、弼夫、芰艻。归，春舫先来话。见肄业生。

廿八日　（6月9日）覆试超等诸生及壹等后五名，"故人乐有贤父兄也。"武陵渔人入桃源，得"花"字。申正完场。长孙钟曾生日。风不小。

廿九日　（6月10日）晨见京钞，奉派京城办巡防各王大臣，僧王钦差大臣督办军务，盖因夷务议款未成也。旋得子愚廿四日都寓书，京中殊形惊□，饥民亦难安静，然大致尚安也。兼得子敬杭州三月底书，军务尚无起色，杭、苏可虞之至，处州失陷，子敬为塞翁矣。出覆试榜。伯韩来一话，复王雪轩书。竟日冷，又着棉矣。

嵇文骏，字步云，号春源，江苏无锡人，曾主讲济南泺源书院多年。

五月

初一日　（6 月 11 日）风止，大晴暖。闻东斋书声甚佳，问之是茌平廪生庞永龄，传来见，年廿二，出题"斯友天下之善士""绿满窗前草不除"，试看如何。陈弼夫知会申刻出省，往德州会同钦差□河，因有旨令查北运河由山东归海，欲掣干天津之河以困夷艘，看山东可有此法也。恐无此理耳，九河故道尚可复耶？作七律书扇送其行。晚客朱伯韩、嵇春原、牛仲远、李仲衡、朱时斋、王子梅、吴小亭。县中送席票两月矣，今始用之，并不大佳，而庖人八，何苦。王缉之同杜惺堂来晤。

初二日　（6 月 12 日）题张司寇奏底咨稿草字册，雨舲所藏，得记一诗。伯韩诗来，余畲之，不复和海市韵也。舒世兄来话。

初三日　（6 月 13 日）晨静，午后风雨。韦竹坪乃郎小坪秀才（福臻）从淮安来，携丁俭卿书，将赴北闱去。题敬翁《圣教序》，得小诗。此帖余不究心，而中丞酷嗜富藏。又阅《张黑女志》，从《山左诗钞》中

魏故南陽張府君墓

誌

君諱　　字黑女南陽

白水人也出自皇帝

之苗裔昔在中葉作

牧周殷爰及漢魏司

徒司空不因舉燭便

自高明無假置水故

一一三〇

见成槫奚林和尚诗，成一记三绝句。藏此帖三十四年，不知奚林何人，今乃得之，快甚！上房做粽子。

初四日　（6月14日）夜风大，□静矣。王侣樵来一话。韦小坪来，遣人送至抚署去见雨翁，即当出城，明早准走，因寄子愚弟信。适于邸钞见张诗龄少宰谢御书"谊笃宗支"扁额折子，作诗一篇寄贺。各衙门送节礼。

初五日　（6月15日）晴热，贺节清佳。想起都门、杭州两处，烦恼不可言。早饭时得鼎侄廿四日吴门书，浙事甚溃散，由杭徙苏者极多，船贵难雇得□。根云奏请和帅，援浙饷源已绝，因全靠沪上夷税，津门夷事未平，致彼间受困也，闷人得极。和王子梅诗。晚约朱伯韩、陈石邻及达斋同酌，因蓟门在书房过节，故请石翁同聚，而吾与桂儿、钟孙奉陪也。甚热。

初六日　（6月16日）热。午间嵇春原、王子梅先后来，大约为余不肯写王侣樵刻诗书面耳，殊为可笑。和蓟门昨日诗。

初七日　（6月17日）闻伯韩病目。午间汪佛生来话。余出，拜数客，贺余芰艻生女满月，章师舟处一谈。邹小山来看盛曾，而祐曾乃系羊毛瘟，但轻，易治。

初八日　（6月18日）课期，卯正后点名。"能尽人之性则能尽物之性"。团扇得"圆"字。雪眉来，留早饭。今日甚热。

初九日　（6月19日）阅卷。止见苤艻一客，为雨舲乃侄英瑞讨信也。看卷百本，疲甚。

初十日　（6月20日）阅卷百本，李仲衡来一晤，借《庚子销夏记》去。雨竟日，得凉。

十一日　（6月21日）伯父忌辰。雨竟日，不甚大耳。
王月川、朱啸鸥两粮道从天津来，知夷事尚无端倪，须入京面圣方定也。申刻出课案，超卅，不列等九。晚约啸鸥来饭，月川先有它约矣。

十二日　（6月22日）雨住。饭后出，回候客。朱伯韩处话，目疾将愈矣。陈立堂处、彭雪眉处俱晤，与中丞来往两相□。晚赴李育臣席。归腹泄，夜八起。两监院来，为汤饭事，甚可笑。寄京信折差去。

十三日　（6月23日）颇委顿，多眠。臬司官课，两腿出热疖六七处，贴膏药，戒酒及鸡、鱼。请小山来酌，且乐得静静。寄长沙信物，昨日交英世兄（瑞）。

十四日　（6月24日）静。吴竹如来话，作诗一篇。题雨舲第一本《圣教》宋拓，写扇为吕秋塍

吴廷栋，字彦甫，号竹如，安徽霍山人，曾任山东布政使。

学使生日祝。

十五日 （6月25日）静。写对子一阵。

十六日 （6月26日）静。书扇数握。札致王春舫。连日看雨舲帖。

十七日 （6月27日）题《乾明碑》，亦雨舲物，甚旧拓。小雨一阵。见诸生，孟、姚两人耳。

十八日 （6月28日）覆试超等诸生及一等后八名。大雨竟日。"使民以时"看似容易，难做之至。"对雨四咏：评书赏画命酒看棋"，朱桐芬、张友吉颇有诗意。吕秋塍学使早来话。

十九日 （6月29日）雨住，尚阴。中丞来话，和我"霸"字韵诗。得赵静山初六日书，即书寄根云，问南事也。雨舲携坡书《金刚经》去，赠巴膏，即贴之。王子梅、刘申生来话。

廿日 （6月30日）早出覆试案。叠韵答中丞，书扇赠之，明日招饮，先谢也，大指是论书耳。陈栗堂同年来话别，可寄信物。

崇实，字朴山，号适斋，满洲镶黄旗人。

廿一日 （7月1日）因子愚弟五十岁，寄面百斤并银信，对十付。有寄崇朴山信，令桂儿送交栗堂，明日行也。彭雪眉来一话，余芟芟来看帖。今日两次写对子十六付。上房廊檐安栏杆，为傻瓜也。芟翁说处州发山水，将贼冲散往闽去，津门夷楼都已开行。

廿二日　（7月2日）早补一信寄子愚，为书板事，交栗堂，知酉初方行也。中丞和诗复来，旋即叠韵为答。借得《三希堂帖》来，卅二卷，少二卷。

廿三日　（7月3日）课，卯正二刻点名。"仲尼之徒至无传焉。"自从盛酒长儿孙，得"盆"字。周家驹来应课。昨日陈蓟门、李小樵及钟曾均和"霸"字韵诗。晚收卷，止二百四十七卷。请小山看祐儿。

廿四日　（7月4日）阅卷。昨夜得都寓十八日书，尚在议剿议抚未定，而此间已传和议已成，十六七夷艘次第开行，并俄夷由陆路回国，已由桂相派员护出张家口，何也？兼得敬弟及鼎侄四月底信，浙事算阁起，吴门雨多了。崇翰臣来别。

廿五日　（7月5日）阅卷。芟芟送豆豉。

廿六日　（7月6日）上午阅卷毕，午后出案，超卅五，特六十八，不列十。见邸钞，知杜太翁于十九递遗折，未见恩旨也。荣寿九十五，贵盛极矣。惟裕云台相国甫逝，又复有此，京师怆冷可想。今日热甚。

廿七日　　（7月7日）热甚，雨大。写杜太翁挽联。

廿八日　　（7月8日）覆试超等及特等前卅名诸生。
得都信。

廿九日　　（7月9日）覆特等后半卅八名。牟同年来
晤（衍骙）。

卅日　　（7月10日）覆壹等前六十名。杜惺堂进京
去，何苦。

初一日　　（7月11日）覆壹等后六十八名。超特壹者
　　　　　即一二三等也，乃书院皆称超特壹，真多事，
无谓。

初二日　　（7月12日）合出覆试榜，不取者七名皆扣
　　　　　除，皆录旧及文理欠通者。计自开课来，以
不列等扣除者正课廿九名，本来甄别时正课百九十人太多
了，以致混场无耻者俱来应课，余既为淘汰，其附课取高
等者即以补足，士心颇奋也。午出，晤王春舫、朱伯韩、
梅竹盦、雨舲中丞、芰芗太守。甚热。二十日未出门矣。
先是，黄立山来话。

初三日　　（7月13日）课期，点名时极热。"子与人
　　　　　歌一节。"夜深闻读书，得"深"字。李晓
樵来作课，桂儿亦欣然有作，交卷俱早。晚同酌于新厅。
午间汤东生、王春舫来。

初四日　　（7月14日）阅卷一百，遂至暮。扇不停，

占手也。夜更热，难睡。夜雨大。

初五日　（7月15日）阅卷百一十七毕。此次卷少，亦因热不到也。晡时雨一阵。牛仲远送荷花两盆，一花。

初六日　（7月16日）早种竹人来。竹甚细，无甚趣，百枝分植各处。晴热。午出，晤陈弼夫，前日已回，余未知也。德州恩县之间筑一坝可通海丰，无大用也。晤吕秋丞学使。回拜数客归。出案，超卅，特五十，不列二。竟日无雨，起伏。剃发。

初七日　（7月17日）母亲冥寿，怆何极也！早晚上供。晚中丞处便饭。雨来一阵，颇大，得凉。同坐者陈弼夫、嵇春原也。午刻黄荆山来话，由武定守升东莱青道。

吴树声，字鼎堂，一字筱亭，云南保山人，曾任山东沂水县令。

初八日　（7月18日）晨出，回拜荆山及吴筱亭，俱已上院去。筱亭处携《海州郁林观东岩壁纪》拓本归。至牛仲远处登平台，果佳。归饭。午间写大字颇多，天气好，故精神健也。晚得吴平斋初一镇江书，现署郡守，书中有齐侯罍拓本十分。晚又得鼎侄吴门及子敬弟杭州书，浙事尚无头绪，而胡恕堂以甘藩命往浙，同曾涤生办军务。寿昌新失，距严州九十里，可虑之至。筱亭晡来话。

《东海县郁林观东岩壁纪》（局部）撰书人不详，
石刻位于江苏省连云港市花果山景区隋代郁林观遗址"飞泉"东侧的崖壁

初九日　（7月19日）万寿圣节，夷事就清，都门计少安也。查《全唐文》，有海州郁林观碑文，有几处错字，当据拓本正之。连日补竹。

初十日　（7月20日）覆试超等生，并补覆前未到之特等壹等共四十人。"子游为武城宰，子曰：女得人焉尔乎？"读书破万卷，得"神"字。马东泉、彭雪眉来话，东泉乐陵教官，二次来验看。昨夜雨大，今日暂晴，仍雨。

十一日　（7月21日）晨看卷。早饭后出覆试案，上取八，次十八，下十二。午出，送王春舫行，回拜东泉未值，明月舫观察处话。鸭子湾九如山房画店少憩，居停兰花大开，厅前有桥池，屋子新敞可喜。归写大字不少，腕为之疲。余荄香来谈，说明日有折差，因发家信去，既知十四方行也。夜雨大。

十二日　（7月22日）陶安人忌辰，忽忽十周年矣，可怆也！细雨未歇，写字颇多。又添种竹，皆不大。

十三日　（7月23日）运司课书院，余写大字多。有候补县丞李鹤清（仲滋）来，说解饷往徐州，为作书与汪致轩，闻现署徐州府；又与袁午桥书，现带兵驻徐州也。陈介锡（晋卿）来见，问知寿卿一切光景，渠乃才到来，前应课者假也。

十四日　　（7 月 24 日）请小山来诊脉，因又腹泄也。明月舫来话。马东泉来谈《说文》。

十五日　　（7 月 25 日）中丞在此考孝廉方正，因而藩、臬、道、首府、县俱来一话。李小坪监场，午间出与一谈。

十六日　　（7 月 26 日）吕秋塍学使来晤。甚热。沈友竹来。写大字多。

十七日　　（7 月 27 日）见门人二人。甚热，要回从前气象耶？大字都难写得狠。闻兰山捻匪戕县丞。

十八日　　（7 月 28 日）自十四日来得晴，今日复阴雨。晚饭于厅前，因儿孙将北上也。

十九日　　（7 月 29 日）写都信，内有与张诗舲、梁矩亭信。王仲允、牛仲远、黄伯初、彭雪眉先后来。中丞来晤，携《大麻姑》去。嵇春原来话。晚酌于新厅，邀陈石邻太先生并达斋来，同蓟门、桂儿、钟曾同席，院中饮，幸不雨。

廿日　　（7 月 30 日）寅初起，寅正后桂桂携钟曾起程。小雨时来，前往弥勒巷，同先生行也。既而大雨，今日恐止住得齐河耳。自课祐曾，训蒙不易，竟不能及它事。东泉来话。

廿一日 （7月31日）时小雨，算是住了。午间李种蘅、朱时斋来话。晡时有扬州魏姓带字画来，拣下数种看，有天池花卉卷；何绥村扇面册，乃京口阿锻何铁，陈玉几题，此本家竟未之知，可怪；杨龙友兰竹石幅，俱可。丑刻得桂儿廿晚晏城信。卯初得胡恕堂昨夜齐河信，并《听禅图小照》，即题。

杨文骢，字龙友，号山子，明贵州贵阳人，能诗善画。

廿二日 （8月1日）早黄伯初来话。早饭后吴竹如、陈弼夫、黄立山、明月舫同来，邀陪胡恕堂于铁公祠。客去，恕堂来，四年之别，须发全白矣。同午饭后，即同往湖上饮，恕堂抱祐曾同往。天不大热，今年初次到湖也。谈宴至暮归，为恕兄设榻北斋，夜仍同酌一次。荐张海帆笔墨馆成就。

廿三日 （8月2日）早与恕堂一酌。恕堂会数客行。余点名开课，未辰初也。"不问马"。金石刻画臣能为，得"臣"字。客去颇倦。

廿四日 （8月3日）阅课卷止八十。疲困，因腹泄也。

廿五日 （8月4日）阅课卷百廿。今日精神大佳，祐曾读兴亦好。连日得子愚都信，一十五发，一廿日发。夷务未了，天津练军设炮台；失利之将官俱治罪，谭竹崖制军听查办；四星使不愿出都，尚在徘徊也；

谭廷襄，字竹崖，浙江绍兴人，曾任直隶总督。

庆筠舫放直督，张星伯视浙学。剃发。

廿六日　（8月5日）阅卷五十毕，未后方写榜。伯初来一话。发都信交折差。朱伯韩来。

廿七日　（8月6日）晨写大字一阵，趁凉也。早饭后出，吴竹如、马东泉、陈弼夫、黄笠衫皆晤话。午初出，归时申初矣。中宫主簿文泰交来晤，号艮山。酉刻大雷霆击物，总在书院中，大雨倾注，竟无踪迹，内外院俱见火团落地也。弼夫得法黄山画十二幅，七十自寿作，别致整齐得狠。

法若真，字汉儒，号黄山，山东胶州人，清初画家。

廿八日　（8月7日）似晴时阴，午间雷雨一阵，雨亦不小。清郭乐府汲古阁初印本，家中旧书，可爱重之至。连日写对联不少，今日写扇十来柄。得桂桂富庄信，一路好走。

廿九日　（8月8日）覆试初取超等生十六人。"窃位章"。新旧笋争滕薛长，得"争"字。伯初来，诸生戌初方散尽。

七月

初一日 （8月9日）出覆榜，附课补正者九人，因此次不列等十六人中，有正课九人，故缺出多也。寄杨简侯及杨石卿书，俱交伯初带去。写大字。雷雨。

初二日 （8月10日）雷雨三阵。诸生有来见者。

初三日 （8月11日）课，《春秋三传总论》，秋阳得"成"字。晚阅四十卷。芰香送蕹菜，衙斋自种者。

初四日 （8月12日）阅卷百。王伯尊来晤。

王成谦，字伯尊，湖南武陵（今常德）人。

初五日 （8月13日）阅卷百毕。未刻出，晤彭雪眉，至中丞处一话。看余芰芍□□愈，尚未销假。至牛仲远处，与子梅同请客，客有朱伯韩、梅竹盦、嵇春原。台上夜景剧佳，惟初月甚赤无光，不可解。中丞驰示前三日湖亭赏荷诗。

初六日　　（8月14日）晨起，和雨翁诗，五古廿四韵。仲远来谈。出案，峄县孙毓麒再冠军，真异才也！得李黼堂江西信。

初七日　　（8月15日）陈弼夫来，留早饭，并邀伯韩同酌，酌后看画册数件，客散午初矣。客来不歇。张升谷来查书。连日未雨，渐凉，夜棉被，五鼓直是冷。夜看上房，果酒供牛女，穿针不可得，月色红暗也。庄小裴来。

初八日　　（8月16日）见数客。汪佛生来，因昨带到长沙信物也。陈石邻、武理堂来话。

初九日　　（8月17日）丁世兄连日来，真无法也。午后出，晤佛生。到抚署饮，客有朱伯韩、嵇春原、吕秋塍。乘舟由珍珠泉至龙湾，回至澄虚榭酌，归时子初矣。发都寓信，有寄子愚扇。昨晨得桂桂初一信，廿八午刻抵都。子愚书，亦快慰甚也。

初十日　　（8月18日）阴，小雨。早、晚上供，接家神。午后小裴来，因出至学使处，为起游幕文书，坐索得之。过弼夫处，看黄石斋诗草卷，甚佳，宋比玉字册不过如此。归，上供后夜饭。雨遂竟夜。得履卿廿八书。

十一日　　（8月19日）李世兄钟泰来，将往临朐代理

宋钰，字比玉，号荔枝仙，福建莆田人，明代画家。

去。午后董梓亭来，不见二十余年，尚健甚也。次"响"字韵得二首柬中丞，因牛仲远、嵇春源皆送诗来，遂触发也。（董梓亭来，不见廿余年矣，谈兴健甚。）竟日不晴。写都信一纸，送梓亭带去，明日北上。

董作模，字梓亭，山东邹县（今邹城）人。

十二日　（8月20日）小裴过午方来，神气果然惝恍，不解其故。咨文付去，仍助十金，并为札致佛生助之，说明日准行也。晡时寄季眉书，托茇香加封致齐河佛生处，十五有南归人也。姚良庵来话。今日客多。

姚近韩，字若退，号良庵，浙江钱塘（今杭州）人。

十三日　（8月21日）本道黄立山课，晨来久话去。今日仍腹泄。做得《题宋拓争坐帖》七古卅韵一篇，为雨舲作，论鲁公书不源右军也。午后写包。晚得都寓书，一切好。杜惺堂由都返。

十四日　（8月22日）早写包，至午前方毕。人乏甚，腹泄未已也。酉初上祭，化包完酉正矣。见数客，吕秋塍学使来，朱时斋话。

十五日　（8月23日）阴，小雨。写大字多。叶芸士廉访来话，自上年陛见回，病至今甫能出也。嵇春原来话。李鹤清由徐州回。得汪致轩书。

叶圭书，字易庵，号芸士，直隶沧州（今河北沧州）人。

十六日　（8月24日）昨夜奇雨竟夜。今日中丞来决科，因留便饭，点名后入座，已午初后矣。吕秋塍学使、朱伯韩、嵇春原同集，雨不歇，棋和之，酉刻散。骆籣门劾奏胡恕堂，亦奇。

十七日　（8月25日）昨夜雨小些，仍达旦也。课孙烦闷。写大字亦苦墨难继。□后出拜客，晤黄渌舟，借西园画一幅。晤朱伯韩，同梅卓庵登平台，眺远景极佳。回拜姚良庵，未值。余芰香尚不能见客。寄都信并木盆，交弼夫转托饷员带去。

十八日　（8月26日）竟日阴晴半，未雨耳。客来不绝，费晓春乃郎森一来。得许印林书，甚慰。惟医药无资，奈何！丁氏叔侄治《说文》，刻有篆字《论语》，欲篆写九经耶？丁心斋、黄渌舟来。

十九日　（8月27日）写大字多，阴不得晴。书帖梅蠹殊甚，闷人之至。

廿日　（8月28日）桂儿生日，早面。得十四日都寓信，钟钟同先生已考过到。又得根云七夕书，言江浙事渐佳也。午间出，游厚载门古董店，考具罗列市铺添了许多，携未谷字归。过仲远水轩久坐，东北皆面湖，看游船来往，蒲莲弥望，信为城中第一间屋子也。仲远适亦到吾庐，未遇。

廿一日　（8月29日）寄根云信，中有赵静山、苏杭两处家信、吴平斋信；又发都信，交贡差；俱送中丞处转发。为印林事札托黄立山鸠资，为医药费也。

李种蘅来。朱伯韩来辞行，姑如是说耳。

廿二日　　（8 月 30 日）见客多。子梅同伊叔秋垞（作霖）来，梅卓庵同话。

廿三日　　（8 月 31 日）课，"器小全章"。细筋入骨如秋鹰，"秋"。正课告假者颇多，共二百余卷耳。吴小亭来，言《岱岳访碑图》可借。

廿四日　　（9 月 1 日）阅卷百廿，尚不乏，比暑天好多了。黄笠衫来话，为印林鸠费事已有成矣。汪明叔（绍煐）从徐州携致轩信来。晚饭时孙世兄（膺福）来。乙酉拔贡世兄尚乡试者，孙与张升谷两君耳。

廿五日　　（9 月 2 日）阅卷毕，即写榜去，天黑矣。汪佛生来，言段方山邀朱伯韩南去。张滋元来。江阴六德枳（严）持天星、地舆两图来，闻名久矣，申耆丈高足，谈星象烂熟。

廿六日　　（9 月 3 日）晨出，看伯韩行止，仍是初一行。因过陈弼夫、叶芸士，因公车皆上院去。归早面，祐曾生日也。午复出，过李仲衡不遇。牛仲远水轩独坐，主人不在家，尤有趣。晚酌颇多了。连日写大字不少，支拨不开。发都信交折差，说明日走。彭雪眉来，携《六君图》两分去。

廿七日 （9月4日）天复热。初八所种大竹廿三根，多发秋笋，可喜之至。晨登几看芙蓉池，东方距墙界三四丈耳，因作书请芰香查书院界址。早间李仲衡来话。写大字多，遂至暮。

廿八日 （9月5日）午间请达斋为傻瓜看，夜发热甚，午亦有热也。晡出，至竹如处话。即到弼夫处酌，客有伯韩、春源、子梅、侣樵，看字画数件，食蟹已鲜。携石涛《蔬果卷》归。子初方睡。

廿九日 （9月6日）阴热，酿雨。课诸生诗四首：最团圆夜是中秋，"秋"；天下几人画古松，"人"；拜赐宫壶雨露香，"香"；一琴一鹤，"廉"。伯韩、竹如来话。都昌庶常黄文璧来见。晚赴梅卓庵席，陪伯韩，明早行也。客有子梅及戴友梅、赵星桥。醉矣，为半年所无。醉后写大字七八件。

黄文璧，字蔚林，号子谷，江西都昌人。

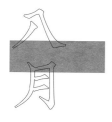

初一日　（9 月 7 日）余醉至午始解。至夜看卷八十。阴，至夜方雨。

初二日　（9 月 8 日）雨竟夜，晨未已也。发都信，从京饷差去。阅卷百卅竟，暮出榜。好诗寥寥，而失粘者至六十卷，可叹也。酉刻群鸦集前后庭树，有千万，飞鸣约半时方静，是何祥耶？夜凉甚。

初三日　（9 月 9 日）晴。晨得都寓廿七书，说有苏杭六月底平安信。两典试未刻方入城，住后载门客店昌华馆，因设局。不腾出皇华，何解乎？可叹也！午后出，中丞堂讯，未入。至芰香处一谈，至弼夫处话，过吕学使处归。王煦甫来话。典试两君帖来候。

初四日　（9 月 10 日）复帖候之。中丞还各借书帖来。诸生多来见者。孙予久携乃侄来谈字。杨心田福祺来，前任凤阳守者。昨日闻芰香说，胜帅招降捻首李兆寿，随降者四万，全滁凤四城俱来，庐州虽失守，尚不至决裂也。发都信，有折弁即行。六德只来两次，晚携天球来，夜与观星宿，惜老眼不能审视矣。

初五日　（9月11日）晨同德只饭，别去。余亦出，芰香、际庭请看贡院，乃狭而长，直入颇深，遍阅监临考官、同考各住处，饭于至公堂。午风大而热，归倦甚。德只复来，即别去，明日往青州寻徐子信去。写大字不多。

初六日　（9月12日）晴热更甚。孙予久、汪明叔、牛仲远先后来，同早饭，主人醉矣。院署入闱燕颇迟，申初方入闱也。写大字一阵。梁昆圃来，后王伯尊来话，知内外廉各官。夜间芰香着人告知小山留学政，可喜可喜！但不知确否耳。

初七日　（9月13日）更热，有雨意。邸钞中知胡恕堂放浙抚，晏同甫内简。今日客不多，王子梅、孙星华同来话，丁老大来言苦状。

初八日　（9月14日）闻贡院半夜炮声，点名甚早，午正遂毕，而雨恰来矣。晚约数客，梅卓庵、李育臣、梁崑圃、汪佛生、王伯尊，饮颇畅。自昨晚闪着腰，起坐不大便。细雨夜未止，鸦阵如初二。

初九日　（9月15日）写大字一阵。牛仲远来，持示文稿一篇。得都信并子敬杭州信，仍无苏州信。学政单多旧使及典试留者，新放两侍郎两编修耳。

初十日　（9月16日）风大，午正后方放头牌。吕学使来话。未后出候客，晤黄立山，看龚半千画册佳。又晤余芝香一谈。归闻捻匪在宿州被创，遽围徐州东境，滕、单俱警备。

十一日　（9月17日）进二场，封门到未正矣。拟墨一篇"子贡曰至太宰知我乎"。诗题：湖田稻熟雁来时，得"田"字。查是杜荀鹤别杨侍郎诗句，荀鹤字彦之，池州人，句是江南景，出于山东，好别致，拟诗一首。

十二日　（9月18日）清音到甚迟，祐孙生书读毕矣，时午初后。半年来不曾听曲，得此亦解闷也。亥正止，送节礼者已来。陈小农、嵇春原来话。

十三日　（9月19日）细雨。出二场，至暮尚有出者。孙予久来话，可谓闲暇。晡出，至方伯处谈，旋饮吕秋睦学使处。冒雨归，已亥正后。得雨舲中丞拟作诗三首。

十四日　（9月20日）雨竟夜。三场点名，卯正后矣。触发诗思，又拟得七首，并前为八矣。一挥而就，亦快事也。高勉斋太守（振洛）来，甲子世兄，邓州人，昨在学使处同席。晚酌后出，至仲远处，登平台看月，佳甚！见采藕船，携四臂归，主人仍不值也。睡甚迟，闻单县被围，捻匪南来也。

中秋 （9月21日）晨贺节后酌，天颇冷，无雨亦不晴。草都信并文诗稿去，朱时斋、王煦甫来晤。夜微月，中丞诗来，和我奉怀一律。今日申刻即放牌，它省所无，不知那科做起。得顺天主考单，柏静涛、朱桐轩、程楞香同考，同乡止王楷一人。首题"吾未见刚者"。诗题：万竿烟雨绿相招，得"丞"字。不知出何处，右丞诗中无之。

十六日 （9月22日）儿妇四十生日，作诗为贺，得一律。早面，晚酌，甚欢。适得都中初十出场信，并儿孙首艺，甚慰。惟诗题大家不知出处，都点右丞，除却右丞本无点法，止要不呆点方好。子愚信及皖事甚糟，奈何！闻单县警，黄笠衫须出省去。竟日阴，夜少月。

十七日 （9月23日）晴，冷上来了。孙予久来，因邀彭雪眉共早饭，饭后余芰香来、嵇春源来。二客去，与春翁奕，罢已申正矣。今日不知如何过的，卯酒未醒，得晚酌乃解。戌正出，至仲远处，登平台看月。雪眉在此请客，予未去招呼。同仲远借邻家小船摇至铁公祠，打门许久方得入，坐得月亭久憩。今日月望才算中秋也。回到小小斜川，仍肩舆回，亥正后矣。看月至子初一刻方睡，拟作付刻去。

十八日　　（9月24日）晴暖。早写大字，饭后吴竹如
　　　　　来话，言其孙之慧也。午到贡院赴中丞席，
场内外司道学政皆同坐，知主司关防严紧，消息不通，可
慰也。宴甚久，出回候客，梅卓庵处一话，归。西北方有
彗星，少见即下去。

十九日　　（9月25日）晴而冷。祐孙今日上书，旷功
　　　　　四日矣。客来多，写字多。昨知城武失守，
今闻曹县失守，奈何奈何！周世兄（光辅、莲亭）来，要
往浙；袁雪舟太守来，要往江西，皆可带信。得长沙李仲
云八月初四信。伯娘忌日，早、晚供。

廿日　　　（9月26日）晴，时复阴耳。早饭后予久来
　　　　　谈一阵，谋馆实难，仍谋归耳。午间写大字多。
未刻后出，晤雪眉，又到府署晤芰香。知城武已退出，现
破曹县，袁午桥遣兵二千到单县矣。晚请客：王少珊、章
师舟、葛蒻生、丁心斋、孙星华、周莲亭。星华碰来留下，
舒自安请而未来，云腹泄也。主人酒多了。夜作书寄周子
坚、胡恕堂。

葛之镛，字藕笙
（蒻生），湖南
善化（今长沙）
人。

廿一日　　（9月27日）早寄子敬杭州信，并昨二信，
　　　　　交莲亭去。昨半夜大雷雨，今日晴。腹不适，
昨日不应吃月饼，今早又饮醲杏酪耳。陈晋卿携示高西园
画册。晚饭时芰香信来，告曹县收复，贼窜河南考城，山
东目下复静。

程邃，字穆倩，号垢道人，安徽歙县人，长期居扬州，清初篆刻家。

廿二日 （9月28日）看右丞诗，三晨毕。午间出，中丞说不适，不能下床，岂真病耶？过陈晋卿谈，借程穆倩印册，板桥题，印法精古，全是钟鼎味，又非龙泓、曼生比矣；德清上人字册平平；又板桥兰竹轴亦可，非至精者。袁雪舟未值。

廿三日 （9月29日）忌辰。客来止王子梅一晤，说有《法华寺碑》残本，或者是原刻耶。

廿四日 （9月30日）阴雨。写大字多。

廿五日 （10月1日）文安公生日，早、晚供。午出看中丞病，见于卧室，未下床。乃郎比部暴疾殁于京寓，人极敦厚，可惜！可惋！无怪其心绪之恶也。舒自庵、陈石邻来晤。

廿六日 （10月2日）晴，又阴。李荔臣来晤，略问悉伯海及诚甫光景。中丞申刻督师出省。晚约杜星堂、孙予久、陈晋卿、朱时斋、彭雪眉便饭，达斋来亦入坐。连日为晋卿题《长生无极瓦拓》及《垢道人印册》，得诗二。今日写黄氏墓志毕，送仲远处。

易文浚，字问斋，湖南湘阴人。张之寿为其婿。"令坦"取王羲之坦腹东床典故。

廿七日 （10月3日）写汪家志铭未完。张之寿来见，乃得吾之孙、问斋令坦。想起得吾好生伤感，长沙亲友待我未有如得兄者，每欲得其遗事存小文一篇，迄未得就也。同乡夏时来晤。

计尹京未一年也，闱事之难办如此。郑吴初由天津来一话。

初六日 （10 月 12 日）早出东门北去，稻田弥望，大似南方湖田。稻熟诗题出得不错也。转东到华不注山华阳宫小憩，山上尽黑石磊成，无路可上，亦无泉林，叹息而返。回家雨来矣。李鹤清来，又上房有丁家客，皆以雨几不得出，后少住乃行。雨至暮未已。

初七日 （10 月 13 日）晨颇冷。午出，送丁竹溪行，托带都信。过牛仲远处登高一望，吕学使处话。至余芝香处，知德帅江浦之败，退守仪真，维扬一空，淮清可虑，时事如何得了。耿知圃处、舒自安处话。归则陈铁庵、孙易堂、黄伯初久候矣，止得留同酌。若人固可怜，不思我为寓公，如何能为人道地乎？王子梅少坐即去。得徐寿蘅齐河来书，即复之，并寄子敬信，要寻襄校友人，难以臆度也。发榜。至子正后方寝。题名录尽错字。

初八日 （10 月 14 日）早要得题名并闱墨来，书院中算九正五副，不为少矣，而激赏之士不与焉。竟日静冷。晡时拟出拜主司，而两主考来一话去。夜见邸钞，江西吉安于中秋收复，而廿日浦口失陷，可奈何！陈弼夫、黄荆山出闱，俱来晤。

初九日 （10 月 15 日）竟日寒雨。早饭后出，回拜郑小山、叶正斋两典试，出拜黄荆山，未晤。弼夫处久话。欲往千佛山，雨大不得去。孙易堂遂在此销闷竟日，因留宿。

初十日　（10月16日）易堂早饭后去，苦劝其归，颇听从矣。客晤王伯尊、董梓亭，梓亭从都来也，乃郎毓葆闱作佳。陈石邻、周东寅来，适得都寓初四信，竟候榜不即回，闷极！早间得杭、苏两处信，江浦复失，六合胜仗，或扬州尚可保乎，可虑之至。赵静山说有退意，根云往上海议夷务，浙、闽俱已无事。

十一日　（10月17日）阴，时有细雨。郑小山来话。写大字多。晡出谢客，梓亭一晤，明早准行，孙翰卿未值。过贡院，小山处便酌，颇畅。王姬夜复不适。

十二日　（10月18日）晨请邹小山来诊，则已大好矣。见数客，余荄香来，知扬州于初三日复陷，各处六百里加紧不绝。奈何奈何！晚得中丞书，即复之，并奉慰一诗去。夜饮烧酒，不得睡。

十三日　（10月19日）晨起，京中报录人来，吾儿庆涵中式三十三名，可喜慰也！久困矣，然归期更要迟了。报条不准贴，而贺客已络绎，止首府县一晤，汪佛生最早一晤，余俱谢却。早道喜，晚上供，因约郑小山、余荄香、汪佛生、王仲允来便饭，颇多饮也。

十四日　（10月20日）早孙易堂来，留晨酌，欲归矣。客去，余出谢客，晤叶隽斋吏部一话，陈弼

何庆涵，字伯源，何绍基子，咸丰八年（1858）京闱举人。

夫处久谈，各处俱未会。归，易堂又来，赠之路费，傍晚去。

十五日　（10月21日）易堂晨来，仍共饭，改水路，同张翼南之世兄往利津去，因作书与翼南并陶子立。午后余出谢客，晤郑小山、吴竹如，至牛仲远处晤乃郎，晤陈石邻。归，黄子春（上达）来晤，南坡乃郎，知县发江苏也。晚请吴竹如、叶芸士、黄荆山、陈弼夫、明月舫酌，子初二刻方散。得都寓初九信。

十六日　（10月22日）叶主典试行，昨日送家书去，今早赠以一扇。小山来话，它客未见。腹泄，因多吃红术也。

十七日　（10月23日）贺客渐少，始敢见客，然竟日亦见九客。吕秋塍来别。写大字一阵。牟云玺世兄来晤，老矣。新中孟继震乃壬午解元胞侄孙、癸酉解元之孙，年甫十八，英隽可爱。

孟继震，字慎修，山东长清（今济南长清区）人。

十八日　（10月24日）早饭后出，送秋塍行。至运署少坐，主人它出。晚送家书交秋翁。

十九日　（10月25日）中丞回省，曹南一带安静矣。未刻往候，未能见客。郑小山处贺接任。今日祖母郑太夫人生日，早、晚供。晚约陈石邻、嵇春源、李仲衡、周东瀛、彭雪眉、耿知圃饮，主人颇醉。

廿日　（10月26日）雨翁早来谈。小山午后来话，说明日进署矣。扬州自初三失陷后，至今毫无消息。中丞言闻止四百人窜入城，即官民全遁，可笑，可疑。清丛书《粤雅堂》毕。

廿一日　（10月27日）写大字多，略见客。未后出，晤余芟香、陈弼夫，皆畅话。至学院署贺喜，适三太太奉三姬至署，因到上房一贺。想起三十年前住屋光景，钟楼逼眼可厌。苏州九月初四信到。

廿二日　（10月28日）早起写信两封，一寄庚子仙河帅，一邵又村漕帅，交梅卓庵去，要往清江坐探也。耿知圃以车马来，旋即至，同吃面。携祐孙共车，出西关十余里，过泺口，河风大，甚耽延。至鹊山下，山势绵延，皆磊石耳，有一二窠树。山下万善寺，康熙年间众商建，前后院树子不少，比华不注好多了。出寺过扁鹊墓，西南四里至北泺口李家当店憩，等酒席甚久。何苦！何苦！略尝尝即行，走原路过河，等船许久方得渡，赶入城已昏黑。闻扬州十五日收复，昨日苏脚子说：盐枭数百人抢掠北乡，扬州官民遽溃，其实并未入城。可叹笑也。

庚长，字（号）子仙，满洲镶黄旗人，曾任南河河道总督。

廿三日　（10月29日）晨冷，剃发迟。送中丞乃郎星门挽联："笃行高文，正秋谳从公，蚤有嘉声香玉牒。名材促葬，怆新诗哭子，莫令老泪溢珠泉。"朱时斋来话，写大字一阵。晚上房有客，余独酌于菊花丛里。

廿四日　（10月30日）竟日静。嵇春源来一谈。写大字多。得十九日都寓书，桂儿覆试二等二名。"有心哉击磬乎。"《璞玉抵鹊说》。归期在廿二廿四，何迟迟也。祐曾跌伤口鼻，儿妇出到两家去。

廿五日　（10月31日）早饭后出，至中丞署哭星门，未见主人，与春源、温之及赵纯甫一话。回候数客，晤郑小山、明月舫归。发都寓书，交芟香，说有折差行也。春源说明日游龙洞，在寺宿，余不欲往。

廿六日　（11月1日）风大，恐春源亦未必有游兴也。小山学使来久话。写大字一阵。吴小亭晡至。

廿七日　（11月2日）甚暖且风。见新贵二人，皆齐东人。问李雪樵，殉难后家人皆未归，可叹也。

廿八日　（11月3日）看义山诗。陈弼夫来谈。李挹卿来，昨日送红蛋廿五，得子也。风大。见邸钞，桐城收复。

廿九日　（11月4日）风仍大。春源来话。朱熙芝来晤，病已愈矣。晚赴春源济南书院酌，东院长灵芝甚巨，下有老槐根也。同坐李仲蘅、牛仲远、王侣樵、王午桥、朱怡山、郑介亭。酒佳，谈少味。

朱荫培，字熙芝，号澹庵，江苏无锡人，古文家。

卅日　（11月5日）竟日静。廷桐门（尚）来谢，

唐代诗人李商隐
别号"玉溪生"。

中丞次郎也。见邸钞，天长大胜仗，扬州收复，邵武收复，

军务将了矣。看玉溪生诗完。

初一日　（11月6日）甚暖，看"班书"起。写大字，赏对十付。午间菊花全烂，绝无诗绪，亦奇。

初二日　（11月7日）早饭后桂桂、钟曾到家，正盼切也，可喜慰！道喜乍觉热闹。中丞来谈，言不公则不明，为公事不适也。晚上供后环酌，未醉。仆白玉不及送父终，我心难过得狠。问悉子愚都寓一切，极慰。昨回澜公、今一士公生日。

初三日　（11月8日）立冬，暖更甚也。早饭后拜小山学使生日即归。贺客渐来，皆桂儿事矣。谢旸谷来谈字，尚不俗气，乃骏生年伯堂侄也。李育臣晡来话。邸钞中，上谕"谕刑部"一条不懂得，札问芰香知。桂桂带来子敬九月初一日信，慰悉。

初四日　（11月9日）伯母黄夫人冥寿，早、晚供。桂儿出门拜客。晡约朱时斋、王煦甫陪先生酌。蓟门落第归，尚不悒悒。郑小山来谈。

张国梁，清末将领，原名嘉祥，字殿臣，广东高要（今肇庆高要区）人。

初五日 （11月10日）桂桂仍拜客。余见数客，吴小亭、葛藕生共谈。广东门人区士勋来见。得赵静山书，知六合陷后，溧水亦失，张殿臣又回江南营，根云同星使尚在沪也。发都信一纸。

初六日 （11月11日）早陈茂惜来，为乃翁铁庵馆事，真无法也。午间郭石臣、赵纯甫来。吴竹如方伯来谈，适有黄笠山信，滕峄一带捻事复清，现议合团坚壁为未雨计。区子祥（世熊）候令来，颇明白，士勋之兄也。中丞馈黄花鱼，谢以七律。

初七日 （11月12日）风大。自昨日起接钩《法华寺碑》，手生矣。午间出，到教场看射地球，真是儿戏，适陈弼夫派看，在棚一茶归。谢数客，刘申孙处一话，归。晚嵇春源、彭雪眉、王子梅、黄伯初先后来，因留晚饭。春源别去，言陶子立兄有凶耗。凄惘凄惘！

初八日 （11月13日）因左股生疖，贴膏药不见客，止余芝香来一晤。有吴澍椿素无一面，突来干求，可恶之至，桂桂已绝之。中丞复送黄花鱼二尾。

初九日 （11月14日）未见客，止一晤明月舫耳。昨见邸钞，德都统劾奏杨简侯革、留，郭雨三革、审，为闻风逃避也。不知彼为主帅，许逃至邵伯耶？殊不可解。桂桂赴王仲允席。

初十日　（11 月 15 日）夜大风达旦，然亦不甚冷。早饭后叶芸士、陈弼夫来谈。问子梅索来《法华寺碑》，佳山堂冯氏故物，非原石，而较我处翻本为胜，可资对勘也。桂桂赴子梅请。

十一日　（11 月 16 日）竟日静。弼夫送巴膏来。风入夜大。计自前月十一日来，一月不雨矣。剃发，已暮。

十二日　（11 月 17 日）稍冷。《法华碑》补钩竣事，尚有数十字须补耳。客晤黄菉舟、彭雪眉。得都寓初五日、苏州廿九书，又陈鸿云南书。连日炸食黄花鱼，甚美。黄笠山回省。

十三日　（11 月 18 日）晴冷，昨夜风更大也，今日风定矣。寄赵静山书，内有与子敬书，又寄胡恕堂书，又复宗涤楼书，寄都寓书。

宗稷辰，字涤甫，号涤楼，浙江绍兴人，古文家。

十四日　（11 月 19 日）竟日静。晡出候数客，过小山学使话，留晚饭，肴佳。买白菜，带根种之，浇水，临食取烹，极鲜也。

十五日　（11 月 20 日）早出，步至李育臣处，已出，站庙班去。午间郑小山、黄立山先后来话。立山谈办西南合团坚壁，有条理，如守令不得力何。蒋守斯嵁晤。

十六日　　（11月21日）午间写大字一阵，隔几日矣。
　　　　　汪泉孙来晤。晚过弼夫未值，院上步射尚未毕，每日看百五十人，何其少也。王幼石处话。赴小小斜川主人请，同雪眉、泉孙、春源及主人坐小船到铁祠小沧浪，晚景极佳。月初出，返酌于屋内，客又有谢旸谷、王五桥、李仲衡，看酒均精致。醉饱后登平台看月，散。小山招陪陈子嘉，不能往。

十七日　　（11月22日）写大字两阵。子嘉来话，言欲往杭州而中止，闻南边不好走也。桂桂携钟钟赴周东瀛席。

十八日　　（11月23日）早汪佛生来，知齐河、禹城、德州一带近日时有抢案，可虑。今日乍冷，想是得霜。

十九日　　（11月24日）比昨更冷。昨夜作《济南书院看芝诗》，春源有图索诗也。早饭后出，葛沤笙、黄菉舟、蒋斯崝、汪泉孙、陈子嘉皆晤话，余皆谢步耳。刘老杂从利津回，得内侄信，怆悉一切。又得李叔虎江西信、邵右村淮安信。子嘉说夷船已入江，百姓齐心要劫之，不知果否。

廿日　　　（11月25日）上房院收拾搭棚，拙得可笑。写挽子立扁联。晚得苏州鼎侄初七书，中有三弟已到嘉郡书，夷议俱照前议准，止入都一节未依，已驾火轮船入江往夏口看马头去。奈何奈何！同蓟门酌。得苏、杭家信，又李黼堂信。

廿一日　　（11月26日）大冷，穿上灰鼠袍矣。午初出，晤余荄香、陈弼夫。弼夫邀看花园，朱时斋在焉，移花种花，开敞欠幽折耳。嵇春源处话，灵芝已折取装理。

廿二日　　（11月27日）上房演剧，巳正后开场，亥正散。无客，惟蓟门同达斋同酌。见探报，捻匪大挫。

廿三日　　（11月28日）大风大寒，真恶作剧。晡后风少定，然遂大冷，亥初后散。得劳星陔九月初信。

廿四日　　（11月29日）晨拜贾中堂，未起。归，饭后剃发，而筠翁来拜，未得见，不知其即行也。晡出，晤吴竹如、郑小山，似早间往拜伊并不知道，且问及四十年前同游光景，乃缘悭一面耶？小山留酌，颇解寒，肴佳，庖人保定邵姓。

贾桢，字筠堂，号艺林，山东黄县（今龙口）人，官至武英殿大学士。

廿五日　　（11月30日）仍风，比昨较和。李仲衡来谈，都中闹案蔓延。朱时斋来话。

廿六日　　（12月1日）早发都信，有信寄贾相。写葛家太夫人寿联。甚冷。王煦甫来一话。抚署发武场榜。

廿七日　（12月2日）渐暖，然日然炭盆，第三日矣。见数客。吴竹如来，谈及假银案、八字，说了一阵。杜惺堂谈及引泉事。孙星华送到周子坚信，清淮仍警，六合不收复之故。早发都信。

廿八日　（12月3日）风冷，写大字不多。见日照新贵丁、李两君来，问印林回信也。印林住县南五十里河坞，再南即青口矣。

廿九日　（12月4日）大风，冷胜昨日。撰何愿船母志。竟日无客。早、晚酌，嫌多了。

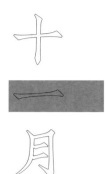

初一日　　（12月5日）晨仍大风，而冷稍减。郑小山来话。单生余庆来见，与谈刻印法，赠以归资。出拜童太翁寿，晤黄立山话，又晤余芰香话。

初二日　　（12月6日）静。天暖，写大字一阵。晚得吴门与禾郡家书，夷议了而未了，子敬在禾公事不无棘手，吴倩为张家钱债事纠缠，可叹！可虑！

初三日　　（12月7日）风大。买皮纸，打格，临《礼器碑》（《礼》一）。早饭后出，拜中丞夫人生日，拜陈子嘉未值。归，牛仲远、王秋垞来，秋垞谈及兖州江晓堂知金石。嵇春源来，王子梅来话。晚出赴吴筱亭请，客有春源、张石渠、杜西樵、赵纯甫。筱亭言濮州新出东京碑，不知确否？复许印林书，中有《篆论语并考异》，丁少山所刻而印林纠之者，余复论之。

初四日　　（12月8日）大暖，不得雪，奈何！陈弼夫来谈，都门科场案大奇也。弼夫复送到印林帮项十金，晚复一札寄印老去。

初五日 （12月9日）更暖。临《礼器碑》弟一番毕。

见邸钞，柏静涛革职，朱桐轩、程楞香俱解任，京兆试从来所未有也，覆勘应查议者五十余本，奈何！朱时斋送来北海《灵岩寺碑》新得下半段，合之上半共廿一行，每行六十字，共一千一百余字，合存五百七十余字耳。

柏葰，字静涛，蒙古正蓝旗人，因涉及科场舞弊被处斩。

初六日 （12月10日）冷，因昨夜风大也。写大字颇冻滞。复敬琴舫书。午间与王仲允晤。晚同先生饭。寻上年所买小板《史记》未获，可惜也。

初七日 （12月11日）冷，时复阴。早饭后出，贺黄菉舟署曹郡，未晤。至陈弼夫处谈，见张阁学画《溪山深雪图》，同时大老刘文定、文正、钱香树诸公题诗满幅，可玩也！郑小山处话。牛仲远处憩，主人同李仲衡游跑突泉去。渔船极多，水长未放闸，湖面转宽，鸥鹅来往作景。归得子愚都寓书。夜少月，《礼器碑》二番竟。（《礼》二）

跑，应作"趵"。

初八日 （12月12日）阴，有雪意。盼切盼切！中丞来一话，不见月余矣。朱时斋来晤，留晚酌，适中丞饷西施舌也。发都信，闻栩斋有《法华寺碑》，索钩来，不知可得否。陈栗堂来。

初九日 （12月13日）冷，阴复晴，霜化为雾，可惜也。剃发。早饭后出，看栗堂同年未值。过雨舲谈，有小松分书巨幅，俟借观也。回家小憩，至山陕馆拜葛溥生慈九十寿，前日送礼联云："鸾诰慈徽棠阴子舍，鹊华寿色笋味江乡。"同芰香、际庭酌、面。与黄叶舟一谈。归，买新到橘子、冬笋。见探报，舒、桐复为贼陷，李迪庵方伯于前月廿日阵亡于三河，皖事复大坏矣。

初十日　　（12月14日）风不大而甚冷。芰乡馈冬笋四十支，甚小，才三斤，其难可知。仲衡来一话。临《杨君石门颂》竟。（《石门》一）

十一日　　（12月15日）冷，比昨又差些。葛溥生来谢，一话。见湖南闱墨。桂儿赴学使席。余同先生酌。月佳。

十二日　　（12月16日）风大，比昨冷。儿孙同先生往跑突泉。新起一会，系二七日，泺口系四九。

十三日　　（12月17日）忌辰，无客。六德只从青州回。想运署三匾。墨颇冻，临《礼器》弟三番竟。（《礼》三）

十四日　　（12月18日）冷，午后雪意甚浓而不果。郑小山来话。童际庭晡至，知济宁有捻警，全无备豫，奈何！金乡、鱼台不堪问矣。夜盘桓不好睡。

十五日 （12月19日）晨大冷，早酌少解。饭后出，晤郑小山、陈弼夫。贺芰香，未晤。雪眉回家未来。到藩署同竹如在花园坐，水木之妙从前未到，较抚署尤胜也。问济宁事，似俱不甚要紧。夜酌，尝新熏出冬品，极佳。临《史晨前后碑》竟。（《晨》一）

十六日 （12月20日）冷，剃发后酌。张师舟、余芰香先后来，知中丞督师出省，尚未有定期。朱时斋晡至。夜丑初微雪，霰达旦。

十七日 （12月21日）小霰竟日，盖雪而不花，然入土甚润也。书问中丞，得回柬，知济宁平静，金乡无恙，大得团勇之力，团首任建准、王孚俱健甚，此次当又可靖下，但当思善后为要耳。得胡恕堂廿九书，子敬在嘉兴甚好，言浙省吏治太活动，丰年办歉，官无久任，此语中江浙之弊。

十八日 （12月22日）冬至节，各署差贺。细雨竟日，虽不得雪，麦田润矣。午间写大字。晚约王子梅、陈小农同蓟门、达斋与儿孙同酌，酒间不冷。《礼器碑》临弟四通竟，接《道因碑》。（《礼》四）

十九日 （12月23日）仍细雨，晨有微雪。午间出，晤仲远，正种大海棠，谈及周如城家事及朗园蜡梅。又晤稀春原、李仲衡。泥泞甚。姜玉溪病，未晤。舒自庵处话，见磐叔禀稿，济宁贼乃长发也，然何以兵勇所向无前耶？得都寓初十信。

廿日 （12月24日）毅弟忌日，怆甚！同做四十生日以来，今我独六十矣。都寓初十日信，科案及夷务颇详悉。六德只来一话。

廿一日 （12月25日）天渐和，晴矣。余芟香来谈，张洛刑遁庐州，李迪庵说受伤未死。徐州委员左德绣见，略问南事。吴方伯来话。朱时斋催字。晚饭后德只来，看星一会去。发都信，得苏信。

张洛刑，即张洛行，清末捻军首领，安徽亳州人。

廿二日 （12月26日）左目疼烂，颇不适。发嘉兴信。晡出，哭程范五。归。中丞来谈。晚赴葛溏笙席，酒可饮，客有陈小农、王仲允，尚畅，略醉。

廿三日 （12月27日）晨剃发，水烫右手，鸡蛋黄煎油涂之，包以帛。然作字不便也，今日止好少写。新历城令吴慕衢来见，退斿先生之侄，比童庭际收敛些，然又不如其阳分也。

廿四日 （12月28日）晨起，见雪不小，不知何时下起，惜不到午即住矣。中丞午时督师出省，冷得可念。吴筱亭来，明月舫来，久坐留酌，遂至暮。

廿五日 （12月29日）晴，雪未化尽，甚冷。早酌后春源来一话。客去，余出晡王子良（添癸）、吴慕衢、陈弼翁。郑小山学使署久坐，登四照楼，它客俱未晤。午正出，归时将酉初矣。六德只夜来看星。

廿六日　（12 月 30 日）极冷，前年无此也。晴，客来多。晤杨世兄（绍和），至堂先生之子。德只来一话，张升谷从渌口来。

廿七日　（12 月 31 日）冷。朱时斋来，为运署对：

府海官山，时协雨旸知政美；疏池补屋，趣延觞咏乐公余。弼夫重葺也可园，属题柱也。弼夫旋来久话，知都中俄人甚扰，科案亦加紧。晚同先生酌。陶家内侄（世清）来，可怜也。《道因碑》完，接《礼器》。（《道》一）

廿八日　（1859 年 1 月 1 日）早酒后，汪佛生、王伯尊先后来，晡共酌。午后舒自安来谈。晚赴明月舫请，客有嵇春园、六德只、贲卓夫。贲君命课之术甚熟，月舫好谈此。回拜数客，俱未晤。

廿九日　（1 月 2 日）大冷。葛溆生来一话，又请明日，余不愿去。晚约宋吉甫、陶廉泉、六德只、陈达斋同蓟门酌，儿孙陪客，取便也。

陶振宗，字廉泉，湖南长沙人，曾任山东蒙阴知县。

卅日　（1 月 3 日）冷差逊。晨剃发。佛生诸君约来午饭，不果至，仆人误传也。余出，晤杨二世兄（绍和）。春源不遇。仲远处久谈，子平极熟。余芟香处预祝明日寿，未遇。彭雪眉处一话，归。晚饭后陶侄同宋表来，为写对十三付，灯下大书，久无此兴矣。屠敦仁晡来，问孝感光景，并屠亲家家中近况，屠小如虽逝，有七儿，其三已捐官出，老七过继小可。

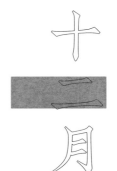

十二月

初一日　（1月4日）大风，冷。桂桂送陶侄行去。汪佛生来别，一话。《礼器碑》弟五通临竟，接临李北海《麓山寺碑》。得中丞汶上书，有"茵"字韵诗，和之，廿四韵。晚复由芰香处送来"淞"字韵诗，怆而和之，十六韵。（《礼》五）

初二日　（1月5日）不甚冷，大晴。然写字墨尚难和也。午间芰香来，遇六德只话。杨旭斋来，杨协卿来，颇谈诗。晚得吴门十六日书，子敬复有归田意，想署嘉兴不如意耶。吴竹如夫人昨夜逝。

初三日　（1月6日）冷。客来，屠小芸、吴筱亭共谈，邹平有湖少景致，章邱明水镇竹园极盛而无可观，乃利薮也。晡出唁吴方伯，过郑学使，并回候数客，归昏黑矣。临《麓山寺碑》竟。（《麓》一）

初四日　（1月7日）送礼者相望，徒增痛也。牛仲远来一话。写吴夫人挽联。晚得子愚廿九书。

又得江西李叔虎书，其室于十月初七病逝，可叹惋也。都中科案尚未结。晡时忽奇寒。

初五日　　（1月8日）母亲忌日，儿六十初度，早、晚供，怆剧矣！竟日冷。书寄胡恕堂、赵静山。静山告病一月，恐有去志，吴门不可少此人，冰冷雪淡，裨益多多也。两信俱交运署发。《礼器碑》六通竟。（《礼》六）

初六日　　（1月9日）临《张迁碑》起。碑拓古润，乃老友周鉴湖旧藏，丁亥同子愚在裕州署过年所极赏之本，鉴翁逝后得此于厂肆。今日临池，想起三十年前酒间摩玩郑重光景。寄张云骞、袁希肃并中丞各一函，交芰芗。旋得中丞书，即复谢。今日不大冷，舒自安来久话。

初七日　　（1月10日）晨冷。早饭后剃发，溝生来谈。午正出，谢步十二处。谢旸谷处话，自刻梨版作篆分大字，有趣。归，陈弼夫、郑小山先后来。晚赴吴慕衢首县署，客有春源、仲远、筱亭，尚畅。见邸钞，邓绍良阵亡于湾沚，江南事不可问，奈何！《公方碑》临竟。（《迁》一）

邓绍良，字臣若，湖南乾州（今吉首）人，清军将领，1858年被太平军击毙于湾沚（今芜湖湾沚区）。

腊八日　　（1月11日）吃粥，小碗遂填噎，不思饭。接临《李元靖碑》，午间写对子一阵。张升谷来谈。

初九日 （1月12日）有金氏兄弟来受业（绍言仲衣、绍庭叔寄），文波前辈之孙。屠小芸送明水米。

初十日 （1月13日）阴冷，有雪意。补钩《法华碑》字完，因遍检《萃编》及《两浙金石》《越中金石志》《复初斋集》考之。请达斋来为阿双诊视感冒，留在书房同酌。夜阴透。得中丞书。

十一日 （1月14日）不想今早晴也，清书颇冷。午后张菊潭给谏兄来话，比上年健些。湘阴吴凤棠（赟）教习知县来，携易问斋信见。写对子十付。中丞入城。

朱钧，字衡可，号筱沤，浙江海宁人。

十二日 （1月15日）早写信寄王雪轩、朱筱沤、吴平斋、蔡小渔、汤鹤树，汤信中封寄鼎侄家书，又寄文星崖书。午后出，回看客，晤陈弼夫，将各信托寄，晤张菊潭一话，余俱未晤。得宗七书。小松册不真。

十三日 （1月16日）早出，陈栗堂处吊，至郑小山处话，归。晚请张菊潭、童际庭、吴慕蘧、谢旸谷、屠啸箕、牛仲远。酒多矣。

十四日 （1月17日）干冷。中丞晡时来一话，现在省境无事。胜克斋信来，江北消息尚佳。

十五日 （1月18日）从半夜大风，今遂竟日，至半

君白宣

坐有王

先周中

出周與

《临张迁碑》第九十三通（节选）何绍基

君諫遷字
公方陳留
已吾人也

夜未息。李鹤清从都回，来晤。发都信交学院折差去，明晨走，寄《法华碑跋》示子愚。《元靖碑》昨竟，凡八日，由作、辍多也。复易问斋书。（《靖》一）

十六日　（1月19日）风少息。临《礼器碑》弟七通起。左膝痛，并写字亦少精力。晚赴童、吴两首县请，在牛仲远处，客有张菊潭、茅鹭湄，无甚意味。足固不能登台，又望日不得好月，矇眬甚。复草信一纸，交菊潭带京。（《礼》七）

十七日　（1月20日）左膝疼，难伸缩，早酌后敷五倍子。嵇春源来谈。卢令（汶清）由济宁来，问悉近事，何奸细之多也。陈石邻、李育臣同来。姚良庵来，送眷至此，仍将往胜帅军营去。谢旸谷所送白菜有京师风味。得庚子仙书。

十八日　（1月21日）起颇迟，用药包揾一阵。午后郑小山学使来话。晡时王子梅、茅鹭湄来，未能送客也。余芰香晚来，留共酌。小山馈鱼。群鸦到树。

十九日　（1月22日）坡寿无人做，我复病足，少味。雪不得落，蜡梅粲发矣。芰香送陈明水米及糯米。得胡恕堂初三书，浙事极难，苏垣更可想矣。各署封印，差人贺。

廿日　（1月23日）叶芸士生日，令桂儿往拜寿，兼回拜客。临《礼器碑》弟七通竟。风大。食明水陈米佳。
（《礼》七）

廿一日　（1 月 24 日）晴，寒。足渐愈。六德只话别，
　　　　要往济宁去。晤朱、徐两年侄。临《曹景完碑》
（《曹》一）。

廿二日　（1 月 25 日）晴，冷。重订《法华寺碑跋》，
　　　　草一通竟。杨石卿去。晚得吴门韩履卿书，
前月十八日发。

廿三日　（1 月 26 日）风定，酷寒，岂岱下有雪耶？
　　　　午间杨旭斋来谈，晚约六德只、赵纯甫、徐
绍圃、朱酉山酌，蓟门同坐。临《曹全碑》竟，接临《礼
器》弟八通。早饭时余芰香馈香椿芽，美。（《礼》八）

廿四日　（1 月 27 日）小年日。早，德只过门作别，
　　　　带与石卿信去。今日更冷得奇。午后谢旸谷
来，携所刻《颜书裴将军诗帖》细玩，此未必真鲁公笔也。
临《礼器碑》，手冷甚。汪佛生、陈小农夜来话。陈寿卿
送脯饧，报以糟肉、书一纸。

廿五日　（1 月 28 日）寄李铁梅书，为北海书《任令
　　　　则碑》在武功也。冷极，作字无意兴。晡时，
彭雪眉来话。得吴门鼎侄十一日书。赵静山请开缺，为之
怅怅，若重作南游，何从得此贤主人乎？吴婿年尾方起身，

徒深盼望。

廿六日　（1 月 29 日）午饭后出，晤中丞，索看北海各碑，有《任令则》及"龙兴之寺"四大字，旋即送来。晤余荄香、黄立山、陈弼夫。到小山学使处，留晚饭。得廿一日子愚书，又得王雁汀书。夜甚冷。

廿七日　（1 月 30 日）纷纷送礼，也是年景。梅卓庵从清江回，现在无恙。吴筱亭、武理堂来话，黄立山来话。又得都寓十八日书。《礼器》八通竟，接《史晨》。（《礼》八）

廿八日　（1 月 31 日）极冷。写大字少味。彭雪眉晚来饭。得长沙十九日信，广西、贵州贼势俱披猖，吾省得安堵耶？贺丹翁、少庚俱逝。发都信。

廿九日　（2 月 1 日）似不甚冷，而物象更寒冻。写字多而全不干，可怪也。令钟钟写各处年对。陈弼夫来话。晚请朱时斋、王栩甫、陈达斋陪先生，主人颇醉。

除日　（2 月 2 日）冷，墨冻甚。《史晨碑》前后临竟。无它事，惟一家四处过年，可念！可念！团年饭不敢醉。灯下仍作书，子初睡。上房有守岁者。接《乙瑛碑》。（《晨》二，《乙》一）